O SOL DESVELADO

O SOL DESVELADO

TRADUÇÃO
ALINE STORTO PEREIRA

ALEPH

O SOL DESVELADO

TÍTULO ORIGNAL:
The Naked Sun

COPIDESQUE:
Opus Editorial

REVISÃO:
Maria Silvia Mourão Netto
Hebe Ester Lucas

COORDENAÇÃO EDITORIAL:
Opus Editorial

CAPA:
Giovanna Cianelli

PROJETO GRÁFICO E DIAGRAMAÇÃO:
Desenho Editorial

ILUSTRAÇÃO:
Stephen Youll

DIREÇÃO EXECUTIVA:
Betty Fromer

DIREÇÃO EDITORIAL:
Adriano Fromer Piazzi

DIREÇÃO DE CONTEÚDO:
Luciana Fracchetta

EDITORIAL:
Daniel Lameira
Andréa Bergamaschi
Renato Ritto

COMUNICAÇÃO:
Nathália Bergocce
Alexandre Nuns

COMERCIAL:
Giovani das Graças
Lidiana Pessoa
Roberta Saraiva
Gustavo Mendonça

FINANCEIRO:
Roberta Martins
Sandro Hannes

COPYRIGHT © ISAAC ASIMOV, 1957
COPYRIGHT © STREET & SMITH PUBLICATIONS, INC., 1956
COPYRIGHT DA INTRODUÇÃO © NIGHTFALL INC., 1983
COPYRIGHT © EDITORA ALEPH, 2014

(EDIÇÃO EM LÍNGUA PORTUGUESA PARA O BRASIL)
TODOS OS DIREITOS RESERVADOS.
PROIBIDA A REPRODUÇÃO, NO TODO OU EM PARTE, ATRAVÉS DE QUAISQUER MEIOS.

EDITORA ALEPH
Rua Tabapuã, 81, cj. 134
04533-010 – São Paulo – SP – Brasil
Tel.: [55 11] 3743-3202
www.editoraaleph.com.br

DADOS INTERNACIONAIS DE CATALOGAÇÃO NA PUBLICAÇÃO (CIP)
(CÂMARA BRASILEIRA DO LIVRO, SP, BRASIL)
ELABORADO POR VAGNER RODOLFO DA SILVA - CRB-8/9410

A832s Asimov, Isaac
O sol desvelado / Isaac Asimov ; traduzido por Aline Storto Pereira. - 2. ed. - São Paulo : Aleph, 2019.
288 p.

Tradução de: The naked sun
ISBN: 978-85-7657-459-0

1. Literatura americana. 2. Ficção científica. I. Pereira, Aline Storto. II. Título.

2019-1161

CDD 813.0876
CDU 821.111(73)-3

ÍNDICES PARA CATÁLOGO SISTEMÁTICO:
1. Literatura americana : Ficção científica 813.0876
2. Literatura americana : Ficção científica 821.111(73)-3

A Noreen e Nick Falasca, por me convidarem;
a Tony Boucher, por me apresentar, e
à One Hundred Unusual Hours

SUMÁRIO

	Introdução	9
1 •	Uma pergunta é feita	19
2 •	Encontro com um amigo	37
3 •	O nome da vítima é revelado	53
4 •	Olhando para uma mulher	69
5 •	Discussão sobre um crime	81
6 •	Uma teoria é contestada	93
7 •	Um médico é pressionado	109
8 •	Desafio a um Sideral	123
9 •	Um robô sem ação	139
10 •	Uma cultura é delineada	151
11 •	Uma instalação é examinada	167
12 •	Um alvo não é atingido	181
13 •	Confrontando um roboticista	197
14 •	Revelação de um motivo	209
15 •	Um retrato ganha cores	221
16 •	Uma solução é apresentada	239
17 •	Uma reunião é realizada	253
18 •	Uma pergunta é respondida	269

INTRODUÇÃO

A história por trás dos romances de robôs

O meu caso de amor com robôs como escritor começou em 10 de maio de 1939; entretanto, como *leitor* de ficção científica, começou ainda mais cedo.

Afinal, os robôs não eram nenhuma novidade na ficção científica, nem mesmo em 1939. Seres humanos mecânicos podem ser encontrados em mitos e lendas da antiguidade e medievais; já a palavra "robô" apareceu originalmente na peça *R.U.R.*, de Karel Čapek, a qual foi encenada pela primeira vez em 1921, na Checoslováquia, mas que logo foi traduzida para muitos idiomas.

R.U.R. significa "Rossum's Universal Robots" [Robôs Universais de Rossum]. Rossum, um industrial inglês, produziu seres humanos artificiais para fazer todo o trabalho mundano e libertar a humanidade para uma vida de ócio criativo. (O termo "robô" vem de uma palavra checa que significa "trabalho compulsório".) Embora Rossum tivesse boas intenções, as coisas não funcionaram como ele tinha planejado: os robôs se rebelaram e a espécie humana foi destruída.

Talvez não seja nenhuma surpresa que um avanço tecnológico, imaginado em 1921, fosse visto como a causa de tamanho desastre. Lembre-se de que não fazia muito tempo que a Primeira Guerra Mundial, com seus tanques, aviões e gases venenosos, havia acabado e mostrado às pessoas "o lado negro da força", para usar a terminologia de *Star Wars*.

R.U.R. acrescentou sua visão sombria àquela proporcionada pela obra ainda mais famosa *Frankenstein*, na qual a criação de outro tipo de ser humano artificial também acabou em desastre, embora em uma escala mais limitada. Seguindo esses exemplos, tornou-se muito comum, nas décadas de 1920 e 1930, retratar os robôs como inventos perigosos que invariavelmente destruiriam seus criadores. A moral dessas histórias apontava, repetidas vezes, que "há coisas que o Homem não deve saber".

No entanto, mesmo quando eu era jovem, não conseguia acreditar que, se o conhecimento oferecesse perigo, a solução seria a ignorância. Sempre me pareceu que a solução tinha que ser a sabedoria. Não se devia deixar de olhar para o perigo; ao contrário, devia-se aprender a lidar cautelosamente com ele.

Afinal, para começar, esse tem sido o desafio desde que certo grupo de primatas tornou-se humano. *Qualquer* avanço tecnológico pode ser perigoso. O fogo era perigoso no princípio, assim como (e até mais) a fala – e ambos ainda são perigosos nos dias de hoje –, mas os seres humanos não seriam humanos sem eles.

De qualquer forma, sem saber ao certo o que me desagradava quanto às histórias de robôs que eu lia, eu esperava por algo melhor, e encontrei na edição de dezembro de 1938 da revista *Astounding Science Fiction*. Essa edição continha "Helen O'Loy", de Lester del Rey, uma história na qual um robô era retratado de modo compassivo. Aquela era, acredito, apenas a segunda história de del Rey, mas me tornei seu fã incondicional desde aquele momento. (Por favor, não digam isso a ele. Ele nunca deve saber.)

Quase na mesma época, na edição de janeiro de 1939 da *Amazing Stories*, Eando Binder retratou um robô simpático em "I, Robot". Essa era a mais fraca das duas histórias, mas de novo eu vibrei. Comecei a ter uma vaga sensação de que queria escrever uma história na qual um robô seria retratado afetuosamente. E em 10 de maio de 1939, comecei essa história. Esse trabalho demorou duas semanas, pois, naquela época, eu demorava algum tempo para escrever uma história.

Eu a intitulei "Robbie" e era sobre uma babá robô que era amada pela criança de quem cuidava e temida pela mãe. No entanto, Fred Pohl (que tinha 19 anos na época e cuja produção se igualou à minha ano a ano desde então) era mais sábio do que eu. Quando ele leu a história, disse que John Campbell, o todo-poderoso editor da *Astounding*, não a aceitaria porque se parecia demais com "Helen O'Loy". Ele estava certo. Campbell a rejeitou exatamente por esse motivo.

No entanto, Fred tornou-se editor de duas novas revistas pouco tempo depois, e *ele* aceitou "Robbie" em 25 de março de 1940. Ela foi publicada na edição de setembro de 1940 da *Super-Science Stories*, embora seu título tivesse sido alterado para "Strange Playfellow". (Fred tinha o horrível hábito de mudar títulos, quase sempre para algo pior. A história apareceu muitas vezes depois, mas sempre com o título original.)

Naquela época, não me agradava vender minhas histórias a qualquer editor a não ser Campbell, então tentei escrever outra história de robôs após algum tempo. Discuti a ideia com ele primeiro, para me certificar de que ele não a rejeitaria por nenhum outro motivo a não ser uma redação inadequada, e aí escrevi "Reason", na qual um robô se tornava religioso, por assim dizer.

Campbell a comprou em 22 de novembro de 1940 e ela foi publicada na edição de abril de 1941 da revista. Era a terceira vez que eu vendia um conto para ele e a primeira que ele o aceitava exatamente como eu o apresentara, sem pedir uma revisão. Fiquei tão animado que logo escrevi minha terceira história de robôs, sobre um robô que lia mentes, a qual intitulei de "Liar!" e a qual Campbell *também* aceitou e que foi publicada na edição de maio de 1941. Eu tinha duas histórias de robôs em duas edições sucessivas.

Depois disso, não pretendia parar. Eu tinha uma série nas mãos.

Eu tinha mais do que isso. Em 23 de dezembro de 1940, quando estava discutindo minha ideia sobre um robô que lia mentes com Campbell, vimo-nos analisando as regras que regiam o comportamento dos robôs. Parecia-me que os robôs eram inventos da engenharia que deveriam ter salvaguardas incorporadas, e então nós dois começamos a dar um formato verbal para essas salvaguardas. Elas se tornaram as "Três Leis da Robótica".

Primeiro, elaborei a forma final das Três Leis, e as usei explicitamente no meu quarto conto de robôs, "Runaround", que foi publicado na edição de março de 1942 da *Astounding*. As Três Leis apareceram pela primeira vez na página 100 daquela edição. Verifiquei isso, pois a página onde elas aparecem nessa edição é, que eu saiba, a primeira vez que a palavra "robótica" é usada na história mundial.

Continuei escrevendo mais quatro histórias de robôs para a *Astounding* na década de 1940. Eram elas: "Catch That Rabbit", "Escape" (a qual Campbell intitulou de "Paradoxical Escape" porque, dois anos antes, ele tinha publicado uma história cujo título era "Escape"), "Evidence" e "The Evitable Conflict". Foram publicadas, respectivamente, nas edições de fevereiro de 1944, agosto de 1945, setembro de 1946 e junho de 1950 da *Astounding*.

Em 1950, editoras importantes, notadamente a Doubleday and Company, estavam começando a publicar livros de ficção científica. Em janeiro de 1950, a Doubleday publicou meu primeiro livro, o romance de ficção científica *Pedra no céu*, e eu estava trabalhando duro em um segundo romance.

Ocorreu a Fred Pohl, que foi meu agente por um breve período naquela época, que talvez fosse possível organizar um livro com as minhas histórias de robôs. A Doubleday não estava interessada em coletâneas de contos naquele momento, mas uma editora bem pequena, a Gnome Press, estava.

Em 8 de junho de 1950, a coletânea foi entregue à Gnome Press, e o título que eu dei a ela foi *Mind and Iron* [Mente e Ferro]. O editor negou com a cabeça.

—Vamos chamá-la de *Eu, Robô* – ele disse.

– Não podemos – eu disse. – Eando Binder escreveu um conto com esse título dez anos atrás.

– Quem se importa? – disse o editor (embora essa seja uma versão editada do que ele realmente disse) e, constrangido, eu permiti que ele me persuadisse. *Eu, Robô* foi o meu segundo livro, publicado no fim de 1950.

O livro continha oito histórias de robôs da *Astounding*, cuja ordem tinha sido reorganizada para tornar a progressão mais lógica. Além disso, incluí "Robbie", minha primeira história, porque eu gostava dela apesar da rejeição de Campbell.

Eu tinha escrito outras três histórias de robôs na década de 1940 que Campbell tinha rejeitado ou que nunca tinha visto, mas elas não seguiam a mesma linha de progressão das histórias, então as deixei de fora. Entretanto, essas e outras histórias de robôs escritas nas décadas que se seguiram a *Eu, Robô* foram incluídas em coletâneas posteriores – todas elas, sem exceção, foram incluídas em *The Complete Robot*, publicada pela Doubleday em 1982.

Eu, Robô não causou grande impacto quando da sua publicação, mas vendeu lenta e regularmente ano após ano. Em meia década, havia sido publicada uma tiragem para as Forças Armadas, uma versão capa dura mais barata, uma edição britânica e outra alemã (minha primeira publicação em língua estrangeira). Em 1956, a coletânea foi até mesmo impressa em formato de livro de bolso pela New American Library.

O único problema era que a Gnome Press mal conseguia sobreviver e nunca chegou a me dar demonstrações financeiras semestrais ou pagamentos. (Isso incluía meus três livros da série *Fundação*, que a Gnome Press também tinha publicado.)

Em 1961, a Doubleday tomou conhecimento do fato de que a Gnome Press estava tendo problemas e entrou em acordo para adquirir os direitos de *Eu, Robô* (e dos livros da série *Fundação* também). A partir daquele momento, as vendas dos livros melhoraram. De fato, *Eu, Robô* continua em circulação desde que foi publicado pela primeira vez. Já faz 33 anos. Em 1981, foi vendido para o cinema, embora nenhum filme tenha sido feito ainda. Que eu saiba, também foi publicado em dezoito línguas estrangeiras diferentes, inclusive em russo e hebraico.

Mas estou me adiantando demais nesta história.

Voltemos a 1952, momento em que *Eu, Robô* caminhava a passos lentos como livro da Gnome Press e não havia sinal de que ele seria um sucesso.

Naquela época, novas e excelentes revistas de ficção científica tinham surgido e o gênero estava em um de seus *booms* periódicos. *The Magazine of Fantasy and Science Fiction* surgiu em 1949, e *Galaxy Science Fiction*, em 1950. Com isso, John Campbell perdeu seu monopólio do gênero, e a "Era de Ouro" da década de 1940 acabou.

Comecei a escrever para Horace Gold, o editor da *Galaxy*, com certo alívio. Por um período de oito anos, eu tinha escrito exclusivamente para Campbell e tinha chegado a sentir que era um escritor de um editor só e que, se algo acontecesse a ele, eu estaria acabado. O êxito em vender algo para Gold aliviou minha preocupação quanto a isso. Gold até publicou meu segundo romance em fascículos, *The Stars, Like Dust...*, embora ele tenha alterado o título para *Tyrann*, que eu achei horrível.

Gold tampouco era meu único novo editor. Vendi uma história de robô para Howard Browne, editor da *Amazing* durante um breve período no qual se tentou que ela fosse uma revista de qualidade. A história, intitulada "Satisfaction Guaranteed", foi publicada na edição de abril de 1951.

Mas essa foi uma exceção. De modo geral, eu não tinha intenção de escrever mais histórias de robôs àquela altura. A publicação de *Eu, Robô* parecia ter trazido aquela parte da minha carreira literária ao seu encerramento natural, e eu ia seguir adiante.

No entanto, Gold, tendo publicado um livro meu em fascículos, estava disposto a tentar fazer isso de novo, sobretudo porque Campbell tinha aceitado publicar desta mesma maneira um novo romance que eu tinha escrito, *The Currents of Space*.

Em 19 de abril de 1952, Gold e eu estávamos falando sobre um novo romance que deveria ser publicado na *Galaxy*. Ele sugeriu que fosse um romance de robôs. Meneei a cabeça de maneira veemente. Meus robôs tinham aparecido apenas em contos e eu não tinha certeza de que poderia escrever um romance inteiro baseado neles.

– É claro que consegue – Gold sugeriu. – Que tal um mundo superpovoado no qual os robôs estão tomando os empregos dos humanos?

– Depressivo demais – respondi. – Não tenho certeza se quero trabalhar com uma história de tema sociológico difícil.

– Faça do seu jeito. Você gosta de mistérios. Coloque um assassinato nesse mundo e faça com que um detetive o resolva com um parceiro robô. Se o detetive não resolvê-lo, o robô o substituirá.

Isso acendeu uma chama. Campbell tinha dito muitas vezes que um mistério de ficção científica era um contrassenso; que os avanços da tecnologia poderiam ser usados para tirar os detetives de apuros de um modo injusto e que, portanto, os leitores seriam ludibriados.

Sentei-me para escrever uma clássica história de mistério que não fosse ludibriar o leitor – mas que ainda fosse uma verdadeira história de ficção científica. O resultado foi *As Cavernas de Aço*. A história foi publicada na *Galaxy* em três partes nas edições de outubro, novembro e dezembro de 1953 e, em 1954, foi publicada pela Doubleday como meu décimo primeiro livro.

Não há dúvida de que *As Cavernas de Aço* é meu livro de maior sucesso até hoje. Ele vendeu mais do que qualquer um dos meus livros anteriores; recebeu cartas mais simpáticas dos leitores; e (a maior prova de todas) a Doubleday abriu os braços para mim com mais entusiasmo do que nunca. Até aquele momento, eles me pediam esboços e capítulos antes de me dar os contratos, mas depois disso eu os conseguia simplesmente dizendo que ia escrever outro livro.

De fato, *As Cavernas de Aço* obteve tanto sucesso, que era inevitável que eu escrevesse uma sequência. Creio que eu a teria começado sem demora, se não tivesse acabado de começar a escrever livros de divulgação científica e descoberto que adorava fazer isso. Na verdade, somente em outubro de 1955 comecei *O Sol Desvelado*.

Uma vez começada, a escrita do livro fluiu. De certa forma, ele contrabalançava os livros anteriores. *As Cavernas de Aço* se passava na Terra, um mundo com muitos humanos e poucos robôs, enquanto *O Sol Desvelado* se passava em Solaria, um mundo com poucos humanos e muitos robôs. Além disso, embora geralmente meus livros sejam desprovidos de romance, coloquei uma discreta história de amor em *O Sol Desvelado*.

Eu estava muito satisfeito com a sequência e, no fundo, pensava que era ainda melhor do que *As Cavernas de Aço*, mas o que deveria fazer com ela? Eu estava um tanto afastado de Campbell, que tinha se dedicado a um ramo de pseudociência chamado dianética e tinha se interessado por discos voadores, psiônica e vários outros assuntos questionáveis. Por outro lado, eu devia muito a ele e me sentia culpado de publicar sobretudo com Gold, que tinha lançado consecutivamente dois de meus livros em fascículos. Mas como ele não tinha nada a ver com o planejamento de *O Sol Desvelado*, eu podia fazer com ele o que quisesse.

Portanto, ofereci o romance a Campbell, e ele o aceitou sem demora. Foi publicado em três partes nas edições de outubro, novembro e dezembro de 1956 da *Astounding*, e Campbell não mudou meu título. Em 1957, foi publicado pela Doubleday como meu vigésimo livro.

Esse livro vendeu tão bem quanto *As Cavernas de Aço*, se não mais, e a Doubleday logo ressaltou que eu não podia parar por ali. Eu teria que escrever um terceiro livro e fazer uma trilogia, do mesmo modo como os meus três livros da série *Fundação* formavam uma trilogia.

Eu estava totalmente de acordo. Eu tinha uma vaga ideia do enredo do terceiro livro e tinha um título – *The Bounds of Infinity*.

Em julho de 1958, minha família estava passando três semanas de férias em uma casa na praia em Marshfield, Massachusetts, e eu tinha planejado trabalhar e escrever um pedaço considerável do novo romance ali. O cenário seria Aurora, onde o equilíbrio entre humanos e robôs não pesaria nem para o lado dos humanos, como em *As Cavernas de Aço*, nem para o lado dos robôs, como em *O Sol Desvelado*. Além disso, o romance apareceria com muito mais força.

Eu estava pronto – e, no entanto, algo estava errado. Gradualmente, eu tinha passado a me interessar mais por não ficção na década de 1950 e, pela primeira vez, comecei a escrever um romance que não fluía. Quatro capítulos depois, meus esforços desvaneceram e eu desisti. Decidi que, no fundo, sentia que não conseguiria trabalhar no romance, não conseguiria equilibrar a mescla entre humanos e robôs de maneira adequada e uniforme.

Por 25 anos, o livro continuou assim. *As Cavernas de Aço* e *O Sol Desvelado* nunca desapareceram ou ficaram esgotados. Foram publicados juntos em *The Robot Novels* e com uma série de contos em *The Rest of the Robots*, além de várias edições em brochura.

Portanto, por 25 anos, os leitores tiveram esses dois romances à disposição para ler e, suponho eu, para se divertir. Como consequência, muitos me escreveram pedindo um terceiro romance. Nas convenções, faziam esse pedido diretamente. Ela tornou-se o pedido mais inevitável que eu receberia (exceto pelo pedido por um quarto romance da *Fundação*).

Toda vez que me perguntavam se eu pretendia escrever um terceiro romance de robôs, eu respondia:

– Sim, algum dia, então rezem para que eu tenha uma vida longa.

De certa forma, eu sentia que devia fazer isso, mas, com o passar dos anos, eu tinha cada vez mais certeza de que não conseguiria trabalhar com ele e estava cada vez mais convencido de que um terceiro romance nunca seria escrito.

Entretanto, em março de 1983, apresentei à Doubleday o "tão esperado" terceiro romance de robôs. Ele não tem relação nenhuma com aquela tentativa malfadada de 1958 e seu título é *Os robôs da alvorada*. A Doubleday o publicou em outubro de 1983.

— Isaac Asimov
Nova York

1 UMA PERGUNTA É FEITA

Com dificuldade, Elijah Baley lutava contra o pânico.

Fazia duas semanas que esse sentimento crescia dentro dele. Talvez bem antes disso. Vinha aumentando desde que o tinham chamado a Washington e lá calmamente tinham-lhe dito que seria transferido.

O próprio fato de ser chamado a Washington já tinha sido perturbador o suficiente. Não forneceram maiores detalhes, apenas uma mera convocação; e isso piorara as coisas. Incluíram bilhetes de ida e de volta e isso deixara as coisas ainda piores.

Por um lado, era o senso de urgência contido em uma ordem para uma viagem de avião. Por outro, era a simples ideia do avião em si. No entanto, esse havia sido apenas o começo daquela sensação de desconforto e, até então, fácil de conter.

Afinal, Lije Baley já tinha viajado de avião quatro vezes antes disso. Uma vez ele até atravessara o continente. Então, embora uma viagem de avião nunca fosse agradável, pelo menos não seria um passo em direção ao desconhecido.

E, de qualquer forma, a viagem de Nova York a Washington durara apenas uma hora. A decolagem fora a partir da Pista Número Dois, de Nova York, a qual, como todas as Pistas oficiais, era adequadamente encoberta, e uma abertura dava passagem à parte sem nenhuma proteção contra a atmosfera apenas depois de atingida a velocidade apropriada. A chegada ocorrera na Pista Número Cinco, de Washington, a qual era protegida da mesma maneira.

Além disso, como Baley bem sabia, não havia janelas no avião. Tivera uma boa iluminação, comida decente e todas as comodidades necessárias. O voo controlado por rádio fora tranquilo; quase não houvera nenhuma sensação de movimento desde que alçaram voo.

Ele explicara tudo isso a si mesmo e a Jessie, sua mulher, que nunca tinha voado e abordara essa questão com pavor.

— Mas eu não gosto da ideia de que você vai de avião, Lije. Não é natural. Por que você não pode ir pela via expressa? — perguntara ela.

— Porque demoraria dez horas — respondera Baley, seu rosto comprido marcado por linhas graves —, e porque sou membro da Polícia da Cidade e devo seguir as ordens dos meus superiores. Pelo menos, devo segui-las se quiser manter minha classificação C-6.

Ela não pudera argumentar contra isso.

* * *

Baley pegara o avião e mantivera os olhos firmemente fixos nas tiras de notícias que passavam lenta e continuamente na máquina à sua frente. A Cidade tinha orgulho daquele serviço: notícias, reportagens importantes, artigos de humor, breves matérias educacionais, um ou outro trabalho de ficção. Um dia, as tiras seriam convertidas em vídeos, diziam, já que encobrir os olhos dos passageiros com um visualizador seria um modo ainda mais eficiente de desviar sua atenção daquilo que estava a seu redor.

Baley mantivera os olhos nas tiras que iam passando não só por distração, mas também por uma questão de etiqueta. Havia outros cinco passageiros no avião (ele não pôde deixar de notar isso), e cada qual tinha o direito de sentir, em particular, qualquer grau de medo e ansiedade que a sua natureza e a educação que recebera permitissem.

Baley com certeza se ressentiria se alguém se intrometesse no seu próprio estado de inquietação. Ele não queria que olhos estranhos reparassem na brancura de suas juntas no local em que suas mãos agarravam o braço da poltrona, nem nas manchas de umidade que elas deixariam quando levantasse as mãos.

Ele dissera a si mesmo: "Estou em um espaço fechado. Este avião é apenas uma Cidadezinha".

Mas não fora capaz de enganar a si mesmo. Eram apenas dois centímetros e meio de aço à sua esquerda; ele pudera senti-lo com o cotovelo. Depois disso, não havia nada... Bem, havia o ar! Mas, na verdade, isso não era nada.

Mais de 1.600 quilômetros de ar para um lado. Mais de 1.600 quilômetros de ar para o outro. Mais de 1.600 quilômetros, talvez 3.200, bem abaixo.

Ele quase desejara poder ver o que havia abaixo, entrever o topo das Cidades escondidas sobre as quais passara: Nova York, Filadélfia, Baltimore, Washington. Imaginara que, lá embaixo, estariam passando por ele os complexos não muito altos de cúpulas, que ele nunca tinha visto, mas sabia que estavam lá. E abaixo deles, a pouco mais de um quilômetro debaixo da terra e espalhadas por dezenas de quilômetros para todos os lados, estariam as Cidades.

Os infinitos corredores da Cidade, cheios de gente, feito um formigueiro, pensara ele; apartamentos, cozinhas comunitárias, fábricas, Vias Expressas; tudo confortável e caloroso, com evidências da presença do homem.

Enquanto ele, isolado no frio e monótono ar em um pequeno projétil de metal, movia-se através do vazio.

Suas mãos tremeram e ele forçara os olhos a se fixarem na tira de papel e lerem um pouco.

Passava um conto sobre a exploração galáctica e era bastante óbvio que o herói era um terráqueo.

Baley resmungara, exasperado, e então prendera a respiração por um momento, desalentado pela grosseria de ter emitido um som.

No entanto, a notícia era completamente ridícula. Essa pretensão de que os terráqueos poderiam invadir o espaço era uma infantilidade. Exploração galáctica! A Galáxia estava fechada para os seres humanos. Os Siderais, cujos ancestrais tinham sido terráqueos séculos atrás, haviam se apropriado dela. Aqueles ancestrais chegaram pela primeira vez aos Mundos Siderais, sentiram-se bem, e seus descendentes impuseram severas restrições à imigração. Aprisionaram a Terra e seus primos terráqueos. E a civilização das Cidades na Terra fez o resto, confinando os homens dentro de seus limites com uma parede de medo de espaços abertos, uma barreira que os mantinha longe até mesmo das fazendas e das áreas de mineração de seu próprio planeta, nas quais trabalhavam robôs.

Baley pensara amargamente: "Por Josafá! Se não gostamos disso, façamos algo para mudar. Não percamos tempo com contos de fadas".

Mas não havia nada a fazer, e ele sabia disso.

Então o avião pousara. Ele e os outros passageiros saíram e se afastaram uns dos outros, sem se olhar.

Baley dera uma olhada no relógio e decidira que era hora de tomar uma chuveirada antes de pegar a via expressa para o Departamento de Justiça. Ele sentira-se feliz por estar ali. O som e o clamor da vida, a enorme câmara abobadada do aeroporto com corredores da Cidade saindo de lá em vários níveis, tudo o que ele vira e ouvira lhe dera a sensação de estar seguro e calorosamente envolto pelas entranhas e pelo ventre da Cidade. Ela fizera a ansiedade desaparecer e fora necessário apenas um banho para completar o serviço.

Ele precisara de uma permissão temporária para usar um dos banheiros comunitários, mas a apresentação dos documentos de viagem eliminara qualquer dificuldade. Houvera apenas a necessidade da burocracia habitual, que lhe garantira o privilégio de um lavabo particular (a data marcada com cuidado para evitar excessos) e uma tira fina com instruções para chegar ao local designado.

Baley sentira-se grato pela sensação das faixas sob os pés. Experimentara algo semelhante à luxúria ao acelerar, conforme passava de uma faixa para outra em direção à veloz via expressa. Ele entrara a bordo com leveza, tomando o assento ao qual sua classificação lhe dava direito.

Não era hora do *rush*; havia assentos disponíveis. O Privativo, quando Baley entrara, também não estava demasiadamente cheio de gente. A cabine que lhe fora designada estava em boas condições, com um sistema automático de lavagem de roupa que funcionava bem.

Tendo consumido a sua quota de água de modo proveitoso e com a roupa limpa, ele se sentira pronto para enfrentar o Departamento de Justiça. Ironicamente, ele até se considerara animado.

O Subsecretário Albert Minnim era um homem pequeno, de pele corada, cabelo grisalho, e seu corpo formava ângulos suaves. Exalava um ar de limpeza e tinha um leve cheiro de tônica. Tudo isso expressava as coisas boas da vida que vinham com as quotas liberais obtidas por aqueles com altos cargos na Administração.

Baley se sentira descorado e muito magro comparado a ele. O investigador tinha consciência de suas mãos grandes, de seus olhos fundos, de uma noção geral de traços ásperos.

— Sente-se, Baley. Você fuma? — dissera Minnim cordialmente.

— Só cachimbo, senhor — respondera Baley, que o pegara enquanto falava, e Minnim guardara um charuto que já estava meio fora da caixa.

Baley se arrependera de imediato. Um charuto seria melhor do que nada e ele teria gostado do presente. Mesmo com o aumento da quota ocasionado por sua recente promoção de C-5 a C-6, ele não estava nadando em porções de tabaco para o cachimbo.

— Por favor, acenda, se quiser — dissera Minnim, e esperara com certa paciência paternal enquanto Baley media uma cautelosa quantia de tabaco e fixava o abafador.

Com os olhos no cachimbo, Baley dissera:

— Ainda não me disseram o motivo de eu ser chamado a Washington, senhor.

— Eu sei disso — retrucara Minnim. Ele sorrira. — Posso resolver isso agora mesmo. Você vai ser temporariamente transferido.

— Para fora da Cidade de Nova York?

— Para bem longe.

Baley erguera as sobrancelhas e parecera pensativo.

— Por quanto tempo, senhor?

— Não tenho certeza.

Baley tinha consciência das vantagens e desvantagens dessa transferência. Estando em caráter temporário em uma Cidade na qual não residia, ele provavelmente viveria em um nível melhor do que a sua classificação lhe dava direito. Por outro lado, era pouco provável que Jessie e o filho do casal, Bentley, teriam permissão para viajar com ele. Com certeza, cuidariam deles, lá em Nova York, mas Baley era uma criatura domesticada e não gostava da ideia de separação.

Além disso, uma transferência também significaria um trabalho específico, o que era bom, e uma responsabilidade maior do que em geral se esperava do detetive em si, o que poderia trazer incômodos. Baley tinha sobrevivido, alguns meses antes, à responsabilidade da investigação do assassinato de um Sideral nos arredores de Nova York. Não ficara muito feliz com a possibilidade de um trabalho de tamanha responsabilidade, nem com algo semelhante àquilo.

— Poderia me dizer para onde vou? A natureza do trabalho? Do que se trata tudo isso? — perguntara Baley.

Ele estava tentando dimensionar o "bem longe" do Subsecretário e fazer pequenas apostas consigo mesmo quanto à sua nova base de operações. O "bem longe" tinha parecido enfático e Baley pensara: "Calcutá? Sydney?".

Então percebera que Minnim afinal pegara um charuto e o estava acendendo cuidadosamente.

Baley pensara: "Por Josafá! Ele está tendo dificuldades para me dizer. Ele não quer me dizer".

Minnim tirara o charuto dos lábios. Ele observara a fumaça e dissera:

— O Departamento de Justiça está designando-o para um trabalho temporário em Solaria.

Por um momento, a mente de Baley buscara uma identificação ilusória: Solaria, Ásia; Solaria, Austrália...

Então ele se levantara da cadeira e indagara com ansiedade:

— O senhor quer dizer um dos Mundos Siderais?

Minnim não olhara para ele.

— É isso mesmo.

— Isso é impossível — argumentara Baley. — Eles não permitiriam um terráqueo em um Mundo Sideral.

— As circunstâncias alteram a situação, investigador Baley. Houve um assassinato em Solaria.

Por reflexo, os lábios do detetive se contorceram, formando uma espécie de sorriso.

— Isso está um pouco fora da nossa jurisdição, não está?

— Eles pediram ajuda.

— Nossa ajuda? Ajuda da Terra? — Baley estava dividido entre a confusão e a descrença. Para um Mundo Sideral, tomar uma atitude que não fosse de desdém para com o menosprezado planeta-mãe ou, na melhor das hipóteses, de uma paternalista benevolência social, era impensável. Pedir ajuda?

— Da Terra? — repetira ele.

— É estranho — admitira Minnim —, mas aconteceu. Eles querem que um detetive terráqueo se encarregue do caso. Trataram do assunto pelas vias diplomáticas nos mais altos níveis.

Baley se sentara de novo.

— Por que eu? Não sou jovem. Tenho 43 anos. Tenho mulher e um filho. Não posso sair da Terra.

— Não temos escolha, investigador. Pediram especificamente que fosse você.

— *Eu?*

— Investigador Elijah Baley, C-6, da Polícia da Cidade de Nova York. Eles sabiam o que queriam. Com certeza, você entende por quê.

— Não sou qualificado — Baley afirmara com obstinação.

— Eles acham que você é. O modo como você resolveu o assassinato do Sideral aparentemente chegou aos ouvidos deles.

— Eles devem ter entendido errado. As coisas devem ter soado melhor do que foram de fato.

Minnim encolhera os ombros.

— De qualquer forma, eles pediram por você e nós concordamos em enviá-lo. Você foi transferido. Cuidamos de toda a papelada e você deve ir. Durante a sua ausência, sua mulher e seu filho receberão cuidados de nível C-7, uma vez que esta será sua classificação temporária durante sua licença para este trabalho. — Ele fizera uma pausa significativa. — A conclusão satisfatória do trabalho pode tornar a classificação permanente.

Tudo estava acontecendo rápido demais para Baley. Nada disso era possível. Ele não poderia sair da Terra. Será que não conseguiam ver isso?

Ele ouvira sua própria voz fazendo uma pergunta em um tom equilibrado que soou anormal aos seus próprios ouvidos:

— Que tipo de assassinato? Quais são as circunstâncias? Por que eles não podem resolver isso sozinhos?

Minnim reorganizava pequenos objetos na mesa com suas mãos bem cuidadas. Ele meneara a cabeça.

— Não sei nada sobre o assassinato. Nem sobre as circunstâncias.

— Então quem sabe, senhor? O senhor não espera que eu chegue lá despreparado, espera?

E de novo uma voz interior dissera: "Mas eu não *posso* sair da Terra".

— Ninguém sabe nada sobre essa questão. Ninguém na Terra. Os solarianos não nos disseram nada. Este será seu trabalho: descobrir o que há de tão importante sobre o assassinato que eles precisam que um terráqueo o solucione. Ou melhor, isso será parte do seu trabalho.

Baley sentira-se desesperado o bastante para perguntar:

— E se eu me recusar?

Ele sabia a resposta, é claro. Sabia exatamente o que a desclassificação significaria para ele e, mais do que isso, para sua família.

Minnim não dissera nada sobre desclassificação, mas acrescentara de modo suave:

— Você não pode se recusar, investigador. Tem um trabalho a fazer.

— Para Solaria? Que se dane!

— Para *nós*, Baley. Para nós. — Minnim fizera uma pausa. Então continuara. — Você sabe qual é a posição da Terra quanto aos Siderais. Não preciso explicar isso.

Baley sabia qual era a situação, assim como todos os homens na Terra. Os 50 Mundos Siderais, que juntos tinham uma população bem menor do que a da Terra, mantinham, não obstante, um potencial militar talvez cem vezes maior. Com seus mundos pouco povoados que se apoiavam em uma economia sustentada por robôs positrônicos, sua produção de energia para cada ser humano era milhares de vezes maior do que a da Terra. E era a quantidade de energia produzida por um único humano que ditava o potencial militar, o padrão de vida, a felicidade e tudo o mais.

— Um dos fatores que colaboram para nos manter nessa posição é a ignorância. Só isso. Ignorância. Os Siderais sabem tudo sobre nós. Deus sabe quantas missões eles enviam para a Terra. Nós não sabemos nada sobre eles, a não ser o que eles nos contam. Nenhum homem na Terra conseguiu chegar a pôr os pés em um Mundo Sideral. Contudo, você irá — dissera Minnim.

— Eu não posso... — recomeçara Baley.

— Você irá — repetiu Minnim. — Estará em uma posição ímpar. Você vai estar em Solaria a convite deles, fazendo um trabalho para o qual eles o designarão. Quando voltar, terá informações úteis para a Terra.

Baley observara o Subsecretário com um olhar sombrio.

— Quer dizer que devo espionar para a Terra.

— Não é uma questão de espionar. Você não precisa fazer nada que eles não peçam. Apenas mantenha os olhos e a mente abertos. Observe! Haverá especialistas na Terra, quando você voltar, para analisar e interpretar as suas observações.

— Entendo que há uma crise, senhor — dissera Baley.

— Por que diz isso?

— Enviar um terráqueo para um Mundo Sideral é arriscado. Os Siderais nos odeiam. Com a maior boa vontade do mundo e mesmo estando lá a convite deles, eu poderia causar um incidente interestelar. O Governo Terrestre poderia evitar facilmente me mandar para lá se assim decidisse. Poderiam dizer que estou doente. Os Siderais têm um medo patológico de doenças. Não iriam me querer de jeito nenhum se pensassem que estou doente.

— Está sugerindo que experimentemos esse truque? — perguntara Minnim.

— Não. Se o governo não tivesse nenhum outro motivo para me mandar, pensariam nisso ou em algo melhor sem a minha ajuda. Então, deduz-se que a questão da espionagem é, na verdade, o ponto essencial. E, se for isso, deve haver mais coisas além de somente um veja-o-que-puder-ver para justificar todo o risco.

Baley quase esperara que o outro explodisse e teria, até certo ponto, agradecido por isso como forma de aliviar a pressão, mas Minnim apenas sorrira com frieza e dissera:

— Ao que parece, você consegue ver além do que não é essencial. Mas eu não esperava menos do que isso.

O Subsecretário se inclinara sobre sua mesa, em direção a Baley.

— Eis aqui algumas informações que você não vai mencionar para ninguém, nem mesmo para outros oficiais do governo. Os nossos sociólogos têm chegado a certas conclusões em relação à presente situação galáctica. Cinquenta Mundos Siderais, pouco povoados, robotizados, poderosos, com pessoas que são saudáveis e têm vidas longas. Nós, superpovoados, tecnologicamente subdesenvolvidos, com vidas curtas, sob o domínio deles. Isso é instável.

— Tudo é instável no longo prazo.

— Isso é instável no curto prazo. Cem anos é o máximo que temos. Essa situação vai durar o tempo da nossa geração, com certeza, mas nós temos filhos. Um dia, nós nos tornaremos perigosos demais para que os Mundos Siderais permitam a nossa sobrevivência. Há 8 bilhões de pessoas na Terra que odeiam os Siderais.

— Os Siderais nos excluem da Galáxia, administram o nosso comércio em proveito próprio, dão ordens ao nosso governo e nos tratam com desdém. O que eles esperam? Gratidão? — dissera Baley.

— É verdade e, no entanto, o padrão está estabelecido. Revolta, repressão, revolta, repressão... e dentro de um século, a Terra estará virtualmente dizimada como planeta povoado. É o que dizem os sociólogos.

Baley se revirara, inquieto. Não se questionavam os sociólogos e seus computadores.

— Mas, se é esse o caso, o que espera que eu faça?

— Traga-nos informações. A grande falha na previsão sociológica é a nossa falta de dados relativos aos Siderais. Tivemos de fazer suposições baseadas nos poucos Siderais que mandaram para cá e nos basear no que eles escolhem nos contar sobre si mesmos; portanto, conhecemos seus pontos fortes, e somente seus pontos fortes. Droga, eles têm robôs, sua população é pequena, mas vivem por muito tempo. Mas eles têm fraquezas? Há um fator ou fatores que, se soubéssemos, alterariam a inevitabilidade sociológica da destruição; algo que poderia orientar nossas ações e melhorar as chances de sobrevivência da Terra?

— Não seria melhor enviar um sociólogo, senhor?

Minnim negara com a cabeça.

— Se pudéssemos enviar quem quiséssemos, teríamos enviado alguém dez anos atrás, quando os sociólogos chegaram a essas conclusões pela primeira vez. Esta é a nossa primeira desculpa para enviar alguém e eles pedem um detetive e isso nos convém. Um detetive é um sociólogo também; um sociólogo por uma questão de experiência e de prática, caso contrário não seria um bom detetive. Seus registros mostram que você é um dos bons.

— Obrigado, senhor — Baley respondera de maneira automática. — E se eu me meter em apuros?

Minnim encolhera os ombros.

— É o risco do trabalho de um policial.

Ele deixara essa questão de lado com um aceno de mão e acrescentara:

— De qualquer forma, você deve ir. O horário da partida já está marcado. A nave que o levará está esperando.

Baley ficara tenso.

— Esperando? Quando será a partida?

— Em dois dias.

— Então preciso voltar a Nova York. Minha mulher...

— *Nós* vamos cuidar da sua mulher. Ela não pode estar a par da natureza do seu trabalho, você sabe. Diremos a ela que não espere notícias suas.

— Mas isso é desumano. Preciso vê-la. Talvez eu nunca mais a veja.

— O que vou dizer agora pode parecer até mais desumano, mas não há um dia no qual você cumpra seus deveres e em que não diga a si mesmo que ela nunca mais o verá. Investigador Baley, todos nós devemos cumprir nossos deveres — dissera Minnim.

O cachimbo de Baley tinha se apagado fazia 15 minutos. Ele nem percebera.

* * *

Ninguém tinha mais nada a acrescentar. Ninguém tinha maiores detalhes sobre o assassinato. Oficial após oficial acabaram apressando-o até o momento em que ele se encontrou ao pé de uma espaçonave, ainda incrédulo.

Era como um gigantesco canhão apontado para o céu, e Baley tremia espasmodicamente, em contato com o ar aberto e frio. A noite caía (fato pelo qual Baley sentia-se agradecido) como paredes bem escuras fundindo-se com um teto negro ao alto. Estava nublado e, embora ele tivesse visitado planetários, uma estrela brilhante o surpreendeu ao reluzir por uma brecha entre as nuvens, prendendo sua atenção.

Era uma faisquinha distante, bem distante. Ele a observou com curiosidade, quase sem medo. Ela parecia bem próxima, bem insignificante, e, no entanto, era ao redor de coisas como aquela que circulavam planetas cujos habitantes eram os senhores da Galáxia. "O Sol era uma daquelas coisas" ele pensou, "mas muito mais próximo, brilhando agora do outro lado da Terra."

De repente, ele visionou a Terra como uma bola de pedra com uma película de umidade e gás, exposta ao vazio por todos os lados, com suas Cidades que mal se fixavam na camada mais exterior, construídas de maneira precária entre a rocha e o ar. Baley ficou arrepiado!

A nave era Sideral, é claro. O comércio interestelar estava completamente nas mãos dos Siderais. Ele estava sozinho agora, bem no limite da Cidade. Tinha tomado banho e o haviam esfregado e esterilizado até ele ser considerado seguro para embarcar na nave, segundo os padrões dos Siderais. Mesmo assim, mandaram apenas um robô ao seu encontro, uma vez que ele ainda carregava uma centena de variedades de germes de doenças da sufocante Cidade contra os quais ele próprio tinha resistência, mas os Siderais, criados eugenicamente em estufas, não.

O vulto indistinto do robô surgiu no escuro da noite, com olhos de um vago brilho vermelho.

— Investigador Elijah Baley?

— Isso mesmo — respondeu Baley de modo brusco, com os cabelos da nuca um pouco arrepiados. Como todo terráqueo, ele tremia de raiva ao ver um robô fazendo o trabalho de um homem. Houvera R. Daneel Olivaw, que tinha sido seu parceiro no caso do assassinato do Sideral, mas aquele era outro caso. Daneel tinha sido...

— Siga-me, por favor — disse o robô, e uma luz branca iluminou o caminho até a nave.

Baley o seguiu. Subiu a escada e ingressou na nave, passando pelos corredores, e entrou em uma cabine.

— Esta será a sua cabine, investigador Baley. Pedimos que permaneça nela durante a viagem — disse o robô.

Baley pensou: "Claro, confinem-me. Mantenham-me a salvo. Isolado".

Os corredores pelos quais tinha passado estavam vazios. Os robôs deviam estar desinfetando-os agora. O robô que estava diante dele provavelmente passaria por um banho germicida quando saísse.

— Há sistema de saneamento e água. Refeições serão servidas. Você terá materiais para assistir. As janelas são controladas por este painel. Elas estão fechadas agora, mas se desejar ver o espaço... — disse o robô.

— Assim está bom, garoto — interrompeu Baley, um pouco agitado. — Deixe as janelas fechadas.

Ele o chamou de "garoto", a forma de tratamento sempre usada pelos terráqueos ao se dirigirem a robôs, mas este não demonstrou nenhuma reação negativa. Ele não podia, é claro. Suas reações eram limitadas e controladas pelas Leis da Robótica.

O robô curvou seu grande corpo de metal, imitando uma respeitosa reverência, e saiu.

Baley estava sozinho em sua cabine e podia fazer algumas reflexões. Pelo menos, era melhor do que o avião. Ele podia ver o avião de ponta a ponta. Podia ver seus limites. A espaçonave era grande. Tinha corredores, andares, cabines. Era uma Cidadezinha. Baley quase podia respirar livremente.

As luzes piscaram e a voz metálica de um robô ressoou pelo comuno-falante e lhe deu instruções específicas para se proteger contra a aceleração da decolagem.

Sentiu um empurrão para trás, contra a malha de proteção, mas o sistema hidráulico de seu assento conteve o movimento, e ele ouviu um ruído surdo e distante de jatos de força furiosamente acionados ao máximo por micropilhas de próton. Depois, um silvo ao romper a atmosfera que se tornou mais fino e mais estridente até desaparecer por completo depois de uma hora.

Eles estavam no espaço.

* * *

Era como se todas as sensações estivessem entorpecidas, como se nada fosse real. Ele disse a si mesmo que estava milhares de quilômetros mais distante das Cidades e de Jessie a cada segundo que passava, mas isso não ficou registrado em sua mente.

No segundo dia (ou terceiro? – era impossível contar a passagem do tempo, exceto pelos intervalos para comer e dormir), houve uma estranha e fugaz sensação de ser virado do avesso. Durou apenas um instante e Baley sabia que era o Salto, aquela transição momentânea estranhamente incompreensível, quase mística, para o hiperespaço, que transferia uma nave e tudo o que ela continha de um ponto para outro, a anos-luz de distância. Outro lapso de tempo e outro Salto, e mais outro lapso, e ainda outro Salto.

Baley disse a si mesmo que agora estava a anos-luz de distância, a dezenas de anos-luz, centenas, milhares.

Ele não sabia estimar quantos. Ninguém na Terra sabia nada sobre a localização de Solaria no espaço. Ele apostava que não. Eram ignorantes, todos eles.

E se sentia terrivelmente sozinho.

* * *

Houve uma sensação de desaceleração e o robô entrou. Seus olhos sombrios e vermelhos observaram os detalhes do cinto de Baley. Ele apertou uma porca borboleta com eficiência. Examinou detalhes do sistema hidráulico com rapidez.

— Vamos aterrissar daqui a três horas. Por favor, permaneça nesta sala. Um humano virá para acompanhá-lo na saída e levá-lo ao seu local de residência — disse ele.

— Espere — interrompeu Baley, tenso. Amarrado como estava, ele se sentia impotente. — Quando aterrissarmos, que hora do dia será?

— No Horário-padrão Galáctico, será... — o robô respondeu de imediato.

— Horário local, garoto. Horário local! Por Josafá!

— O dia em Solária dura 28,35 horas-padrão. A hora solariana é dividida em dez decades, cada uma das quais é dividida em cem centades. Nossa chegada está prevista para acontecer em um aeroporto onde o dia estará na 20ª centade da quinta decade — continuou o robô suavemente.

Baley odiava aquele robô. Ele o odiava porque era lento para compreender; pela maneira como ele o estava obrigando a fazer a pergunta diretamente e expor a própria fraqueza.

Ele precisava saber.

— Vai ser durante o dia? — questionou ele sem rodeios.

E, depois de tudo aquilo, o robô respondeu:

— Sim, senhor.

E saiu.

Seria dia! Ele teria de pisar na superfície desprotegida de um planeta durante o dia.

Ele não sabia ao certo como seria. Tinha visto superfícies planetárias de relance a partir de certos lugares dentro da Cidade; tinha até pisado nelas por alguns instantes. Contudo, sempre estivera cercado por paredes ou ao alcance delas. A segurança sempre estivera por perto.

Onde seria seguro agora? Nem nas falsas paredes da escuridão.

E porque ele não iria demonstrar fraqueza diante dos Siderais — que um raio o partisse se demonstrasse —, apertou o corpo contra o cinto que o protegia das forças de desaceleração, fechou os olhos e, com dificuldade, lutou contra o pânico.

2 ENCONTRO COM UM AMIGO

Baley estava perdendo a luta. Somente a racionalidade não era o suficiente.

Baley dizia a si mesmo, repetidas vezes: os homens vivem em espaços abertos a vida inteira. Os Siderais fazem isso agora. Nossos ancestrais na Terra fizeram isso no passado. Não há nenhum perigo na falta de paredes. É apenas a minha mente que me diz o contrário, e ela está errada.

Mas nada daquilo ajudou. Algo que ia muito além da razão clamava por paredes e não aceitaria o espaço aberto.

Conforme o tempo passava, pensou que não aguentaria. Ele se encolheria de medo, tremendo, ficando em um estado deplorável. O Sideral que enviariam para buscá-lo (com filtros nas narinas para impedir a entrada de germes, e luvas nas mãos para evitar contato) sequer o desprezaria de forma honesta. O Sideral sentiria apenas repulsa.

Baley se segurou com ferocidade.

Quando a nave parou e o cinto de segurança contra a desaceleração se soltou automaticamente, e enquanto o sistema hidráulico se encaixava no seu nicho na parede, Baley permaneceu sentado. Ele estava com medo, mas estava determinado a não demonstrá-lo.

Desviou o olhar quando ouviu o primeiro som tênue da porta da cabine se abrindo. Com uma olhadela de soslaio, viu entrar um vulto alto, com cabelo em tom acobreado; um Sideral, um daqueles orgulhosos descendentes da Terra que tinham rejeitado seu legado.

— Parceiro Elijah! — exclamou o Sideral.

Baley virou a cabeça em direção ao interlocutor com um movimento brusco. Então arregalou os olhos e se levantou quase de modo automático.

Ele olhou para aquela face; as maçãs do rosto salientes, a calma absoluta das linhas da face, a simetria do corpo, sobretudo o olhar direto daqueles frios olhos azuis.

— D... Daneel.

— Fico feliz que se lembre de mim, parceiro Elijah — comentou o Sideral.

— Lembrar-me de você? — Baley sentiu-se tomado pelo alívio. Esse ser era um pedaço da Terra, um amigo, um conforto, um salvador. Ele sentiu um desejo quase incontrolável de correr ao encontro do Sideral e dar-lhe um abraço, um abraço efusivo, e rir e dar tapinhas nas suas costas e fazer todas as coisas bobas que velhos amigos fazem quando se reencontram após um período de separação.

Mas ele não fez isso. Não podia. Tudo o que podia fazer era dar um passo à frente, estender a mão e dizer:

— É pouco provável que eu vá esquecê-lo, Daneel.

— Isso é bom — disse Daneel, aquiescendo seriamente. — Como você bem sabe, para mim é impossível esquecê-lo, enquanto eu estiver funcionando bem. É bom vê-lo de novo.

Daneel apertou a mão de Baley, pressionando-a com uma calma inabalável, seus dedos fechando o aperto até um ponto de pressão confortável, mas não doloroso, e depois soltando-a.

Baley esperava sinceramente que os olhos indecifráveis da criatura não penetrassem em sua mente e notassem aquele momento de descontrole que tinha acabado de passar e ainda não tinha se dissipado por completo, enquanto cada fibra do detetive tinha se concentrado no sentimento de uma intensa amizade que era quase amor.

Afinal de contas, não se podia amar como amigo Daneel Olivaw, que não era um homem, mas apenas um robô.

* * *

— Eu pedi que um veículo de transporte terrestre dirigido por um robô fosse acoplado a esta nave por vias aéreas — disse o robô que se parecia com um humano.

Baley franziu a testa.

— Um tubo-aéreo?

— Sim. É uma técnica comum, usada com frequência no espaço, a fim de que tripulação e carga sejam transferidos de um meio de transporte para outro sem precisar de equipamentos especiais contra o vácuo. Parece-me que você não conhece essa técnica.

— Não — confessou Baley —, mas consegui ter uma ideia.

— Obviamente é complicado providenciar um dispositivo desses entre a espaçonave e o veículo terrestre, mas solicitei que fosse assim. Por sorte, a missão da qual você e eu fomos encarregados é de alta prioridade. As dificuldades são resolvidas com facilidade.

— Você também foi designado para investigar o caso de assassinato?

— Você não foi informado sobre isso? Sinto muito por não ter lhe contado logo. — É evidente que não havia nenhum sinal de pesar no rosto perfeito do robô. — Foi o dr. Han Fastolfe, que você conheceu na Terra quando trabalhamos como parceiros e de quem espero que se recorde, o primeiro a sugerir você como o investigador apropriado para este caso. Ele impôs a condição de que eu fosse designado para trabalhar com você mais uma vez.

Baley conseguiu esboçar um sorriso. O dr. Fastolfe era nativo de Aurora, o mais influente dos Mundos Siderais. Aparentemente, o conselho de um auroreano tinha peso.

— Não se deve mexer em uma parceria que dá certo, não é? (A euforia do momento em que Daneel apareceu estava se desvanecendo e a compressão que sentira no peito estava voltando.)

— Não sei se ele tinha precisamente isso em mente, parceiro Elijah. Pela natureza das ordens que me deu, acho que seu interesse era que designassem como seu colega de trabalho alguém que tivesse experiência com o seu mundo e soubesse das suas consequentes peculiaridades.

— Peculiaridades! — Baley franziu a testa e sentiu-se ofendido. Não gostava que o termo fosse relacionado a ele.

— Assim, pude providenciar o tubo-aéreo, por exemplo. Tenho ciência de sua aversão por espaços ao ar livre em virtude de você ter sido criado nas Cidades da Terra.

Talvez tivesse sido o efeito de ser chamado de "peculiar", uma sensação de que tinha de contra-atacar ou se rebaixar diante de uma máquina que levou Baley a mudar de assunto de maneira brusca. Talvez tivesse sido apenas o treinamento de uma vida toda que o impediu de deixar que qualquer contradição lógica permanecesse inquestionada.

— Havia um robô responsável pelo meu bem-estar a bordo desta nave; um robô — e um toque de malícia se insinuou nesse comentário — que parece um robô. Você o conhece? — disse ele.

— Conversei com ele antes de entrar a bordo.

— Qual é o nome dele? Como faço para contatá-lo?

— É RX-2475. É costumeiro, em Solaria, utilizar apenas números seriais para robôs. — Os olhos calmos de Daneel examinaram o painel de controle. — Este contato irá chamá-lo.

Baley olhou para o painel de controle e, uma vez que no contato para o qual Daneel havia apontado estava marcado "RX", parecia não haver nenhum mistério em sua identificação.

Baley o pressionou e, em menos de um minuto, o robô (aquele que se parecia com um robô) entrou.

— Você é RX-2475? — perguntou Baley.

— Sim, senhor.

— Você me disse antes que um humano chegaria para me acompanhar na saída da nave. Estava se referindo a ele? — Baley apontou para Daneel.

Os robôs olharam um para o outro.

— Os documentos dele o identificam como o indivíduo que deveria vir ao seu encontro — respondeu RX-2475.

— Você recebeu alguma informação com antecedência, além daquela que está nos documentos dele? Alguém o descreveu para você?

— Não, senhor. No entanto, disseram-me o nome dele.

— Quem lhe deu essa informação?

— O capitão da nave, senhor.

— Que é solariano?

— Sim, senhor.

Baley demonstrava ansiedade. A próxima pergunta seria decisiva.

— Qual o nome que lhe informaram daquele que você deveria esperar?

— Daneel Olivaw, senhor — informou RX-2475.

— Bom garoto! Pode sair agora.

Seguiram-se uma reverência robótica e uma meia-volta. RX-2475 saiu.

Baley virou-se para seu parceiro e murmurou, pensativo:

— Você não está me dizendo toda a verdade, Daneel.

— Como assim, parceiro Elijah? — perguntou o robô.

— Enquanto eu falava com você antes, lembrei-me de um detalhe intrigante. Quando RX-2475 me disse que eu teria um acompanhante, disse que um *homem* viria me buscar. Lembro-me bem disso.

Daneel ouviu pacientemente e não disse nada.

— Pensei que talvez o robô tivesse se enganado — continuou Baley. — Pensei também que talvez um homem tivesse mesmo sido designado para me encontrar e tivesse sido substituído depois por você, e RX-2475 não tivesse sido informado sobre a mudança. Mas você me ouviu verificar essa informação. Descreveram seus documentos para ele e disseram-lhe o seu nome. Mas não deram o seu nome completo, não foi, Daneel?

— De fato, não lhe deram o meu nome completo — concordou Daneel.

— O seu nome não é Daneel Olivaw, e sim R. Daneel Olivaw, não é? Ou, por extenso, Robô Daneel Olivaw?

— Você está certo, parceiro Elijah.

— Com base nisso, podemos deduzir que RX-2475 nunca foi informado de que você é um robô. Permitiram que ele pensasse que você é humano. Com a sua aparência semelhante à de um homem, tal engodo é possível.

— Não tenho como discutir contra o seu raciocínio.

— Então, vamos continuar. — Baley sentia despontar um tipo de deleite selvagem. Estava a ponto de descobrir algo. Poderia não ser muita coisa, mas era o tipo de investigação que ele sabia fazer bem. Era algo que ele sabia fazer bem o suficiente para ser chamado ao outro lado do universo para fazer. O investigador continuou. — Bem, por que alguém ia querer enganar um mísero robô? Para ele, não importa se você é um homem ou um robô. Ele seguiria as ordens de qualquer maneira. Então, uma conclusão razoável é a de que o capitão solariano que passou as informações para o robô e os oficiais solarianos que passaram informações ao capitão não sabiam que você era um robô. Como costumo dizer, essa é uma conclusão razoável, mas talvez não seja a única. Essa conclusão é verdadeira?

— Acredito que sim.

— Tudo bem, então. Bom palpite. Mas por quê? O dr. Han Fastolfe, ao indicar você como meu parceiro, permite que os solarianos acreditem que você é humano. Isso não é perigoso? Se descobrirem, os solarianos podem ficar bastante irritados. Por que fizeram isso?

— Recebi a seguinte explicação, parceiro Elijah — respondeu o robô humanoide. — Estar associado a um humano dos Mundos Siderais elevaria o seu status aos olhos dos solarianos. Estar associado a um robô o diminuiria. Como eu conheço os seus costumes e posso trabalhar com você com facilidade, pareceu razoável permitir que os solarianos acreditassem que sou um homem sem, de fato, enganá-los com uma afirmação nesse sentido.

Baley não acreditou naquilo. Parecia um tipo de preocupação e cuidado com os sentimentos de um terráqueo que não era natural a um Sideral, nem mesmo em um Sideral esclarecido como Fastolfe.

Ele levou em consideração outra possibilidade e perguntou:

— Os solarianos são conhecidos entre os Mundos Siderais pela produção de robôs?

— Estou feliz que o tenham informado sobre a economia de Solaria — comentou Daneel.

— Não me disseram nem uma palavra — retrucou Baley. — Faço alguma ideia de como se soletra Solaria e o meu conhecimento termina aí.

— Então não entendo, parceiro Elijah, o que o levou a fazer essa pergunta, mas ela é muito pertinente. Você acertou. Minha base de dados inclui a informação de que, dos 50 Mundos Siderais, Solaria é, de longe, o mais conhecido pela variedade e excelência dos modelos de robôs que produz. Exporta modelos especializados para todos os Mundos Siderais.

Baley aquiesceu, sentindo-se satisfeito, porém infeliz com a resposta. Naturalmente, Daneel não seguia uma intuição mental que usasse a fraqueza humana como ponto de partida. Nem Baley se sentiu impelido a explicar o raciocínio. Se Solaria fosse um mundo especializado em robôs, o dr. Han Fastolfe e seus colegas poderiam ter motivos puramente pessoais e muito humanos para demonstrar sua própria obra-prima. Isso não teria nada a ver com a segurança ou os sentimentos de um terráqueo.

Eles estariam asseverando a própria superioridade ao permitir que os especialistas solarianos fossem enganados, aceitando um robô de fabricação auroreana como um homem.

Baley se sentia muito melhor. Era estranho que todo o pensamento, toda a capacidade intelectual de que ele podia dispor, não tivessem conseguido ajudá-lo a superar o pânico; entretanto, uma concessão à própria vaidade resolvera o problema de imediato.

Reconhecer a vaidade dos Siderais ajudou também.

Ele pensou: "Por Josafá! Somos todos humanos; até os Siderais".

— Quanto tempo teremos de esperar pelo veículo terrestre? — perguntou em voz alta, de modo quase petulante. — Estou pronto.

* * *

O tubo-aéreo mostrava não estar bem adaptado ao seu presente uso. O homem e o humanoide saíram da nave a pé, movimentando-se por uma malha flexível que se dobrava e oscilava por conta do peso deles. (No espaço, Baley imaginava vagamente, homens passando de uma nave a outra poderiam, na ausência de gravidade, planar com facilidade por toda a extensão do tubo, impelidos por um salto inicial.)

A outra extremidade do tubo se estreitava de forma desajeitada, e a malha se amontoava como se uma gigantesca mão a tivesse apertado. Daneel, carregando uma lanterna, desceu engatinhando, e Baley o imitou. Eles desceram os últimos 6 metros daquele jeito, entrando, por fim, em algo que era obviamente um veículo terrestre.

Daneel fechou a porta pela qual tinham entrado, trancando-a com cuidado. Ouviu-se o um estalo ruidoso que poderia ter sido causado pelo tubo-aéreo sendo desacoplado.

Baley olhava em volta com curiosidade. Não havia nada de tão exótico quanto ao veículo terrestre. Havia dois bancos, um atrás do outro, cada um com capacidade para três pessoas. Havia portas nas extremidades de cada banco. As partes brilhantes que, em geral, seriam as janelas, estavam escuras e opacas como consequência, sem dúvida, de uma polarização adequada. Baley já conhecia esse processo.

O interior do carro estava iluminado por dois focos de luz amarelada no teto e, em resumo, a única coisa que Baley achou estranha era um transmissor na repartição que estava em frente ao banco dianteiro, além, é claro, do fato de que não havia controles visíveis.

— Suponho que o motorista esteja do outro lado desta repartição — arriscou Baley.

— Exatamente, parceiro Elijah — confirmou Daneel. — E podemos dar ordens a ele deste modo. — Ele se inclinou um pouco e tocou no interruptor basculante, que fez um foco de luz vermelha piscar. — Pode dar a partida. Estamos prontos — disse Daneel de maneira calma.

Ouviu-se um zunido surdo que desvaneceu quase que de imediato, depois uma pressão muito suave, muito transitória, contra o encosto do banco, e nada mais.

— Estamos nos movendo? — perguntou Baley, surpreso.

— Estamos. O carro não se move sobre rodas, mas sim desliza ao longo de um campo diamagnético. A não ser pela aceleração e pela desaceleração, você não sentirá nada.

— E as curvas?

— O carro se inclinará automaticamente para compensar. Seu nivelamento é mantido quando passa por subidas e descidas.

— Os controles devem ser complicados — observou Baley, de modo seco.

— É automático. O motorista do carro é um robô.

— Ah. — Baley sabia tudo o que queria sobre o veículo. — Quanto tempo isto vai demorar? — perguntou Baley.

— Mais ou menos uma hora. Uma viagem pelo ar teria sido mais rápida, mas eu estava preocupado em mantê-lo em um local fechado e os modelos de aeronave disponíveis em Solaria não são totalmente fechados como um veículo terrestre, como este no qual estamos agora.

Baley ficou irritado com a "preocupação" do outro. Ele se sentia um bebê aos cuidados da babá. Por incrível que pareça, ele ficou quase tão irritado com a formulação das frases de Daneel. Parecia-lhe que essa estrutura das frases desnecessariamente formal poderia com facilidade revelar a natureza robótica da criatura.

Por um instante, Baley olhou para R. Daneel Olivaw com curiosidade. O robô, que olhava direto para a frente, estava imóvel e não percebera o olhar do outro.

A textura da pele de Daneel era perfeita, os fios de cabelo na cabeça e no corpo tinham sido fabricados e colocados de forma afetuosa e com cautela. O movimento dos músculos por baixo da pele era muito realista. Não haviam poupado esforços, por mais extravagantes que fossem. No entanto, Baley sabia por experiência própria que os membros e o peito podiam se abrir ao longo de suturas invisíveis para que reparos pudessem ser feitos. Ele sabia que havia metal e silicone por baixo daquela pele realista. Sabia que um cérebro positrônico, dos mais avançados, mas apenas positrônico, alojava-se na caixa craniana. Sabia que os "pensamentos" de Daneel eram somente correntes positrônicas de curta duração, passando por vias rigidamente projetadas e predeterminadas por seu construtor.

Mas quais seriam os sinais que revelariam o segredo diante do olhar de um especialista que não soubesse do fato de antemão? A ligeira falta de naturalidade no modo de falar de Daneel? A gravidade impassível que era tão constante nele? A própria perfeição de seus traços humanos?

Mas ele estava perdendo tempo.

— Vamos continuar, Daneel. Suponho que, antes de chegar aqui, você tenha recebido um *briefing* sobre assuntos solarianos — disse Baley.

— Sim, parceiro Elijah.

— Ótimo. É mais do que fizeram por mim. De que tamanho é o planeta?

— Seu diâmetro é de pouco mais de 15 mil quilômetros. É o mais distante de três planetas e o único habitado. Assemelha-se à Terra quanto ao clima e à atmosfera; sua porcentagem de terra fértil é maior; o conteúdo mineral útil é menor, portanto menos explorado, é claro. O planeta é autossuficiente e pode, com a ajuda das exportações de robôs, manter um alto padrão de vida.

— Qual é a população? — perguntou Baley.

— Vinte mil pessoas, parceiro Elijah.

Baley concordou com isso por um momento e depois disse, com indulgência:

— Você quis dizer 20 milhões, não foi?

Seu escasso conhecimento sobre os Mundos Siderais era o suficiente para lhe dizer que, embora esses mundos fossem pouco povoados para os padrões da Terra, as populações de cada um *estavam* na casa dos milhões.

— Vinte mil pessoas, parceiro Elijah — repetiu o robô.

— Quer dizer que o planeta acabou de ser povoado?

— De modo algum. Este é um planeta independente há quase dois séculos e foi povoado cem anos ou mais, antes disso. A população é mantida em 20 mil habitantes de propósito, o que é considerado ótimo pelos próprios solarianos.

— Qual a extensão do planeta que eles ocupam?

— Todas as regiões férteis.

— Que é de quanto, em quilômetros quadrados?

— Pouco mais de 48 milhões, incluindo as regiões marginais.

— Para 20 mil pessoas?

— Também há em torno de 200 milhões de robôs positrônicos trabalhando, parceiro Elijah.

— Por Josafá! São... são 10 mil robôs por humano.

— É, de longe, a maior proporção entre os Mundos Siderais, parceiro Elijah. A segunda maior, em Aurora, é de apenas 50 para um.

— Para que eles usam tantos robôs? O que querem com tanta comida?

— Comida é um item secundário. As minas são mais importantes, e a produção de energia é mais importante ainda.

Baley pensou em todos aqueles robôs e sentiu-se um pouco tonto. Duzentos milhões de robôs! Tantos deles em meio a tão poucos humanos. Os robôs devem estar espalhados por todo o território. Um observador externo poderia pensar que Solaria era um mundo só de robôs e deixar de notar a fina camada de influência humana.

Ele sentiu uma necessidade repentina de ver. Lembrou-se da conversa com Minnim e da previsão sociológica sobre os perigos para a Terra. Parecia remoto, um pouco irreal, mas ele se lembrava. Os perigos e as dificuldades pessoais desde a saída da Terra ofuscaram a memória da voz de Minnim declarando barbaridades com uma enunciação fria e precisa, mas nunca a apagaram de todo.

Baley cultivara o senso de dever por tempo demais para permitir que mesmo a existência avassaladora do espaço aberto o impedisse de cumpri-lo. Dados coletados por meio das palavras de um Sideral, ou das palavras de um robô Sideral nesse caso, eram o tipo de coisa de que os sociólogos da Terra já dispunham. O que precisavam era de observações diretas e era seu dever fazê-lo, por mais desagradável que fosse.

Ele examinou a parte de cima do veículo.

— Este carro é conversível, Daneel?

— Desculpe-me, parceiro Elijah, mas não entendi o que você quis dizer.

— A parte de cima do carro pode deslizar para trás? Ela pode se abrir, mostrando o céu? (Ele quase disse "cúpula" por força do hábito.)

— Sim, pode.

— Então peça que façam isso, Daneel. Eu gostaria de dar uma olhada.

— Sinto muito, mas não posso permitir — respondeu gravemente o robô.

Baley ficou perplexo.

— Escute, R. Daneel (ele enfatizou o R.). Vamos reformular a frase. Eu ordeno que você abra o teto.

A criatura era um robô, fosse semelhante a um homem ou não. Tinha de seguir ordens. Mas Daneel não se moveu.

— Devo explicar que minha preocupação é, em primeiro lugar, impedir que você sofra — ele justificou. — Ficou claro para mim, com base tanto nas minhas instruções como em minha experiência pessoal, que você sofre quando está em espaços grandes e abertos. Portanto, não posso permitir que você se exponha a isso.

Baley podia sentir o rosto mudando de cor com o fluxo de sangue e, ao mesmo tempo, percebeu a completa inutilidade da raiva. A criatura era um robô, e Baley conhecia bem a Primeira Lei da Robótica.

Era a seguinte: *Um robô não pode ferir um ser humano ou, por inação, permitir que um ser humano venha a ser ferido.*

Tudo o mais no cérebro positrônico de um robô — no cérebro de qualquer robô em qualquer mundo na Galáxia — tinha de se submeter a essa primeira regra. É claro que um robô tinha de seguir ordens, mas com uma condição fundamental e de extrema importância. Seguir ordens era apenas a Segunda Lei da Robótica.

Esta ditava: *Um robô deve obedecer às ordens dadas por seres humanos, exceto nos casos em que tais ordens entrem em conflito com a Primeira Lei.*

— Acho que posso suportar por um pouco de tempo, Daneel — forçou-se a dizer Baley de maneira calma e moderada.

— Não é a impressão que tenho, parceiro Elijah.

— Deixe-me julgar isso, Daneel.

— Se isso é uma ordem, parceiro Elijah, não posso segui-la.

Baley recostou-se no banco com estofado macio. Era evidente que não seria possível usar de força contra o robô. A força de Daneel, se ele exercesse toda a sua capacidade, seria cem vezes maior do que a exercida por alguém de carne e osso. Ele seria perfeitamente capaz de conter Baley sem sequer machucá-lo.

Baley estava armado. Ele podia apontar um desintegrador para Daneel, mas, exceto por uma sensação momentânea de domínio, tal ação só causaria uma frustração maior ainda. Ameaçar destruí-lo era inútil. A autopreservação era apenas a Terceira Lei.

Que dizia: *Um robô deve proteger sua própria existência, desde que tal proteção não entre em conflito com a Primeira ou com a Segunda Lei.*

Daneel não se preocuparia em ser destruído se a alternativa fosse infringir a Primeira Lei. E Baley não queria destruir Daneel. De modo algum.

No entanto, ele queria ver o que havia fora do carro. Isso estava se tornando uma obsessão. Não podia deixar que essa relação babá-e-bebê se estabelecesse.

Por um momento, pensou em apontar um desintegrador para a própria têmpora. Abra o teto do carro ou eu me mato. Opor uma aplicação da Primeira Lei por outra maior e mais imediata.

Baley sabia que não podia fazer isso. Muito indigno. Não gostava da imagem que esse pensamento evocava.

— Você poderia perguntar ao motorista a que distância estamos, precisamente, do nosso destino? — perguntou ele, exausto.

— Com certeza, parceiro Elijah.

Daneel se inclinou para a frente e pressionou o interruptor. Mas, quando ele fez isso, Baley também se inclinou para a frente, gritando:

— Motorista! Abra o teto do carro!

E foi a mão humana que se moveu rapidamente e apertou de novo o interruptor e cortou o contato. Em seguida, a mão humana manteve-se ali com firmeza.

Um pouco ofegante, Baley olhou para Daneel.

Por um segundo, Daneel ficou imóvel, como se suas vias positrônicas estivessem momentaneamente instáveis pelo esforço de se ajustar à nova situação. Mas isso logo passou, e então a mão do robô voltou a se mover.

Baley tinha previsto isso. Daneel tiraria a mão humana do interruptor (com delicadeza, sem machucá-la), reativaria o transmissor e cancelaria a ordem.

— Você não vai tirar a minha mão sem me machucar. Estou avisando. É provável que você tenha de quebrar o meu dedo — avisou Baley.

Isso não era verdade. Baley sabia disso. Mas os movimentos de Daneel pararam. Dano contra dano. O cérebro positrônico tinha de calcular as probabilidades e convertê-las em potenciais opostos. Isso significava um pouco mais de hesitação.

— Tarde demais — regozijou-se Baley.

Ele tinha ganhado a corrida. A parte de cima estava deslizando e, uma vez desobstruída, a inclemente luz branca do sol de Solaria derramou-se dentro do carro.

Baley quis fechar os olhos por conta do pavor inicial, mas lutou contra a sensação. Ele encarou o enorme fluxo de azul e verde, quantidades incríveis dessas cores. Ele podia sentir a rajada indisciplinada de vento contra o rosto, mas não conseguia distinguir nenhum detalhe. Algo que se movia passou rapidamente por ele. Podia ter sido um robô ou um animal, ou algo inanimado levado por uma lufada de vento. Ele não sabia dizer. O carro passou por aquilo rápido demais.

Azul, verde, ar, barulho, movimento — e, acima de tudo, brilhando, com fúria e de forma implacável e assustadora, estava a luz branca que vinha de uma bola no céu.

Por um rápido instante, ele inclinou a cabeça para trás e olhou direto para o sol de Solaria. Ele olhou para o sol sem a proteção do vidro difusor dos solários no andar mais alto da Cidade. Ele olhou para o sol desvelado.

Naquele exato momento, ele sentiu as mãos de Daneel em seus ombros, puxando-o para baixo. Sua mente estava repleta de pensamentos durante aquele momento irreal e confuso. Ele tinha de ver! Tinha de ver tudo o que pudesse. E Daneel tinha de estar lá com ele para impedir que ele visse.

Mas, com certeza, um robô não ousaria recorrer à violência contra um homem. Aquele pensamento o dominava. Daneel não podia impedi-lo com o uso da força e, no entanto, Baley sentia as mãos do robô puxando-o.

Baley ergueu os braços para afastar aquelas mãos artificiais e perdeu os sentidos.

③ O NOME DA VÍTIMA É REVELADO

Baley tinha voltado à segurança de um espaço fechado. O rosto de Daneel oscilava diante de seus olhos, manchado de pontos escuros que ficavam vermelhos quando ele piscava.

— O que aconteceu? — perguntou Baley.

— Sinto muito que tenha sofrido algum mal, apesar da minha presença — desculpou-se Daneel. — Os raios diretos do sol são prejudiciais aos olhos humanos, mas acredito que o dano causado pela curta exposição pela qual você passou não será permanente. Quando você olhou para cima, tive de puxá-lo de volta e você perdeu os sentidos.

Baley fez um esgar. Isso deixava em aberto a questão sobre se ele tinha desmaiado por excesso de exaltação (ou de medo?) ou se o tinham feito desmaiar. Examinou o maxilar e a cabeça, e não estavam doendo. Absteve-se de fazer a pergunta diretamente. De certa forma, ele não queria saber.

— Não foi tão ruim — disse Baley.

— Pela sua reação, parceiro Elijah, devo pensar que você achou a experiência desagradável.

— De modo algum — retrucou Baley. Os pontos escuros no campo de visão estavam desaparecendo e seus olhos não estavam lacrimejando tanto. — Só sinto ter visto tão pouco. Estávamos indo rápido demais. Nós passamos por um robô?

— Passamos por vários deles. Estamos atravessando a propriedade de Kinbald, que foi destinada ao cultivo de pomares.

— Terei de tentar de novo — murmurou Baley.

— Você não deve fazer isso na minha presença — Daneel contrapôs. — Nesse meio-tempo, fiz o que me pediu.

— O que eu pedi?

— Deve se lembrar, parceiro Elijah, que, antes de mandar que o motorista abrisse o teto do carro, você solicitou que eu perguntasse a ele a que distância, em quilômetros, nós estávamos do nosso destino. Estamos a 16 quilômetros e devemos chegar lá em torno de seis minutos.

Baley sentiu o ímpeto de perguntar a Daneel se estava irritado porque ele fora mais esperto, ainda que fosse para ver aquele rosto perfeito se tornar imperfeito, mas se conteve. Era óbvio que Daneel apenas responderia que não, sem rancor nem aborrecimento. Ele ficaria ali tão calmo e sério como sempre, impassível e imperturbável.

— Todavia, Daneel, vou ter de me acostumar com isso, sabe — retomou Baley com tranquilidade.

O robô olhou para o parceiro humano.

— A que está se referindo?

— Por Josafá! Ao espaço aberto. É tudo o que há neste planeta.

— Não será necessário encarar o espaço ao ar livre — argumentou Daneel. E então, como se isso encerrasse o assunto, ele disse: — Estamos reduzindo a velocidade, parceiro Elijah. Acredito que chegamos. Será necessário esperar agora a conexão com outro tubo-aéreo para a moradia que nos servirá como base de operações.

— Não é necessário um tubo-aéreo, Daneel. Se vou trabalhar em espaços abertos, não faz sentido adiar o treinamento.

— Não haverá motivo para você trabalhar em espaços abertos, parceiro Elijah.

O robô emendou outros assuntos, mas Baley o mandou ficar quieto fazendo um gesto autoritário com a mão.

No momento, ele não estava com vontade de ouvir as cautelosas palavras de consolo de Daneel, não queria que o tranquilizassem, nem que lhe dessem garantias de que tudo ficaria bem e de que cuidariam dele.

O que ele queria, na verdade, era saber, em seu íntimo, que ele cuidaria de si mesmo e cumpriria seu dever. Ver e sentir o espaço ao ar livre tinha sido difícil. Poderia acontecer que, quando chegasse o momento, ele não tivesse coragem de encará-lo de novo, à custa de seu respeito próprio e, possivelmente, da segurança da Terra. Tudo por causa de uma questão trivial relativa ao vazio.

Seu rosto ficou sombrio quando esse pensamento passou de leve por sua cabeça. Ele ainda teria de encarar o ar, o sol e o espaço vazio!

* * *

Elijah Baley se sentia como um habitante de uma das Cidades menores, por exemplo, Helsinque, visitando Nova York e contando seus níveis, admirado. Ele pensava em uma "moradia" como algo semelhante a um apartamento, mas isso não era nada parecido. Ele passava de cômodo a cômodo interminavelmente. Janelas panorâmicas estavam bem encobertas, não permitindo a entrada de nenhum indício perturbador de que era dia. As luzes ganhavam vida sem alarde, a partir de fontes ocultas, conforme eles entravam em um cômodo, e se apagavam de novo do mesmo modo quando eles saíam.

— Tantos cômodos — observou Baley com assombro. — Tantos! É como uma minúscula Cidade, Daneel.

— É o que parece, parceiro Elijah — concordou Daneel, equânime.

Isso parecia estranho para o terráqueo. Por que era necessário confinar uma multidão de Siderais com ele naquele espaço?

— Quantas pessoas vão morar aqui comigo? — perguntou ele.

— Eu vou ficar aqui, é claro, e haverá vários robôs — respondeu Daneel.

Baley pensou: "Ele deveria ter dito vários *outros* robôs".

Outra vez, pareceu-lhe óbvio que Daneel tinha a intenção de se passar por homem de forma exaustiva, mesmo que estivesse apenas diante de Baley, que conhecia tão bem a verdade.

E então esse pensamento desapareceu de súbito sob a força de um segundo pensamento, mais urgente.

— *Robôs?* — ele se exaltou. — E quantos *humanos?*

— Nenhum, parceiro Elijah.

Eles tinham acabado de entrar em um cômodo cheio de livro-filmes, do chão ao teto. Três visualizadores fixos, com grandes painéis de 24 polegadas, estavam colocados nas paredes em três cantos da sala. No quarto canto, havia uma tela interativa.

Baley olhou ao redor, aborrecido.

— Eles expulsaram todo mundo só para me deixar sozinho neste mausoléu? — indagou.

— É para seu uso exclusivo. Uma moradia como esta para uma única pessoa é comum em Solaria.

— Todos vivem assim?

— Todos.

— Para que precisam de tantos cômodos?

— É comum usar cada cômodo para um único propósito. Esta é a biblioteca. Também há uma sala de música, uma academia, uma cozinha, uma padaria, uma sala de jantar, uma oficina de máquinas, várias salas para testar e consertar robôs, dois quartos...

— Pare! Como sabe de tudo isso?

— Faz parte do padrão de informação — Daneel explicou suavemente — que passaram para mim antes que eu saísse de Aurora.

— Por Josafá! Quem toma conta de tudo isso? — ele fez um arco no ar com os braços.

— Há vários robôs domésticos. Eles foram concedidos a você e se encarregarão de deixá-lo confortável.

— Mas eu não preciso de tudo isso — resmungou Baley. Ele sentiu o impulso irresistível de se sentar e recusar-se a se mover. Não queria ver mais nenhum cômodo.

— Podemos permanecer em um cômodo, se desejar, parceiro Elijah. Isso foi considerado uma possibilidade desde o princípio. Contudo, sendo os costumes solarianos como são, considerou-se mais sensato permitir que esta casa fosse construída...

— *Construída*! — Baley arregalou os olhos. — Quer dizer que isto foi construído para mim? Tudo isto? Exclusivamente para mim?

— Uma economia completamente robotizada...

— Sim, eu sei o que vai dizer. O que farão com a casa quando tudo isso terminar?

— Acredito que vão demoli-la.

Os lábios de Baley se cerraram. É claro! Demoli-la! Construir uma estrutura enorme para uso especial de um terráqueo e então demolir tudo em que ele tocou. Esterilizar o solo no qual estava a casa! Fumigar o ar que ele respirava! Os Siderais podiam parecer fortes, mas eles também tinham seus medos bobos.

Daneel pareceu ler seus pensamentos, ou pelo menos interpretar sua expressão.

— Pode lhe parecer, parceiro Elijah, que eles destruirão a casa para evitar algum tipo de contágio. Se essa for a sua opinião, sugiro que não se sinta desconfortável por conta disso. O medo de doenças por parte dos Siderais não é, de modo algum, tão extremo. É que o esforço envolvido na construção desta casa é, para eles, muito pequeno. Nem o desperdício de demoli-la lhes parece grande — ele esclareceu. — E, por lei, parceiro Elijah, este lugar não pode continuar de pé. Está na propriedade de Hannis Gruer e só pode haver uma moradia legal em qualquer uma das propriedades, a do dono. Esta casa foi construída devido a um acordo especial, para um propósito específico. Ela deve nos hospedar por um período de tempo específico, até que nossa missão esteja terminada.

— E quem é Hannis Gruer? — perguntou Baley.

— O Chefe de Segurança de Solaria. Devemos vê-lo agora, logo após a nossa chegada.

— Devemos? Por Josafá, Daneel, quando vou ser informado sobre algo relacionado a isso tudo? Estou completamente perdido e não gosto disso. Eu devia voltar para a Terra. Eu devia...

Ele percebeu que estava começando a ficar ressentido e se conteve. Daneel não se deixou abalar. Ele apenas esperava sua chance de falar.

— Sinto muito pelo fato de você estar irritado. Meu conhecimento geral sobre Solaria aparenta ser maior do que o seu. Meu conhecimento sobre o caso de assassinato em si é tão limitado quanto o seu. É o agente Gruer que nos dirá o que devemos saber. O governo solariano dispôs dessa forma — elucidou o robô.

— Pois bem, então vamos até esse tal de Gruer. Quanto tempo vai demorar a viagem? — Baley franziu o cenho ao pensar que teria de fazer mais viagens e sentia de novo a conhecida compressão no peito.

— Não é necessário viajar, parceiro Elijah. O agente Gruer estará esperando por nós na sala de conversação — disse Daneel.

— Uma sala para conversar também? — murmurou Baley com ironia. E depois disse em um tom de voz mais alto: — Ele está nos esperando agora?

— Acredito que sim.

— Então, vamos até ele, Daneel!

Hannis Gruer era careca, em toda a extensão do termo. Não havia nem um fio de cabelo dos lados. Tinha a cabeça completamente calva.

Baley respirou fundo e tentou, por educação, não fixar os olhos naquela cabeça, mas não conseguiu. Na Terra, havia uma contínua aceitação dos Siderais do modo como eles próprios se avaliavam: os inquestionáveis senhores da Galáxia; eram altos, tinham pele e cabelos em tom de bronze, eram belos, fortes, frios, aristocráticos.

Em suma, eles eram tudo o que R. Daneel Olivaw era, mas acrescentando-se o fato de serem humanos.

E os Siderais que eram enviados à Terra costumavam ter aquela aparência; talvez fossem escolhidos de forma deliberada por esse motivo.

Mas ali estava um Sideral que poderia ser um terráqueo, no que dizia respeito à sua aparência. Ele era careca. E o seu nariz também era disforme. Não muito, era verdade, mas, em um Sideral, mesmo um leve sinal de assimetria era digno de nota.

— Boa tarde, senhor — saudou Baley. — Sinto muito se o fizemos esperar.

Não havia nenhum mal em ser educado. Ele teria de trabalhar com essas pessoas.

Ele sentiu um impulso momentâneo de atravessar a amplidão da sala (ridiculamente grande) e estender a mão para cumprimentá-lo. Esse impulso foi fácil de dominar. Com certeza, um Sideral não receberia bem um cumprimento desses: a mão cheia de germes de um terráqueo?

Gruer, com uma postura séria, sentara-se tão longe de Baley quanto possível; usava camisa de manga comprida e provavelmente havia filtros em suas narinas, embora Baley não pudesse vê-los.

Pareceu-lhe que Gruer lançara um olhar de desaprovação para Daneel, como se dissesse: "Você é um Sideral estranho, ficando tão perto de um terráqueo".

Isso significaria apenas que Gruer simplesmente não sabia a verdade. Então, de repente, Baley percebeu que Daneel estava a certa distância, mais longe do que costumava ficar.

É claro! Se ficasse perto demais, Gruer poderia achar difícil de acreditar nessa proximidade. Daneel estava determinado a se passar por humano.

Gruer falava em um tom de voz agradável e amigável, mas seus olhos se dirigiam furtivamente para Daneel; desviavam-se, e então voltavam a ele.

— Não faz muito tempo que estou esperando. Bem-vindos a Solaria, cavalheiros. Estão bem acomodados?

— Sim, senhor. Bastante — respondeu Baley. Ele se perguntava se a etiqueta exigiria que Daneel, como o Sideral, devesse falar pelos dois, mas rejeitou essa possibilidade, irritado. Por Josafá! Ele é quem tinha sido chamado para a investigação e Daneel fora incluído depois. Nessas circunstâncias, Baley decidiu que não ocuparia um papel secundário frente a um Sideral legítimo; isso estava fora de questão quando havia um robô envolvido, mesmo um robô como Daneel.

Mas Daneel não tentou tomar a sua frente, nem Gruer pareceu surpreso ou insatisfeito por conta disso. Ao contrário, ele voltou sua atenção para Baley de imediato, e deixou Daneel de lado.

— Não lhe contaram nada, investigador Baley, sobre o crime pelo qual os seus serviços foram solicitados. Imagino que esteja bastante curioso quanto a isso — observou Gruer. Ele chacoalhou os braços, de forma que os punhos das mangas da camisa deslizaram um pouco, e entrelaçou frouxamente os dedos sobre o colo. — Não querem se sentar, cavalheiros?

Eles se sentaram e Baley admitiu:

— Nós *estamos* curiosos.

Ele notou que as mãos de Gruer não estavam protegidas por luvas.

— Isso foi feito de propósito, investigador. Gostaríamos que chegasse aqui preparado para lidar com os conceitos envolvidos. Não queríamos nenhuma noção preconcebida. Em breve, colocaremos à sua disposição um relatório completo com os detalhes do crime e das investigações que fomos capazes de conduzir. Temo, investigador, que achará o resultado ridiculamente incompleto do ponto de vista de sua própria experiência. Não temos um departamento de polícia em Solaria — continuou Gruer.

— Não? — perguntou Baley.

Gruer sorriu e encolheu os ombros.

— Não há crimes, entende? Nossa população é minúscula e muito dispersa. Não há oportunidades para que haja crimes; portanto, não há motivo para que haja polícia.

— Entendo. Mas, apesar de tudo isso, *existe* um crime agora.

— É verdade, mas é o primeiro crime envolvendo violência em dois séculos de história.

— É lamentável, então, que tenham de começar com um assassinato.

— Sim, é lamentável. Mais lamentável ainda é que a vítima era um homem que não podíamos nos dar o luxo de perder. Uma vítima muito inadequada. E as circunstâncias do assassinato foram particularmente brutais.

— Imagino que o assassino seja totalmente desconhecido — disse Baley. (Por que outro motivo valeria a pena importar um detetive terráqueo?)

Gruer parecia particularmente constrangido. Ele olhava de soslaio para Daneel, que estava imóvel, um mecanismo absorto e silencioso. Baley sabia que Daneel seria capaz, em qualquer momento futuro, de reproduzir qualquer conversa que tivesse ouvido, longa ou curta. Ele era um gravador que andava e falava como um homem.

Gruer sabia disso? Com certeza havia algo de furtivo em seu olhar para Daneel.

— Não, não posso dizer que o assassino seja desconhecido. Na verdade, há apenas uma pessoa que poderia ter feito isso — comentou Gruer.

— Tem certeza de que não quis dizer que há apenas uma pessoa que poderia *provavelmente* ter cometido o crime? — Baley não confiava em afirmações exageradas e não gostava de policiais que resolvem tudo sem se levantar da poltrona.

Mas Gruer meneou a cabeça careca.

— Não. Apenas uma pessoa poderia ter feito isso. Seria impossível que fosse qualquer outra pessoa. Absolutamente impossível.

— Impossível?

— Eu lhe garanto.
— Então, não existe nenhum problema.
— Ao contrário. Existe um problema. Essa pessoa também não poderia tê-lo realizado.
— Então, ninguém o fez — Baley sugeriu, com tranquilidade.
— E, no entanto, o crime foi cometido. Rikaine Delmarre está morto.

"Isso já é alguma coisa", pensou Baley. "Por Josafá, consegui *alguma coisa*. Consegui o nome da vítima."

Ele tirou do bolso um caderno e o anotou, de modo solene, em parte por conta de um desejo irônico de mostrar que tinha conseguido, por fim, uma migalha, e em parte para evitar tornar óbvio demais o fato de que estava sentado ao lado de uma máquina gravadora que não precisava de anotações.

— Como se soletra o nome da vítima? — perguntou ele.

Gruer soletrou o nome.

— A profissão dele, senhor?
— Fetologista.

Baley escreveu a palavra da maneira como lhe pareceu que soava e deixou de lado a questão do nome.

— Quem poderia me dar um depoimento das circunstâncias envolvendo o assassinato? O mais próximo aos acontecimentos, se possível — perguntou ele.

Gruer deu um sorriso sombrio e olhou para Daneel de novo, depois desviou o olhar.

— A esposa dele, investigador.
— A esposa dele...
— Sim. O nome dela é Gladia. — Gruer pronunciou o nome com três sílabas, acentuando a segunda.
— Eles têm filhos? — Baley tinha os olhos fixos no caderno. Como não houve resposta, ele alçou o olhar. — Eles têm filhos?

Mas os lábios de Gruer se contorceram, como se tivesse experimentado algo azedo. Parecia enjoado. Por fim, ele disse:

— Eu não saberia afirmar.

— O quê? — perguntou Baley.

— De qualquer forma — acrescentou Gruer, de forma precipitada —, acho que seria melhor adiar as operações propriamente ditas até amanhã. Sei que teve uma viagem difícil, sr. Baley, e que está cansado e provavelmente com fome.

Baley, que estava prestes a negar, percebeu de súbito que a ideia de comida tinha um atrativo fora do comum para ele naquele momento.

— Vai comer conosco? — perguntou o detetive. Não pensou que Gruer, sendo um Sideral, comeria com eles. (No entanto, ele tinha chegado a ponto de dizer "sr. Baley" em vez de "investigador Baley", o que já era alguma coisa.)

— Uma reunião de negócios torna isso impossível — respondeu Gruer, como era de se esperar. — Tenho de partir. Sinto muito.

Baley se levantou. O mais educado a fazer seria acompanhar Gruer até a porta. Em primeiro lugar, contudo, ele não estava nem um pouco ansioso para se aproximar da porta e do espaço aberto e desprotegido. E, em segundo lugar, não tinha certeza de onde ficava a porta.

Ele permaneceu de pé, em dúvida.

Gruer sorriu e acenou com a cabeça.

— Nos veremos novamente. Seus robôs sabem o número, caso deseje falar comigo — disse ele.

E sumiu.

Baley soltou uma exclamação brusca.

Gruer e a cadeira onde estivera sentado simplesmente não estavam lá. A parede atrás do Sideral e o chão sob seus pés tinham sofrido uma mudança repentina e drástica.

— Ele não esteve aqui em carne e osso em momento nenhum — esclareceu Daneel, com tranquilidade. — Era uma imagem tridimensional. Achei que você saberia. Vocês têm esse tipo de coisa na Terra.

— Não como essa — murmurou Baley.

Uma imagem tridimensional na Terra era limitada por um campo de força cúbico que brilhava contra o fundo. A própria imagem tremeluzia de leve. Na Terra, não era possível confundir a imagem com a realidade. Aqui...

Não era de estranhar que Gruer não tivesse usado luvas. Aliás, nem precisara de filtros nas narinas.

— Quer comer agora, parceiro Elijah? — perguntou Daneel.

O jantar foi um inesperado suplício. Surgiram robôs. Um arrumou a mesa. Outro trouxe a comida.

— Quantos deles estão nesta casa, Daneel? — questionou Baley.

— Em torno de cinquenta, parceiro Elijah.

— Eles vão ficar aqui enquanto comemos? (Um deles tinha se posicionado a um canto, com o rosto e os olhos brilhantes voltados para Baley.)

— É comum que um fique, caso seus serviços sejam solicitados — respondeu Daneel. — Se não quiser que fique, é só ordenar que saia.

Baley deu de ombros.

— Deixe-o ficar.

Em circunstâncias normais, Baley talvez tivesse achado a comida deliciosa. Agora, comia de forma mecânica. Ele percebeu distraidamente que Daneel, com um tipo de eficiência fria, também comia. Mais tarde, é claro, ele esvaziaria o receptáculo de carbono fluorado que havia dentro dele e no qual a comida "consumida" estava sendo armazenada agora. Enquanto isso, Daneel mantinha a farsa.

* * *

— É noite lá fora? — perguntou Baley.

— Sim — respondeu Daneel.

Baley olhou melancolicamente para a cama. Era grande demais. O quarto inteiro era grande demais. Não havia cobertas sob as quais se abrigar, apenas lençóis. Eles não ofereciam aconchego.

Tudo era difícil! Ele já tinha passado pela experiência enervante de tomar banho em um pequeno banheiro junto ao quarto. Era o cúmulo do luxo, de certa forma; entretanto, por outro lado, parecia uma solução anti-higiênica.

— Como se apaga a luz? — perguntou ele de repente. A cabeceira da cama brilhava com uma luz suave. Talvez fosse para facilitar a leitura antes de dormir, mas Baley não estava com vontade de ler.

— Vão cuidar disso quando você estiver na cama, se estiver preparado para dormir.

— Os robôs ficam observando?

— É o trabalho deles.

— Por Josafá! O que esses solarianos fazem *por conta própria*? — murmurou Baley. — Agora eu me pergunto por que nenhum robô esfregou as minhas costas durante o banho.

— Um deles teria feito isso, se você tivesse solicitado — comentou Daneel sem nenhum sinal de humor. — Quanto aos solarianos, eles fazem o que querem. Nenhum robô cumpre suas tarefas, se lhe for ordenado que não o faça, exceto, é claro, quando sua realização é necessária ao bem-estar do humano.

— Certo. Boa noite, Daneel.

— Estarei em outro quarto, parceiro Elijah. Se, em qualquer momento da noite, você precisar de qualquer coisa...

— Eu sei. Os robôs virão.

— Há um intercomunicador na mesa ao lado. É só tocá-lo. Eu virei também.

* * *

O sono eludia Baley. Ele continuava imaginando a casa onde estava, precariamente equilibrada na camada superficial do mundo, com o vazio esperando bem do lado de fora, como um monstro.

Na Terra, seu apartamento — seu apartamento protegido, confortável e abarrotado — estava alojado andares abaixo de muitos outros. Havia dezenas de andares e milhares de pessoas entre ele e a superfície da Terra.

Mesmo na Terra, ele tentava dizer a si mesmo, havia pessoas que viviam nos níveis mais altos. Essas ficavam bem próximas do espaço lá fora. Claro! Mas era por isso que o aluguel daqueles apartamentos era barato.

Então pensou em Jessie, a mil anos-luz de distância.

Ele sentiu uma vontade enorme de sair da cama naquele instante, vestir-se e ir até ela. Seus pensamentos ficaram vagos. Se ao menos houvesse um túnel, um túnel bom e seguro, de rocha e metal sólidos e seguros, que abrisse um caminho entre Solaria e a Terra, ele andaria, e andaria, e andaria...

Ele voltaria para a Terra andando, voltaria para Jessie, voltaria para o conforto e a segurança...

Segurança.

Baley abriu os olhos. Contraiu os braços e se levantou, apoiando-se nos cotovelos, quase sem perceber o que estava fazendo.

Segurança! Esse homem, Hannis Gruer, era o chefe da segurança de Solaria. Foi o que disse Daneel. O que significava "segurança"? Se significava o mesmo que na Terra, e com certeza deveria significar, esse tal de Gruer era o responsável pela proteção de Solaria contra uma invasão externa e uma subversão interna.

Por que estava interessado em um caso de assassinato? Era porque não havia polícia em Solaria e o Departamento de Segurança seria o setor mais próximo de saber o que fazer com um assassinato?

Gruer parecia à vontade com Baley; no entanto, tinha havido aqueles repetidos olhares furtivos na direção de Daneel.

Gruer teria suspeitas quanto aos motivos de Daneel? O próprio Baley tinha recebido ordens para manter os olhos abertos e Daneel poderia muito bem ter recebido instruções semelhantes.

Seria natural que Gruer suspeitasse da possibilidade de espionagem. Devido ao seu cargo, era necessário que suspeitasse de algo assim em qualquer situação na qual isso fosse concebível. E ele não teria muito receio de Baley, um terráqueo, representante do mundo menos formidável da Galáxia.

Mas Daneel era nativo de Aurora, o mais antigo, maior e mais forte dos Mundos Siderais. Isso era diferente.

Gruer, como lembrava Baley agora, não tinha dirigido uma palavra a Daneel.

Aliás, por que Daneel fingia, com tanto rigor, ser um homem? A explicação anterior que Baley tinha dado a si mesmo, de que se tratava de um jogo de vaidades por parte dos auroreanos que projetaram Daneel, parecia banal. Parecia óbvio agora que o disfarce era algo mais sério.

Um ser humano poderia esperar receber imunidade diplomática, alguma cortesia e um tratamento gentil. Um robô, não. Mas então por que Aurora não enviara um homem de verdade, desde o começo? Por que se arriscar tão desesperadamente com uma farsa? A resposta se revelou a Baley de imediato. Um verdadeiro homem de Aurora, um Sideral autêntico, não se relacionaria de forma tão próxima, nem por um período de tempo muito longo, com um terráqueo.

Mas, se tudo isso era verdade, por que Solaria daria tanta importância a um único assassinato a ponto de permitir que um terráqueo e um auroreano viessem ao planeta?

Baley se sentia como se tivesse caído em uma armadilha.

Estava preso em Solaria pelas necessidades de sua missão. Estava preso pelo perigo que espreitava a Terra, preso em um ambiente que mal podia suportar, preso por uma responsabilidade da qual não podia fugir. E, além de tudo isso, estava preso, de certo modo, no meio de um conflito Sideral cuja natureza ele não entendia.

4 OLHANDO PARA UMA MULHER

Por fim, dormiu. Ele não lembrava exatamente quando tinha caído no sono. Houve apenas um momento em que seus pensamentos ficaram mais inconsistentes e então a cabeceira da cama estava brilhando e o teto estava iluminado com um frio clarão de luz diurna. Ele olhou para o relógio.

Haviam se passado horas. Os robôs que administravam a casa decidiram que estava na hora de ele acordar e agiram conforme as circunstâncias.

Ele se perguntou se Daneel estava acordado e percebeu, de imediato, a falta de lógica desse pensamento. Daneel não podia dormir. Baley se perguntava se ele tinha fingido que dormia como parte do papel que estava representando. Teria trocado de roupa e vestido um pijama?

Como se seu pensamento fosse uma deixa em uma peça de teatro, Daneel entrou.

— Bom dia, parceiro Elijah.

O robô estava totalmente vestido e seu semblante era de completo repouso.

— Dormiu bem? — perguntou ele.

— Sim — bocejou Baley secamente —, e você?

Ele se levantou da cama e, com passos pesados, foi até o banheiro para se barbear e realizar o resto do ritual matutino.

— Se algum robô entrar para me barbear, mande-o sair. Eles me irritam. Mesmo quando não os vejo, eles me irritam — gritou ele.

Baley olhou para o próprio rosto enquanto se barbeava, um tanto admirado pelo fato de se parecer tanto com o rosto que ele via na Terra, refletido no espelho. Se pelo menos a imagem fosse a de outro terráqueo com quem conversar, e não um reflexo de si mesmo produzido pela luz. Se ele pudesse repassar o que já sabia, por pouco que fosse...

— Muito pouco! Consiga algo mais — sussurrou para o espelho.

Ele saiu, esfregando o rosto, vestindo a calça por cima de uma cueca limpa. (Os malditos robôs forneciam tudo.)

— Você pode me responder a algumas perguntas, Daneel? — inquiriu ele.

— Como sabe, parceiro Elijah, respondo a todas as perguntas segundo for do meu conhecimento.

Ou segundo suas instruções, ao pé da letra, pensou Baley.

— Por que há apenas 20 mil pessoas em Solaria? — perguntou ele.

— Isso é um simples fato — disse Daneel. — Um dado. Um número que é resultado de um processo de contagem.

— Sim, mas você está fugindo do assunto. O planeta pode sustentar milhões. Por que, então, apenas 20 mil? Você disse que os solarianos acham que 20 mil é um ótimo número. Por quê?

— É o modo de vida deles.

— Quer dizer que eles praticam controle de natalidade?

— Sim.

— E deixam o planeta vazio?

Baley não sabia ao certo por que estava insistindo nessa questão em específico, mas a população do planeta era um dos poucos fatos incontestáveis que ele conhecia e, de resto, havia poucas coisas sobre as quais podia perguntar.

— O planeta não está vazio — respondeu Daneel. — Está dividido em propriedades, cada uma das quais é supervisionada por um solariano.

— Você quer dizer que cada um mora em uma propriedade. Vinte mil propriedades, cada uma delas com um solariano?

— Menos do que isso, parceiro Elijah. As esposas compartilham a propriedade com os maridos.

— Não há Cidades? — Baley sentiu um frio na barriga.

— Nenhuma, parceiro Elijah. Eles moram completamente afastados uns dos outros e nunca se veem, a não ser em circunstâncias excepcionais.

— Eremitas?

— De certa forma, sim. De certa forma, não.

— O que isso quer dizer?

— O agente Gruer fez uma visita a você por meio de uma imagem tridimensional. Os solarianos visitam uns aos outros livremente desse modo, e de nenhum outro.

Baley fitou Daneel.

— Isso inclui a nós? Esperam que nós vivamos assim? — inquiriu Baley.

— É o costume neste planeta.

— Então como vou investigar este caso? Se eu quiser ver alguém...

— Daqui desta casa, parceiro Elijah, você pode conseguir uma conexão por imagem tridimensional com qualquer pessoa no planeta. Não haverá problemas. Na verdade, evitará o aborrecimento de sair de casa. Foi por isso que eu disse, quando chegamos, que não seria necessário que você se acostumasse a encarar o espaço ao ar livre. E isso é bom. Agir de qualquer outra maneira seria muito desagradável para você.

— Eu decido o que é desagradável para mim — resmungou Baley. — A primeira coisa que farei hoje, Daneel, é entrar em contato com essa tal de Gladia, a esposa do homem assassinado. Se a comunicação tridimensional não for satisfatória, irei à casa dela pessoalmente. Isso quem decide sou eu.

— Veremos o que é melhor e mais viável, parceiro Elijah — comentou Daneel, de forma evasiva. — Vou providenciar o café da manhã.

Ele se virou para sair.

Baley olhou para as largas costas do robô e quase achou graça. Daneel Olivaw estava se passando por mestre. Se tinha recebido instruções para evitar que Baley soubesse mais do que fosse absolutamente necessário, o investigador tinha um trunfo na mão.

Afinal, o outro era apenas R. Daneel Olivaw. Só era preciso que ele contasse a Gruer, ou a qualquer outro solariano, que Daneel era um robô e não um homem.

E ainda, por outro lado, a pseudo-humanidade de Daneel poderia ser muito útil também. O trunfo não precisava ser usado de imediato. Às vezes, é mais útil ter essa carta na manga.

Vamos esperar e ver, ele pensou, e seguiu Daneel para tomar o café da manhã.

* * *

— Bem, e como se faz para estabelecer uma conexão tridimensional? — perguntou Baley.

— Fazem isso por nós, parceiro Elijah — Daneel explicou, procurando com o dedo um dos painéis de contato que chamavam os criados.

Sem demora, um robô apareceu.

"De onde eles surgem?", pensou Baley. Quando se andava a esmo pelo labirinto desabitado que constituía a mansão, não havia nenhum robô à vista. Será que eles saíam do caminho conforme os humanos se aproximavam? Será que mandavam mensagens uns aos outros para dar passagem?

Entretanto, quando eram chamados, logo aparecia um deles.

Baley olhou para o robô recém-chegado. Era de um material polido, mas não lustroso. Sua superfície tinha um acabamento em tom de cinza apagado, e a única parte colorida era uma estampa xadrez no ombro direito. Quadrados brancos e amarelos (na verdade, prateado e dourado de tom metálico) tinham sido colocados naquilo que parecia uma estampa sem propósito.

— Leve-nos à sala de conversação — ordenou Daneel.

O robô fez uma reverência e se virou, mas não disse nada.

— Espere, garoto. Qual é o seu nome? — perguntou Baley.

O robô encarou o detetive. Falou em um tom claro e sem hesitação.

— Não tenho nome, mestre. Meu número de série — e ergueu um dedo de metal e tocou a estampa no ombro — é ACX-2745.

Daneel e Baley foram até uma sala grande, que Baley reconheceu como sendo aquela onde vira Gruer e sua cadeira no dia anterior.

Outro robô estava esperando por eles com a eterna e paciente capacidade inata a uma máquina de não sentir tédio. O primeiro fez uma reverência e saiu.

Baley comparou as estampas no ombro dos dois enquanto o primeiro fazia uma reverência e saía. O padrão em prateado e dourado era diferente. O xadrez era composto de um quadrado de seis por seis. O número de combinações possíveis seria de 2^{36} então, ou 70 bilhões. Mais do que suficiente.

— Aparentemente, existe um robô para cada coisa. Um para nos conduzir até aqui. Outro para fazer funcionar o visualizador.

— Há uma grande especialização robótica em Solaria, parceiro Elijah — comentou Daneel.

— Com tantos habitantes, posso entender por quê.

Baley observou o segundo robô. Exceto pela estampa no ombro e, presumivelmente, pelos invisíveis padrões positrônicos de seu esponjoso cérebro de platina-irídio, ele era uma cópia do primeiro.

— E o seu número de série? — inquiriu ele.

— ACC-1129, mestre.

— Vou chamá-lo apenas de garoto. Agora eu quero falar com a sra. Gladia Delmarre, esposa do falecido Rikaine Delmarre... Daneel, há algum endereço, alguma maneira de apontar sua localização exata?

— Acredito que não seja necessário dar nenhuma informação adicional — sugeriu Daneel gentilmente. — Se me permite perguntar ao robô...

— Deixe-me fazer isso — interrompeu Baley. — Tudo bem, garoto, você sabe como encontrá-la?

— Sim, mestre. Conheço os padrões de conexão de todos os mestres.

Isso foi dito sem orgulho. Era um simples fato, como se estivesse dizendo: "Sou feito de metal, mestre".

— Não é de estranhar, parceiro Elijah. Há menos de 10 mil conexões que precisam ser acrescentadas aos circuitos de memória e esse número é relativamente pequeno — interveio Daneel.

Baley aquiesceu.

— Há mais de uma Gladia Delmarre, por acaso? Isso poderia causar confusão.

— Mestre? — Depois da pergunta, o robô permaneceu em total silêncio.

— Acredito — Daneel arriscou — que esse robô não entende a sua pergunta. Creio que nomes repetidos não acontecem em Solaria. Os nomes são registrados quando nascem e nenhum nome pode ser adotado a não ser que não esteja sendo usado no momento.

— Muito bem — resmungou Baley —, aprende-se algo novo a todo instante. Agora veja bem, garoto, diga-me como fazer funcionar o que quer que eu tenha que usar; dê-me o padrão de conexão, ou qualquer que seja o nome disso, e saia.

Houve uma pausa perceptível antes que o robô respondesse.

— Deseja estabelecer contato por si próprio, senhor?

— Isso mesmo.

Daneel tocou de leve a manga da camisa de Baley.
— Um momento, parceiro Elijah.
— O que é agora?
— Acredito que o robô poderia estabelecer o contato necessário com maior facilidade. É a sua especialidade.
— Tenho certeza de que ele pode fazer isso melhor do que eu — Baley falou de modo severo. — Fazendo isso sozinho, pode até ser que eu faça algo errado. — Ele olhou calma e fixamente para o impassível Daneel. — Ainda assim, prefiro estabelecer o contato eu mesmo. Sou eu que dou as ordens ou não?
— Você dá as ordens, parceiro Elijah, e as suas ordens, sempre que a Primeira Lei permitir, serão obedecidas — concordou Daneel. — No entanto, com a sua permissão, gostaria de lhe dar algumas informações pertinentes, que tenho à minha disposição, sobre os robôs de Solaria. Mais do que em qualquer outro mundo, os robôs deste planeta são especializados. Embora os robôs solarianos sejam fisicamente capazes de fazer muitas coisas, suas mentes são altamente preparadas para um tipo específico de trabalho. Para executar funções fora do escopo de sua especialização, um robô requer o alto potencial produzido pela aplicação direta de uma das Três Leis. Além disso, *não* realizar o dever para o qual eles *foram* preparados também requer a aplicação direta das Três Leis.
— Bem, se eu der uma ordem direta, isso põe em jogo a Segunda Lei, não é?
— É verdade. Entretanto, o potencial desencadeado por essa função é "desagradável" para o robô. Em geral, essa questão não viria à tona, já que um solariano quase nunca interferiria nas atividades cotidianas de um robô. Por um lado, ele não faria o trabalho de um robô; por outro, não sentiria necessidade de fazer isso.
— Está tentando me dizer, Daneel, que um robô sofreria se eu fizesse o seu trabalho?
— Como você sabe, parceiro Elijah, a dor, no sentido humano, não se aplica às reações de um robô.

Baley deu de ombros.

— E então?

— Não obstante — continuou Daneel —, a experiência pela qual o robô passa é, tanto quanto posso julgar, tão inquietante para ele como a dor é para um ser humano.

— E, no entanto — contrapôs Baley —, eu não sou um solariano. Sou um terráqueo. Não gosto que robôs façam o que eu quero fazer.

— Leve também em consideração — acrescentou Daneel — que causar desconforto a um robô pode ser considerado por nossos anfitriões uma grosseria, uma vez que, em uma sociedade como esta, deve haver uma série de crenças mais ou menos rígidas sobre qual é a maneira apropriada de tratar um robô e qual não é. Ofender os nossos anfitriões não tornaria nossa missão mais fácil.

— Tudo bem — desistiu Baley. — Deixe o robô fazer seu trabalho.

Ele se recostou. O incidente não tinha deixado de ter sua utilidade. Fora um exemplo educativo de quão inflexível uma sociedade robótica podia ser. Uma vez criados, não era tão fácil se livrar dos robôs, e um humano que quisesse dispensar sua utilização, mesmo que temporariamente, descobriria que isso não seria possível.

Com os olhos semicerrados, ele observou o robô se aproximar da parede. Deixe que os sociólogos na Terra reflitam sobre o que tinha acabado de acontecer e tirem suas conclusões. Ele estava começando a ter suas próprias noções.

* * *

Metade da parede deslizou para o lado e o painel de controles que surgiu era comparável ao da central de energia de uma Seção de Cidade na Terra.

Baley sentia falta do cachimbo. Tinham lhe informado que fumar em Solaria, planeta de não fumantes, seria uma terrível quebra de decoro, então não tinham permitido sequer que ele trouxesse seus apetrechos. Suspirou. Havia momentos em que a sensação do tubo do cachimbo entre os dentes e de um fornilho quente na mão seria infinitamente reconfortante.

O robô estava trabalhando com rapidez, ajustando resistências variáveis um pouquinho aqui, um pouquinho ali, e intensificando campos de força de acordo com um padrão adequado, com uma ligeira pressão dos dedos.

— Primeiro, é necessário enviar um sinal à pessoa a quem se deseja contatar. Um robô receberá a mensagem, é claro. Se o indivíduo que recebe o sinal está disponível e deseja receber a conexão, termina-se de estabelecer o contato — explicou Daneel.

— Todos esses controles são necessários? — perguntou Baley. — O robô mal está tocando na maior parte do painel.

— Minhas informações sobre o assunto não são completas, parceiro Elijah. Entretanto, há a necessidade, em algumas ocasiões, de providenciar múltiplas conexões e conexões móveis. Esta última, em particular, exige ajustes complicados e contínuos.

— Mestres, o contato inicial foi feito e aprovado. Quando estiverem prontos, ele será completado — informou o robô.

— Estamos prontos — resmungou Baley e, como se a palavra fosse um sinal, o outro lado da sala se iluminou.

* * *

— Eu me esqueci de dizer ao robô especificamente que determinasse que todas as aberturas ao exterior fossem recobertas — Daneel falou de imediato. — Lamento por isso e devemos providenciar...

— Não faz mal — Baley interrompeu, retraindo-se. — Eu dou conta. Não interfira.

Ele estava olhando para um banheiro, ou imaginava se tratar de um, diante dos objetos que via. Em um canto, Baley supôs que havia um tipo de centro de estética, e imaginou um robô (ou robôs?) trabalhando com uma destreza infalível nos detalhes do penteado e da aparência de uma mulher que constituíam a imagem que ela apresentava ao mundo.

Ele simplesmente desistiu de entender algumas engenhocas e acessórios. Era impossível avaliar seu propósito sem ter conhecimento deles. Havia um intricado desenho incrustado nas paredes que enganava os olhos, levando-os a acreditar que algum objeto natural estava sendo representado antes de desvanecer-se em uma abstração. O resultado era relaxante e quase hipnótico na forma como monopolizava a atenção.

Aquilo que deveria ser uma cabine de banho, uma das grandes, não era protegido por nada que parecesse material, mas sim por um truque de iluminação que criava uma divisória de uma opacidade tremeluzente. Não havia nenhum humano à vista.

Baley olhou para o chão. Onde terminava o seu cômodo e começava o outro? Era fácil dizer. Havia uma linha onde a propriedade da luz mudava e devia ser naquele ponto.

Ele andou em direção a esse local e, depois de um momento de hesitação, estendeu a mão para além da linha.

Ele não sentiu nada, como não teria sentido se tivesse passado a mão por uma das primitivas imagens tridimensionais da Terra. Lá, pelo menos, ele ainda teria visto a própria mão; de modo vago, talvez, e com a imagem sobreposta, mas a teria visto. Aqui não se via nada. Até onde ele podia ver, seu braço terminava bruscamente no pulso.

E se ele cruzasse a linha? Provavelmente sua própria visão ficaria inutilizada. Ele estaria em um mundo de total escuridão. A ideia de se enclausurar em uma área cercada de forma tão eficiente parecia-lhe quase agradável.

Uma voz o interrompeu. Ele levantou os olhos e se afastou com uma pressa quase desajeitada.

Gladia Delmarre estava falando. Pelo menos, Baley supôs que fosse ela. A parte superior da luz que bruxuleava ao longo da cabine de banho tinha desaparecido e podia-se ver claramente uma cabeça.

A cabeça sorriu para Baley.

— Eu disse olá, e lamento tê-lo feito esperar. Vou me secar em um instante.

Seu rosto era triangular e as maçãs do rosto eram salientes (e ficavam mais proeminentes quando ela sorria), estreitando-se com uma curva suave que passava por lábios carnudos e terminava em um queixo pequeno. Ela não era alta. Baley supôs que tivesse mais ou menos um metro e sessenta centímetros de altura. (Isso não era comum. Pelo menos não de acordo com o modo de pensar de Baley. As mulheres Siderais também deveriam ser altas e imponentes.) Tampouco o seu cabelo tinha o tom acobreado dos Siderais. Era castanho-claro, pendendo para o loiro, e relativamente comprido. No momento, estava armado por conta do que Baley imaginava que fosse um jato de ar quente. A imagem como um todo era bem agradável.

— Se quiser que desliguemos e esperemos até que termine... — arriscou Baley, confuso.

— Oh, não. Estou quase terminando, e podemos conversar enquanto isso. Hannis Gruer me informou que os senhores entrariam em contato. Eu soube que são da Terra.

Seus olhos estavam cravados nele, pareciam devorá-lo.

Baley aquiesceu e sentou-se.

— Meu companheiro é de Aurora.

Ela sorriu e manteve o olhar fixo em Baley como se *ele* continuasse, não obstante, sendo motivo de curiosidade e, é claro, pensou o investigador, ele era.

Ela levantou os braços, passando os dedos pelo cabelo e espalhando-o para ele secar mais rápido. Os braços dela eram magros e graciosos. Muito atraente, pensou Baley.

Então ele pensou, constrangido: "Jessie não iria gostar disso".

A voz de Daneel interrompeu esse pensamento.

— Seria possível, sra. Delmarre, escurecer ou encobrir a janela que vemos? Ver a luz do dia perturba o meu parceiro. Na Terra, como já deve ter ouvido falar...

A jovem mulher (Baley supunha que ela teria 25 anos, mas ocorreu-lhe a triste ideia de que as aparentes idades dos Siderais podiam ser muito enganosas) levou as mãos ao rosto e disse:

— Puxa vida, claro que sim. Eu sei tudo sobre isso. Que tolice da minha parte. Perdoe-me, por favor, não vai demorar nem um segundo. Vou chamar um robô...

Ela saiu da cabine de secagem com a mão estendida em direção ao painel de contato e ainda falando.

— Sempre acho que deveria ter mais de um painel de contato neste cômodo. Uma casa não é boa o suficiente se não tiver um painel ao alcance da mão, estejamos onde estivermos... digamos, a não mais que um metro e meio de distância. É que... O que foi? Qual o problema?

Em estado de choque, ela olhou para Baley, que, levantando-se da cadeira de um salto e derrubando-a, tinha ficado vermelho até as orelhas e se virado depressa.

— Seria melhor, sra. Delmarre — observou Daneel com calma —, se, depois de ter feito contato com o robô, a senhora retornasse à cabine ou, se isso não fosse possível, que fosse colocar algum artigo de vestuário.

Gladia, olhando para baixo, percebeu, surpresa, sua nudez e disse:

— Sim, claro.

⑤ DISCUSSÃO SOBRE UM CRIME

— O senhor apenas olhou, entende? — comentou Gladia, com remorso. Ela estava enrolada em algo que deixava seus braços e ombros livres. Sua perna estava descoberta até o meio da coxa, mas Baley, inteiramente recuperado e sentindo-se um completo idiota, ignorou-a de maneira estoica.

— Foi a surpresa, sra. Delmarre — ele balbuciou.

— Ah, por favor. Pode me chamar de Gladia, a menos... a menos que seja contra os seus costumes.

— Gladia, então. Tudo bem. Apenas quero reiterar que não houve nada de repulsivo, entende? Foi só a surpresa.

Já era ruim o bastante ele ter agido feito um idiota, pensou Baley, sem ainda fazer a pobre moça pensar que ele tinha achado que havia algo de desagradável nela. Na verdade, tinha sido... tinha sido...

Bem, ele não conseguia encontrar a expressão, mas sabia, com certeza, que jamais poderia falar com Jessie sobre isso.

— Sei que o ofendi — Gladia prosseguiu —, mas não foi por mal. Eu não estava prestando atenção. Claro que compreendo que se deve ter cuidado quanto aos costumes de outros planetas, mas os costumes são tão insólitos às vezes; ao menos, não insólitos — ela se apressou em acrescentar — não quis dizer insólito. Quero dizer estranho, sabe, e é tão fácil esquecer. Assim como eu me esqueci de manter as janelas escurecidas.

— Está tudo bem — murmurou Baley.

Ela estava em outra sala agora, com todas as janelas cobertas, e a luz tinha aquela textura artificial sutilmente diferente e mais confortável.

— Sobre aquela outra coisa — continuou ela, séria —, trata-se apenas de *olhar*, entende. Afinal de contas, o senhor não se importou de conversar comigo enquanto me secava e eu também não estava vestindo nada naquele momento.

— Bem — resmungou Baley, querendo que ela desse aquele assunto por encerrado —, ouvi-la é uma coisa e vê-la é outra.

— Mas é exatamente essa a questão. Não se trata de ver. — Ela ficou um pouco ruborizada e baixou o olhar. — Espero que não pense que eu faria coisas desse tipo, quero dizer, sair da cabine de secagem assim, se alguém estivesse me *vendo*. O senhor estava apenas olhando.

— É a mesma coisa, não é? — perguntou Baley.

— De maneira nenhuma seria a mesma coisa. Agora, o senhor está olhando para mim. O senhor não pode me tocar, nem sentir o meu cheiro, ou qualquer coisa do gênero, pode? Mas poderia, se estivesse me vendo. Neste exato momento, estou a uns 220 mil quilômetros de distância, *pelo menos*. Então como pode ser a mesma coisa?

Baley ficou interessado.

— Mas eu a vejo com os meus olhos.

— Não, você não me vê. Você vê a minha imagem. Você está olhando.

— E isso faz diferença?

— Faz toda a diferença do mundo.

— Entendo.

De certa forma, ele entendia. Não era uma distinção que ele pudesse fazer com facilidade, mas havia certa lógica nisso.

— As pessoas na Terra se veem *de verdade*? — perguntou ela, inclinando a cabeça um pouco para o lado.

— Sim.

— Isso significa que o senhor não se importaria se eu me despisse?

Ela estava sorrindo.

Ele pensou: "Ela está me provocando e eu deveria aceitar seu desafio".

— Não, isso me distrairia do meu trabalho. Discutiremos isso outra hora.

— O senhor se importa de eu estar assim, e não vestida com algo mais formal? É sério.

— Não me importo.

— Posso chamá-lo por seu nome?

— Se achar necessário...

— Qual é o seu nome?

— Elijah.

— Muito bem.

Ela se acomodou em uma cadeira que parecia dura e de textura quase cerâmica, mas que foi cedendo pouco a pouco quando ela se sentou, até aninhá-la delicadamente.

— Agora, ao trabalho — Baley falou.

— Ao trabalho — ela repetiu.

Baley achava tudo aquilo incrivelmente difícil. Não havia sequer uma maneira de começar. Na Terra, ele perguntaria o nome, a classificação, a Cidade e o Setor onde morava, um milhão de diferentes perguntas de rotina. Ele poderia até mesmo já saber as respostas; no entanto, seria uma estratégia para entrar aos poucos na etapa das perguntas sérias. Serviria para apresentá-lo à pessoa e avaliar as táticas a serem usadas à procura de algo que não fosse mera suposição.

Mas aqui? Como poderia ter certeza de alguma coisa? O próprio verbo "ver" significava coisas diferentes para ele e para a mulher. Quantas palavras mais seriam diferentes? Quantas vezes haveria mal-entendidos sem que ele percebesse?

— Há quanto tempo vocês eram casados, Gladia? — perguntou ele.

— Dez anos, Elijah.
— Quantos anos você tem?
— Trinta e três.

Baley se sentiu vagamente satisfeito. Ela poderia muito bem ter 133.

— Vocês eram felizes? — perguntou ele.

Gladia parecia constrangida.

— Como assim?
— Bem...

Por um momento, Baley se sentiu perdido. Como se define um casamento feliz? Aliás, o que um solariano consideraria um casamento feliz?

— Bem, vocês se viam com frequência? — indagou ele.
— O quê? Eu certamente espero que não. Não somos animais, sabe.

Baley franziu o cenho.

— Vocês moravam na mesma mansão, não? Eu pensei...
— Claro que sim. Nós éramos casados. Mas eu tinha os meus aposentos e ele, os dele. Ele tinha uma carreira muito importante, que tomava muito do seu tempo, e eu tenho o meu próprio trabalho. Nós nos olhávamos sempre que necessário.

— Ele a *via*, não é?
— Não que se deva ficar comentando esse tipo de coisa, mas, sim, ele me *via*.

— Vocês têm filhos?

Gladia se levantou de um pulo, claramente agitada.

— Isso é demais. De todas as perguntas indecentes...
— Espere um pouco. *Espere*! — Baley pousou o pulso no braço da poltrona. — Não dificulte as coisas. Isto é uma investigação de assassinato. Você entende? Assassinato. E foi o seu marido que foi assassinado. Você quer que o assassino seja encontrado e punido ou não?

— Então *faça perguntas* sobre o assassinato, e não sobre... sobre...

— Tenho de perguntar todo tipo de coisa. Por exemplo, quero saber se você lamenta a morte do seu marido — acrescentou ele com uma brutalidade calculada. — Você não parece lamentar.

Ela o fitou com desdém.

— Lamento a morte de qualquer um, especialmente quando é jovem e útil.

— Não sente um pouco mais do que isso por se tratar do seu marido?

— Ele foi designado para mim e, bem, nós nos víamos *sim* quando estava marcado e... e... — depois de hesitar, ela completou rapidamente — e, se quer saber, não temos filhos porque ainda não designaram nenhum para nós. Não vejo o que tudo isso tem a ver com o fato de lamentar a morte de alguém.

Talvez não tivesse nada a ver, pensou Baley. Dependia dos fatores sociais do cotidiano e daquelas pessoas que ele não conhecia.

Ele mudou de assunto.

— Disseram-me que você é testemunha das circunstâncias do assassinato.

Por um instante, ela pareceu tensa.

— Eu... encontrei o corpo. É desse modo que devo dizer isso?

— Então você não testemunhou o assassinato em si?

— Oh, não — balbuciou ela de modo vago.

— Bem, e se você me contasse o que aconteceu? Demore o tempo necessário e use suas próprias palavras.

Ele se recostou e se preparou para ouvir.

— Foi na trigésima segunda centade da quinta... — começou ela.

— Quando foi no Horário-padrão? — perguntou Baley rapidamente.

— Não tenho certeza. Não sei mesmo. Imagino que você possa verificar.

Sua voz parecia trêmula e seus olhos estavam arregalados. Eles tinham uma tonalidade acinzentada demais para serem chamados de azuis, ele notou.

— Ele veio para os meus aposentos. Era o dia marcado para nos vermos e eu sabia que ele viria.

— Ele sempre vinha no dia marcado?

— Ah, sim. Ele era um homem muito conscencioso, um bom solariano. Ele nunca faltava no dia marcado e vinha sempre na mesma hora. E, claro, não ficava por muito tempo. Não nos designaram fi... Ela não pôde terminar a palavra, mas Baley acenou com a cabeça.

— De qualquer forma — ela continuou —, ele sempre vinha no mesmo horário, sabe, a fim de que tudo fosse confortável. Conversávamos por alguns minutos; ver é um suplício, mas ele conversava comigo normalmente. Era o jeito dele. Então ele saía para tratar de algum projeto com o qual estava envolvido; não sei ao certo o quê. Ele tinha um laboratório especial nos meus aposentos ao qual podia se recolher nos dias marcados para nos vermos. Ele tinha um laboratório muito maior nos aposentos dele, é claro.

Baley se perguntava o que ele fazia nesses laboratórios. Fetologia, talvez, o que quer que isso fosse.

— Parecia haver algo estranho com ele, de alguma forma? Estava preocupado? — perguntou ele.

— Não. Não. Ele nunca ficava preocupado. — Ela quase soltou uma risadinha e a conteve no último instante. — Ele sempre mantinha o controle total de si mesmo, como o seu amigo ali.

Por um breve momento, estendeu a pequena mão e apontou Daneel, que não se mexia.

— Entendo. Bem, continue.

Gladia não continuou. Em vez disso, ela sussurrou:

— Você se importa se eu beber alguma coisa?

— Fique à vontade.

A mão de Gladia deslizou pelo braço da cadeira momentaneamente. Em menos de um minuto, um robô entrou, de forma silenciosa, e ela estava com uma bebida quente (Baley podia ver a fumaça) nas mãos. Após alguns goles vagarosos, ela colocou a bebida na mesa.

— Agora está melhor. Posso fazer uma pergunta pessoal? — indagou ela.

— Pode fazer a pergunta — respondeu Baley.

— Bem, eu li muito sobre a Terra. Sempre tive interesse, sabe? É um mundo tão *insólito*. — Ofegante, ela acrescentou de imediato: — Eu não quis dizer isso.

Baley franziu um pouco as sobrancelhas.

— Qualquer mundo é insólito aos olhos de quem não vive nele — ele comentou.

— Quis dizer que é diferente. Sabe como é. De qualquer forma, quero fazer uma pergunta impertinente. Pelo menos, espero que não pareça impertinente a um terráqueo. Eu não perguntaria isso de um solariano, é claro. De jeito nenhum.

— Perguntar o quê, Gladia?

— Sobre você e o seu amigo... sr. Olivaw, certo?

— Sim.

— Vocês não estão olhando, estão?

— Como assim?

— Quero dizer um ao outro. Estão se vendo. Estão aí, vocês dois.

— Estamos fisicamente no mesmo lugar. Sim — confirmou Baley.

— Você poderia tocá-lo, se quisesse.

— Correto.

Ela olhou de um para outro e disse:

— Oh.

Devia significar alguma coisa. Asco? Repugnância?

Ele brincou com a ideia de se levantar, ir até Daneel e colocar a mão toda no rosto dele. Seria interessante ver a reação dela.

— Você estava prestes a continuar falando dos acontecimentos daquele dia, quando o seu marido veio vê-la — ele retomou.

O investigador estava certo de que a divagação da mulher, por mais interessante que tivesse sido para ela em seu íntimo, era motivada, em primeiro lugar, por um desejo de evitar exatamente isso.

Ela voltou a tomar a bebida. Então continuou:

— Não há muito o que contar. Percebi que ele estaria ocupado e, de qualquer forma, eu já sabia disso, pois ele sempre estava envolvido em algum tipo de trabalho produtivo, portanto voltei às minhas tarefas. Então, talvez 15 minutos depois, ouvi um grito.

Houve uma pausa e Baley a encorajou a continuar:

— Que tipo de grito?

— O de Rikaine. Do meu marido. Só um grito. Nenhuma palavra. Como se algo o tivesse assustado. Não! Surpreendido, chocado. Algo assim. Eu nunca o tinha ouvido gritar antes.

Ela levou as mãos aos ouvidos como se tentasse reprimir a própria lembrança do som, e o tecido no qual ela estava enrolada escorregou lentamente até a cintura. Ela não prestou atenção e Baley ficou olhando de modo fixo para o caderno.

— O que você fez? – perguntou ele.

— Eu corri. Corri. Não sabia onde ele estava...

— Pensei que tivesse dito que ele tinha ido para o laboratório que mantinha nos seus aposentos.

— Ele foi, E... Elijah, mas *eu* não sabia onde era o laboratório. Quero dizer, não ao certo. Eu nunca tinha ido até lá. Era dele. Eu tinha uma ideia geral de sua localização. Sabia que era em algum lugar a oeste, mas estava tão nervosa que nem pensei em chamar um robô. Algum deles teria me orientado com facilidade, mas é claro que nenhum apareceu sem ser chamado. Quando cheguei lá... de alguma maneira, encontrei o lugar... ele estava morto.

Ela parou de repente e, para grande desconforto de Baley, inclinou a cabeça e chorou. Ela não tentou esconder o rosto em nenhum momento. Seus olhos simplesmente se fecharam e lágrimas rolaram pouco a pouco pelo seu rosto. Não se ouvia nenhum som. Seus ombros quase não se mexiam.

Então ela abriu os olhos e fitou-o por entre as lágrimas.

— Eu nunca tinha visto um homem morto antes. Ele estava todo ensanguentado e sua cabeça... estava... toda... Eu consegui chamar um robô e ele chamou outros e imagino que eles cuidaram de mim e de Rikaine. Eu não me lembro... Eu não...

— O que quer dizer, eles cuidaram de Rikaine? — perguntou Baley.

— Eles o levaram e o limparam. — Havia uma pontinha de indignação em sua voz, a dona da casa preocupada com sua propriedade. — Estava tudo uma bagunça.

— E o que aconteceu com o corpo?

Ela chacoalhou a cabeça.

— Eu não sei. Cremaram, eu imagino. Como qualquer cadáver.

— Você não chamou a polícia?

Ela olhou para ele sem entender e Baley pensou: "Aqui não há polícia!".

— Você contou a alguém, imagino. As pessoas ficaram sabendo do ocorrido — ele questionou.

— Os robôs chamaram um médico. E eu tive de ligar para o local de trabalho de Rikaine. Os robôs que estavam lá precisavam saber que ele não voltaria — disse ela.

— Suponho que o médico era para você.

Ela afirmou com a cabeça. Pela primeira vez, pareceu notar o tecido caído na altura dos quadris. Ela o puxou para cima, murmurando aflita:

— Sinto muito. Sinto muito.

Baley se sentiu incomodado, observando-a enquanto ela estava lá, desamparada, trêmula, com o rosto contorcido pelo terror que tinha tomado conta dela por causa das lembranças.

Ela nunca tinha visto um cadáver antes. Nunca tinha visto sangue, nem uma cabeça esmagada. A relação entre marido e mulher em Solaria podia ser algo tênue e superficial, mas ainda assim ela havia deparado com um ser humano morto.

Baley mal sabia o que fazer ou dizer em seguida. Teve o ímpeto de se desculpar, mas, como policial, estava apenas cumprindo seu dever.

Mas não havia polícia neste mundo. Ela entenderia que esse era o dever dele?

De modo lento e tão delicado quanto pôde, ele insistiu:

— Gladia, você ouviu mais alguma coisa? Algo além do grito do seu marido?

Ela alçou o olhar, com o rosto lindo como nunca, apesar da evidente aflição — ou talvez por causa dela.

— Nada — ela respondeu.

— Nenhum som de passos correndo? Nenhuma outra voz?

Ela negou com a cabeça.

— Não ouvi nada.

— Quando encontrou o seu marido, ele estava totalmente sozinho? Vocês dois eram os únicos presentes?

— Sim.

— Não havia nenhum sinal de que alguém tivesse estado lá?

— Nenhum que eu pudesse ver. De qualquer maneira, não vejo como alguém poderia estar lá.

— Por que diz isso?

Por um instante, ela pareceu chocada. Então disse com desânimo:

— Você é da Terra. Vivo me esquecendo disso. Bem, é que simplesmente ninguém poderia estar lá. Meu marido nunca via ninguém além de mim; não desde que era criança. Ele com certeza não era do tipo que via alguém. Não Rikaine. Ele era muito rigoroso, muito fiel aos costumes.

— Talvez ele não tivesse tido escolha. E se alguém tivesse acabado de chegar para vê-lo sem ser convidado, sem que o seu marido soubesse? Ele não poderia ter evitado o fato de ver o intruso, independentemente de quão fiel aos costumes ele fosse.

— Pode ser, mas ele teria chamado os robôs de imediato e pedido para que o homem fosse levado embora. Ele teria feito isso! Além do mais, ninguém tentaria ver o meu marido sem ser convidado. Não posso imaginar uma coisa dessas. E, sem dúvida, Rikaine nunca convidaria ninguém para vê-lo. É ridículo pensar que ele faria isso – ela objetou.

– Seu marido morreu com um golpe na cabeça, não foi? Você admite isso? – perguntou Baley de forma branda.

– Suponho que sim. Ele estava... todo...

– Não estou pedindo detalhes, no momento. Havia algum sinal de algum dispositivo mecânico na sala que teria possibilitado a alguém bater na cabeça dele por controle remoto?

– É claro que não. Pelo menos eu não vi nenhum.

– Se alguma coisa desse tipo estivesse lá, imagino que você teria visto. Por conseguinte, alguém segurou com a mão algo capaz de esmagar a cabeça de um homem e, com essa mão, golpeou-o com o objeto. Alguém tinha de estar a cerca de um metro de distância do seu marido para fazer isso. Então, alguém o viu.

– Ninguém faria isso – ela insistiu com seriedade. – Um solariano simplesmente não veria ninguém.

– Um solariano que cometeria um crime não teria problemas em ver uma pessoa, teria?

(Essa declaração soou questionável para si mesmo. Na Terra, ele soubera do caso de um assassino completamente sem escrúpulos que só tinha sido pego porque não conseguira quebrar o costume de silêncio absoluto no banheiro comunitário.)

Gladia balançou a cabeça.

– Você não entende essa questão de ver. Os terráqueos veem qualquer um que queiram o tempo todo, então você não entende...

– A curiosidade parecia estar travando uma batalha dentro dela. Seus olhos se iluminaram um pouco. – Ver alguém parece perfeitamente normal para você, não é?

– Sempre achei a coisa mais natural do mundo – resmungou Baley.

– Não o incomoda?

– Por que deveria?

— Bem, os filmes não dizem, e eu sempre quis saber... Posso fazer uma pergunta?

— Vá em frente — respondeu Baley, impassível.

— Designaram uma esposa para você?

— Sou casado. Não sei como funciona essa questão da designação.

— E eu sei que você vê a sua esposa quando quer e ela o vê e nenhum dos dois acha nada de mais nisso.

Baley aquiesceu.

— Bem, quando você a vê, suponhamos que você queira...

Ela levantou as mãos à altura do cotovelo, parando como se estivesse procurando pela expressão certa. Ela tentou de novo:

— Você pode... a qualquer momento... — Ela deixou a frase incompleta.

Baley não tentou ajudar.

— Bem, esqueça. De qualquer forma, não sei por que fui incomodá-lo com esse tipo de coisa... Você precisa de mim para mais alguma coisa? — Parecia que ela iria chorar outra vez.

— Mais uma tentativa, Gladia. Esqueça o fato de que ninguém veria o seu marido. Suponha que alguém o *viu*. Quem poderia ter sido? — perguntou Baley.

— É inútil fazer conjecturas. Não poderia ter sido ninguém.

— Tem de ser alguém. O agente Gruer diz que há motivos para suspeitar de uma pessoa. Então, como vê, deve ser alguém.

Ela esboçou um sorrisinho tristonho.

— Eu sei quem ele pensa que fez isso.

— Está bem. Quem?

Ela colocou a mão no próprio peito.

— Eu.

⑥ UMA TEORIA É CONTESTADA

— Eu deveria ter dito, parceiro Elijah — Daneel comentou, falando de repente —, que essa é uma conclusão óbvia.

Baley olhou para o parceiro robô com surpresa.

— Óbvia por quê? — perguntou ele.

— A própria mulher — disse Daneel — afirma que ela era a única pessoa que via ou veria o marido. A situação social em Solaria é tal que ela não poderia apresentar, de modo plausível, nenhuma outra coisa como verdadeira. Com certeza, o agente Gruer acharia razoável, e até mesmo obrigatório, acreditar que um marido solariano seria visto apenas por sua mulher. Como apenas uma pessoa poderia estar ao alcance da vista, apenas uma pessoa poderia ser o assassino. Ou melhor, a assassina. Você deve lembrar que o agente Gruer disse que apenas uma pessoa poderia ter feito isso. Ele considerava impossível que fosse qualquer outra pessoa. E então?

— Ele também disse — acrescentou Baley — que essa mesma pessoa não poderia ter cometido o crime.

— Ele provavelmente quis dizer que nenhuma arma foi encontrada na cena do crime. Presume-se que a sra. Delmarre possa explicar essa irregularidade.

Com um gesto de educação fria e robótica, ele apontou para o lugar onde Gladia estava sentada, ainda no campo de visão da imagem tridimensional, com os olhos baixos, apertando os lábios.

"Por Josafá", pensou Baley, "nos esquecemos de que ela ainda está aqui."

Talvez tivesse sido a irritação que o fizera esquecer. Fora Daneel quem o irritara, pensou ele, com sua abordagem fria àquele problema. Ou talvez fosse ele mesmo, com sua abordagem emotiva. O investigador não parava de analisar a questão.

— Isso é tudo por ora, Gladia. Se alguém abordar o assunto, interrompa o contato. Até mais – disse ele.

— Às vezes dizem "chega de olhar", mas eu gosto mais de "até mais". Você parece incomodado, Elijah. Eu lamento, porque estou acostumada a que as pessoas pensem que eu fiz aquilo, então você não precisa ficar incomodado – disse ela com brandura.

— Você *fez* aquilo, Gladia? – perguntou Daneel.

— Não – respondeu ela, com raiva.

— Então, até mais.

Com a raiva ainda estampada no rosto, ela sumiu. Contudo, por um instante, Baley continuava a sentir o impacto daqueles extraordinários olhos cinzentos.

Ela podia dizer que estava acostumada a que as pessoas pensassem que era uma assassina, mas isso obviamente era mentira. Sua raiva falara com mais verdade do que suas palavras. Baley se perguntava quantas outras mentiras ela seria capaz de contar.

* * *

E agora Baley estava sozinho com Daneel.

— Tudo bem, Daneel, não sou um completo idiota – resmungou ele.

— Nunca pensei que fosse, parceiro Elijah.

— Então me conte: o que o fez dizer que nenhuma arma foi encontrada no local do crime? Não havia nenhuma evidência, até agora, nada naquilo que ouvi que pudesse nos levar a essa conclusão.

— Você está certo. Tenho informações adicionais que ainda não estavam disponíveis a você.

— Eu tinha certeza disso. Que tipo de informação?

— O agente Gruer disse que enviaria uma cópia do relatório de sua investigação. Eu estou com essa cópia. Chegou esta manhã.

— Por que não a mostrou para mim?

— Achei que talvez fosse mais produtivo para você conduzir sua investigação, pelo menos nas etapas iniciais, de acordo com suas próprias ideias, sem ser influenciado pelas conclusões de outras pessoas que, assumidamente, não alcançaram conclusões satisfatórias. Foi porque eu mesmo achei que meus processos lógicos poderiam ser influenciados por essas conclusões que não contribuí com nada para a discussão.

Processos lógicos! De forma espontânea, Baley se lembrou de uma parte de uma conversa que tivera uma vez com um roboticista. "Um robô", dissera o homem, "é lógico, mas não racional."

— Você entrou no final da discussão — ele acusou.

— Entrei, parceiro Elijah, mas apenas porque, naquele momento, eu tinha evidências independentes que confirmavam as suspeitas do agente Gruer.

— Que tipo de evidência independente?

— Aquela que pôde ser deduzida a partir do próprio comportamento da sra. Delmarre.

— Sejamos específicos, Daneel.

— Considere que, se a mulher for culpada e estiver tentando provar sua inocência, seria útil para ela que o detetive investigando o caso acreditasse que ela é inocente.

— E daí?

— Se ela puder confundi-lo tirando proveito de uma de suas fraquezas, ela faria isso, não?

— Isso é estritamente hipotético.

— De modo algum — foi a calma resposta de Daneel. — Você deve ter notado, creio eu, que ela concentrou toda a atenção em você.

— Era eu quem estava falando — concordou Baley.

— A atenção dela estava voltada para você desde o início; mesmo antes que ela pudesse adivinhar que era você que iria falar. Na verdade, seria possível pensar que ela, por uma questão de lógica, esperaria que eu, um auroreano, conduziria a investigação. No entanto, ela se concentrou em você.

— E o que você deduz disso?

— Que era em você, parceiro Elijah, que ela depositava as esperanças. Você era o terráqueo.

— O que isso tem a ver?

— Ela havia estudado sobre a Terra. Insinuou isso mais de uma vez. Ela sabia do que eu estava falando quando pedi que encobrisse as janelas, no começo da entrevista. Ela não pareceu surpresa ou confusa, como com certeza teria ficado se não tivesse conhecimento real das condições na Terra.

— E daí?

— Já que ela estudou a Terra, é bastante razoável supor que descobriu uma fraqueza que os terráqueos têm. Ela deve saber do tabu da nudez, e de como esse tipo de exposição impressiona um terráqueo.

— Ela... ela explicou sobre olhar por meio de uma conexão holográfica.

— De fato explicou. Entretanto, ela lhe pareceu totalmente convincente? Ela permitiu que a visse duas vezes vestida de uma maneira que você consideraria inadequada...

— Sua conclusão — interrompeu Baley — é que ela estava tentando me seduzir. É isso?

— Tentando afastá-lo de sua impessoalidade profissional. É o que me parece. E, embora eu não compartilhe das reações humanas aos estímulos, devo pensar, com base no que foi gravado nos meus circuitos de instrução, que aquela mulher satisfaz qualquer padrão razoável de atratividade física. Além do mais, pelo seu comportamento, parece-me que você percebeu isso e gostou da aparência dela. Eu chegaria até a pensar que a sra. Delmarre estava certa ao achar que aquele comportamento o predisporia em favor dela.

— Veja bem — Baley retrucou, constrangido. — Apesar do efeito que ela possa ter tido sobre mim, ainda sou um policial em pleno gozo do meu senso de ética profissional. Entenda isso. Agora vamos ver o relatório.

* * *

Baley leu o relatório em silêncio. Terminou, voltou ao início e leu uma segunda vez.

— Isso inclui um fator novo — ele murmurou. — O robô.

Daneel Olivaw aquiesceu.

— Ela não o mencionou — observou Baley, pensativo.

— Você fez a pergunta errada — explicou Daneel. — Você perguntou se ele estava sozinho quando ela encontrou o corpo. Você perguntou se alguém mais estava presente na cena do crime. Um robô não é alguém.

Baley concordou com a cabeça. Se ele fosse suspeito e lhe perguntassem quem mais estava na cena de um crime, dificilmente ele diria: "Ninguém além desta mesa".

— Acho que devia ter perguntado se algum robô estava presente. (Droga... de todo modo, que perguntas se fazem em um mundo estranho?) Uma evidência robótica é uma evidência legal, Daneel? — ele perguntou.

— O que quer dizer?

— Um robô pode testemunhar em Solaria? Pode apresentar evidência?

— Por que a dúvida?

— Porque um robô não é um humano, Daneel. Na Terra, ele não pode dar testemunho.

— E, no entanto, uma digital pode, parceiro Elijah, embora seja bem menos humana do que um robô. A posição do seu planeta quanto a esse ponto é ilógica. Em Solaria, uma evidência robótica, quando adequada, é admissível.

Baley não discutiu o assunto. Ele apoiou o queixo nas juntas dos dedos da mão e ponderou sobre essa questão do robô.

No auge do horror, Gladia Delmarre, de pé ao lado do corpo do marido, tinha chamado pelos robôs. Quando eles chegaram, ela estava inconsciente.

Os robôs relataram que a encontraram lá, junto ao cadáver. E havia algo mais ali: um robô. Aquele robô não tinha sido chamado. Não fazia parte do quadro regular de funcionários. Nenhum outro robô o tinha visto antes nem sabia qual era sua função ou suas atribuições.

Nem havia sido possível descobrir qualquer coisa do robô em questão. Não estava em condições de funcionamento. Quando foi achado, seus movimentos estavam desorganizados, assim como, aparentemente, o funcionamento do seu cérebro positrônico. Ele não conseguia dar nenhuma resposta verbal nem ter nenhuma reação mecânica adequada e, após uma exaustiva investigação feita por um especialista em robótica, foi declarada perda total.

A única atividade que continha algum sinal de organização era a constante repetição de uma frase "Você vai me matar... você vai me matar... você vai me matar...".

Nenhuma arma que pudesse ter sido usada para esmagar a cabeça da vítima foi localizada.

— Vou comer, Daneel, e depois vamos ver o agente Gruer de novo... ou, pelo menos, olhar para ele.

* * *

Hannis Gruer ainda estava comendo quando se estabeleceu contato. Ele comia devagar, escolhendo com cuidado cada garfada em meio a vários pratos, olhando com atenção e ansiedade, como se estivesse procurando uma combinação oculta que acharia satisfatória.

Baley pensou: "Pode ser que ele tenha uns 200 anos. Comer deve estar se tornando algo entediante para ele".

— Saudações, cavalheiros — cumprimentou Gruer. — Receberam o relatório, acredito.

Sua cabeça careca brilhou conforme ele se inclinou para a frente para pegar um petisco.

— Sim. Nós também tivemos uma reunião interessante com a sra. Delmarre — Baley comentou.

— Que bom — murmurou Gruer. — E a que conclusão chegaram, se é que chegaram a alguma?

— A de que ela é inocente, senhor — respondeu Baley.

Gruer levantou os olhos bruscamente.

— É mesmo?

Baley aquiesceu.

— E, no entanto — observou Gruer —, ela era a única que podia vê-lo, a única que poderia estar ao alcance da...

— Isso ficou claro para mim e, por mais rígidos que os costumes sociais sejam em Solaria, essa questão não é conclusiva. Posso explicar? — perguntou Baley.

Gruer tinha voltado a comer.

— É claro.

— Um assassinato se baseia em três pontos — disse Baley — e cada um deles é igualmente importante. São eles: motivo, meios e oportunidade. Para ter uma acusação sólida contra qualquer suspeito, cada um deles deve ser atendido. Concordo que a sra. Delmarre teve oportunidade. Quanto ao motivo, não ouvi falar de nenhum.

Gruer deu de ombros.

— Não sabemos de nenhum.

Por um instante, ele desviou o olhar para o silencioso Daneel.

— Muito bem. A suspeita não tem nenhum motivo conhecido, mas talvez ela seja uma assassina patológica. Podemos deixar a questão seguir sem interferência, e continuar nosso raciocínio. Ela está no laboratório com ele e, por algum motivo, quer matá-lo. Ela segura um bastão, ou outro objeto pesado, de maneira ameaçadora. Leva um tempo para ele perceber que sua mulher realmente tem a intenção de machucá-lo. Ele grita, consternado: "Você vai me matar", e assim ela o faz. Ele se vira para correr enquanto o golpe é desferido e esmaga a cabeça dele. A propósito, algum médico examinou o corpo?

— Sim e não. Os robôs chamaram um médico para atender a sra. Delmarre e, como era de se esperar, ele olhou o cadáver também.

— Isso não foi mencionado no relatório.

— Era pouco pertinente. O homem estava morto. Na verdade, quando o médico pôde olhar o corpo, ele já tinha sido despido, lavado e preparado para a cremação do modo habitual.

— Em outras palavras, os robôs tinham destruído as evidências — concluiu Baley, irritado. Então, prosseguiu: — O senhor disse que ele olhou o corpo? Ele não o *viu*?

— Grande Espaço! — exclamou Gruer. — Que ideia mórbida. Ele o olhou, é claro, de todos os ângulos necessários e bem de perto, estou certo disso. Os médicos não podem evitar a necessidade de ver os pacientes sob algumas condições, mas não posso conceber nenhuma razão pela qual devessem ver cadáveres. A medicina é um trabalho sujo, mas até os médicos têm seus limites.

— Bem, esta é a questão: o médico relatou algo sobre a natureza do ferimento que matou o sr. Delmarre?

— Entendo aonde quer chegar. O senhor acha que talvez o ferimento fosse demasiado grave para ter sido causado por uma mulher.

— A mulher é mais fraca do que o homem, senhor. E a sra. Delmarre é uma mulher pequena.

— Mas é bastante atlética, investigador. Se tivesse uma arma do tipo apropriado, a gravidade e a força de alavanca fariam a maior parte do trabalho. Mesmo não levando isso em consideração, uma mulher em frenesi pode fazer coisas surpreendentes.

Baley deu de ombros.

— O senhor falou de uma arma. Onde ela está?

Gruer mudou de posição. Ele estendeu a mão em direção a um copo vazio e um robô entrou no campo de visão e o encheu com um líquido incolor que poderia ser água.

Gruer segurou o copo cheio por um momento, depois o colocou na mesa como se tivesse mudado de ideia quanto a beber o líquido.

— Como foi dito no relatório, não conseguimos localizá-la — ele respondeu.

— Eu sei que o relatório diz isso. Quero ter certeza absoluta de algumas coisas. Procuraram pela arma?

— De forma minuciosa.

— O senhor mesmo procurou por ela?

— Os robôs o fizeram, mas sob a minha supervisão, olhando por meio de conexão holográfica o tempo todo. Não conseguimos localizar nada que pudesse ter sido usado como arma.

— Isso enfraquece a acusação contra a sra. Delmarre, não enfraquece?

— Sim — concordou Gruer com calma. — É uma das várias coisas sobre esse caso que nós não entendemos. É o motivo pelo qual não tomamos providências quanto à sra. Delmarre. É o motivo pelo qual eu lhe disse que o culpado tampouco poderia ter cometido o crime. Talvez eu devesse ter dito que aparentemente ela não poderia ter cometido o crime.

— Aparentemente?

— Ela deve ter se livrado da arma de alguma maneira. Até agora, faltou-nos perspicácia para encontrá-la.

— O senhor considerou todas as possibilidades? — questionou Baley obstinadamente.

— Acho que sim.

— Eu fico imaginando... Vejamos. Uma arma foi usada para esmagar a cabeça de um homem e não foi encontrada na cena do crime. A única alternativa é que ela tenha sido levada. Ela não poderia ter sido levada por Rikaine Delmarre. Ele estava morto. Poderia ter sido levada por Gladia Delmarre?

— Deve ter sido — sugeriu Gruer.

— Como? Quando os robôs chegaram, ela estava no chão, inconsciente. Ou pode ser que ela estivesse fingindo estar inconsciente, mas, de qualquer modo, ela estava lá. Quanto tempo se passou entre o assassinato e a chegada do primeiro robô?

— Isso depende da hora exata da morte, coisa que não sabemos — confessou Gruer, constrangido.

— Eu li o relatório, senhor. Um robô relatou ter ouvido um tumulto e um grito que ele identificou como sendo do dr. Delmarre. Aparentemente, ele era o robô mais próximo à cena do crime. O sinal de chamado foi acionado cinco minutos depois. Um robô demoraria menos de um minuto para aparecer na cena. (Baley se lembrava de suas próprias experiências com o aparecimento repentino de robôs quando chamados.) Em cinco minutos, ou mesmo dez, a que distância a sra. Delmarre poderia ter levado uma arma e voltado a tempo de simular inconsciência?

— Ela deve tê-la destruído em uma unidade desintegradora.

— A unidade desintegradora foi investigada e, de acordo com o relatório, a atividade residual de raios gama estava bem baixa. Nada de tamanho considerável tinha sido destruído em um período de 24 horas.

— Sei disso — Gruer murmurou. — Eu apenas apresento isso como um exemplo do que poderia ter sido feito.

— Verdade — concedeu Baley —, mas pode haver uma explicação muito simples. Suponho que os robôs pertencentes à residência dos Delmarre tenham sido verificados e contabilizados.

— Ah, sim.

— E todos estavam em condições razoáveis de funcionamento?

— Sim.

— Algum deles poderia ter levado a arma embora, talvez sem saber o que era?

— Nenhum deles tinha retirado nada da cena do crime. Por falar nisso, tampouco tocaram em nada.

— Isso não é verdade. Eles certamente retiraram o corpo e o prepararam para a cremação.

— Bem, sim, é claro, mas isso nem conta. Era de se esperar que fizessem isso.

— Por Josafá! — resmungou Baley. Ele teve de se esforçar para não perder a calma. — Agora suponha que mais alguém estivesse no local — ele insistiu.

— Impossível — comentou Gruer. — Como alguém poderia invadir o espaço pessoal do dr. Delmarre?

— Suponha! — exclamou Baley. — Bem, em nenhum momento os robôs pensaram que um intruso pudesse estar presente. Imagino que nenhum deles tenha feito uma busca imediata na propriedade ao redor da casa. Isso não foi mencionado no relatório.

— Não houve uma busca até que procurássemos pela arma, mas isso ocorreu após um tempo considerável.

— Tampouco houve uma busca por marcas deixadas por um veículo terrestre ou transporte aéreo nos arredores?

— Não.

— Então se alguém tivesse tomado coragem para invadir o espaço pessoal do dr. Delmarre, como o senhor propôs, ele poderia tê-lo matado e depois ter ido embora tranquilamente. Ninguém o teria impedido, nem mesmo o teriam visto. Depois, ele poderia contar com o fato de que todos teriam certeza de que ninguém poderia ter estado lá.

— E ninguém poderia — repetiu Gruer, obstinado.

— Mais uma coisa. Só mais uma. Havia um robô envolvido. Um robô estava na cena do crime — acrescentou Baley.

Daneel os interrompeu pela primeira vez.

— O robô não estava no local. Se estivesse lá, o crime não teria sido cometido.

Baley virou a cabeça bruscamente. E Gruer, que tinha levantado o copo pela segunda vez, como se estivesse prestes a beber, colocou-o na mesa de novo para olhar para Daneel.

— Não é? – perguntou Daneel.

— É verdade – anuiu Gruer. – Um robô teria impedido uma pessoa de machucar a outra. Primeira Lei.

— Certo – resmungou Baley. – De acordo. Mas devia estar perto. Ele estava no local quando os outros robôs chegaram. Digamos que estava na sala ao lado. O assassino está avançando em direção a Delmarre e este grita: "Você vai me matar". Os robôs da residência não ouviram essas palavras; no máximo, ouviram um grito, e, como não foram chamados, não vieram. Mas esse robô em particular ouviu as palavras e a Primeira Lei o fez agir sem ser chamado. Era tarde demais. É provável que ele tenha visto o assassinato.

— Deve ter visto o desfecho do assassinato – concordou Gruer. – Foi isso o que o avariou. Testemunhar um dano contra um humano sem tê-lo impedido é uma violação da Primeira Lei e, dependendo das circunstâncias, são causados danos maiores ou menores ao cérebro positrônico. Nesse caso, um dano imenso.

Gruer olhava para as pontas dos dedos conforme girava o copo com líquido para lá e para cá.

— Então o robô era uma testemunha – murmurou Baley. – Ele foi interrogado?

— Para quê? Ele estava avariado. Só conseguia dizer: "Você vai me matar". Essas foram, provavelmente, as últimas palavras de Delmarre gravadas na consciência do robô quando todo o resto foi destruído.

— Mas me disseram que os robôs são a especialidade de Solaria. Não havia um modo de consertar o robô? Nenhum modo de remendar os circuitos?

— Não – replicou Gruer, de forma abrupta.

— E onde está o robô agora?

— Virou sucata – respondeu Gruer.

Baley ergueu as sobrancelhas.

— Este é um caso bastante peculiar. Sem motivo, sem meios, sem testemunhas, sem evidências. Se havia alguma evidência, para começar, ela foi destruída. O senhor tem apenas um suspeito e todos parecem convencidos de que ela é culpada; pelo menos, todos estão certos de que nenhuma outra pessoa pode ser culpada. Essa é a sua opinião também, é óbvio. Então, a questão é: para que me mandaram para cá?

Gruer franziu a testa.

— O senhor parece aborrecido, sr. Baley.

De repente, ele se voltou para Daneel.

— Sr. Olivaw?

— Sim, agente Gruer.

— Será que pode, por favor, percorrer a casa e se certificar de que todas as janelas estão fechadas e recobertas? O investigador Baley pode estar sentindo o efeito do espaço aberto.

Baley ficou pasmo com a solicitação. Sentiu o ímpeto de negar a suposição de Gruer e mandar Daneel ficar onde estava quando, no último instante, percebeu um tom de pânico na voz de Gruer, um brilho de apelo no seu olhar.

Ele se recostou na cadeira e deixou Daneel sair da sala.

Foi como se uma máscara tivesse caído do rosto de Gruer, deixando-a nua e expondo o medo.

— Isso foi mais fácil do que pensei. Planejei tantas formas de falar com o senhor a sós. Nunca pensei que o auroreano sairia com um simples pedido e, no entanto, não consegui pensar em nenhuma outra coisa para fazer — confessou Gruer.

— Bem, estou sozinho agora — resmungou Baley.

— Eu não podia falar livremente na presença dele — Gruer explicou. — Ele é auroreano e está aqui porque nos forçaram a aceitá-lo como preço para ter o senhor. — O solariano se inclinou para a frente. — Há algo a mais nessa história do que apenas assassinato. Há grupos em Solaria, organizações secretas...

Baley o fitou.

— Com certeza, não posso ajudá-lo com isso.

— É claro que pode. Entenda o seguinte: o dr. Delmarre era um Tradicionalista. Ele acreditava nos velhos costumes, nos bons costumes. Mas há novas forças entre nós, forças em prol da mudança, e Delmarre foi silenciado.

— Pela sra. Delmarre?

— Deve ter sido pela mão dela. Isso não importa. Há uma organização por trás dela e é isso que importa.

— O senhor tem certeza? Tem evidências disso?

— Evidências vagas, apenas. Não oferecem mais do que isso. Rikaine Delmarre estava na pista de alguma coisa. Ele me assegurou que *suas* evidências eram boas, e eu acreditei nele. Eu o conhecia bem o bastante para saber que não era nem tolo nem infantil. Infelizmente, ele me contou muito pouco. É claro que ele queria terminar sua investigação antes de revelar a questão toda para as autoridades. Ele deve ter chegado perto de concluí-la também, ou eles não teriam se atrevido a correr o risco de matá-lo abertamente e com violência. Contudo, Delmarre me disse uma coisa. Toda a raça humana está em perigo.

Baley ficou abalado. Por um instante, era como se estivesse ouvindo Minnim de novo, mas em uma escala ainda maior. Será que *todos* iam recorrer a ele por conta de perigos cósmicos?

— Por que acha que posso ajudar? – perguntou ele.

— Porque é um terráqueo – respondeu Gruer. – Você entende? Em Solaria, nós não temos nenhuma experiência com essas coisas. De certa forma, nós não entendemos as pessoas. Há muito poucos de nós aqui.

Ele parecia inquieto.

— Não gosto de confessar isso, sr. Baley. Meus colegas riem de mim e alguns ficam irritados, mas é uma sensação que tenho. Parece-me que vocês terráqueos *devem* entender as pessoas bem melhor do que nós, pelo simples fato de viverem em meio a multidões. E um detetive deve entender melhor do que ninguém. Não é mesmo?

Baley fez um breve aceno com a cabeça e se calou.

— De certa forma, esse assassinato ocorreu em boa hora — confidenciou Gruer. — Não ousei falar com outros sobre a investigação que Delmarre conduzia, já que eu não sabia ao certo quem poderia estar envolvido na conspiração, e o próprio Delmarre não estava pronto para dar detalhes até que sua investigação estivesse completa. E, mesmo se ele tivesse terminado o trabalho, como iríamos lidar com a questão depois? Como se lida com seres humanos hostis? Eu não sei. Desde o princípio, eu achava que precisávamos de um terráqueo. Quando ouvi falar do seu trabalho quanto ao assassinato na Vila Sideral, na Terra, eu sabia que precisávamos do senhor. Entrei em contato com Aurora, cujos homens trabalharam com o senhor mais estreitamente e, por meio deles, abordei o Governo da Terra. Entretanto, eu não conseguia persuadir meus colegas a concordarem com isso. Então ocorreu o assassinato e isso foi um choque suficiente para eu conseguir o que precisava: que eles concordassem. Naquele momento, teriam concordado com qualquer coisa.

Gruer hesitou, mas depois acrescentou:

— Não é fácil pedir ajuda a um terráqueo, mas preciso fazer isso. Lembre-se, o que quer que seja, a raça humana está em perigo. A Terra também.

A Terra estava duplamente em perigo, então. Não havia dúvidas quanto à desesperada sinceridade na voz de Gruer.

Mas então, se o assassinato fora um pretexto bom o suficiente para permitir que Gruer fizesse o que tinha tão desesperadamente desejado fazer o tempo todo, isso era apenas sorte? Isso abria novos caminhos para reflexão que não transpareciam no rosto, nos olhos ou na voz de Baley.

— Fui enviado para cá, senhor, para ajudar. Vou fazer isso da melhor maneira possível.

Por fim, Gruer pegou sua bebida, já adiada há muito tempo, e olhou para Baley por sobre a borda do vidro.

— Que bom — ele suspirou. — Não diga nada ao auroreano, por favor. Do que quer que se trate, Aurora não deve se envolver. Sem dúvida, eles mostraram grande interesse no caso, o que é estranho. Por exemplo, insistiram em incluir o sr. Olivaw como seu parceiro. Aurora é um planeta poderoso; tivemos de ceder. Disseram que incluíram o sr. Olivaw apenas porque ele trabalhou com o senhor antes, mas pode muito bem ser que eles queiram um dos deles, um homem de confiança, na cena, não?

Ele bebeu devagar, olhando para Baley.

Baley passava as juntas dos dedos da mão pela longa bochecha, esfregando-a de modo pensativo.

— Mas se isso...

Baley não terminou sua frase, mas pulou da cadeira e quase se jogou em direção ao outro, antes de lembrar que era apenas uma imagem o que estava diante dele.

Pois Gruer, olhando desvairadamente para a bebida, apertou a garganta e sussurrou com uma voz rouca:

— Está queimando... está queimando...

O copo caiu de sua mão, derramando o conteúdo. E Gruer caiu com ele, o rosto contorcido de dor.

⑦ UM MÉDICO É PRESSIONADO

Daneel estava na porta.
— O que aconteceu, parceiro Eli...
Mas não era necessário explicar. A voz de Daneel se transformou em um grito alto e sonoro:
— Robôs de Hannis Gruer! Seu mestre está ferido! Robôs!
Sem demora, um vulto metálico entrou com passos largos na sala de jantar e, depois dele, em um ou dois minutos, entrou mais uma dezena de robôs. Três deles levaram Gruer embora devagar. Os outros se ocuparam ativamente de arrumar a bagunça e pegar os utensílios de mesa espalhados no chão.
— Vocês aí, robôs, esqueçam a louça — solicitou Daneel de repente. — Organizem uma busca. Façam uma busca pela casa à procura de qualquer ser humano. Alertem todos os robôs que estejam do lado de fora. Peçam a eles que revistem cada acre da propriedade. Se encontrarem um mestre, detenham-no. Não o machuquem (conselho desnecessário), mas também não o deixem ir embora. Se não encontrarem nenhum mestre presente, avisem-me. Vou permanecer neste mesmo canal de conexão holográfica.
Então, conforme os robôs se espalhavam, Elijah murmurou para Daneel:
— Isso é um começo. Foi veneno, é claro.

— Sim. Isso é óbvio, parceiro Elijah.

Daneel se sentou de forma estranha, como se sentisse fraqueza nas pernas. Baley nunca o tinha visto se entregar, dessa maneira, nem por um instante, a qualquer ação que se assemelhasse a algo tão humano quanto uma fraqueza nas pernas.

— Não é bom para o meu mecanismo ver um ser humano sofrendo — explicou Daneel.

— Não havia nada que você pudesse fazer.

— Entendo isso; no entanto, é como se houvesse algo obstruindo as vias do meu pensamento. Em termos humanos, o que eu sinto poderia ser equivalente a um choque.

— Se é assim, supere isso. — Baley não sentia nem paciência nem simpatia para com um robô enjoado. — Temos de considerar o problema da responsabilidade. Não existe veneno sem envenenador.

— Poderia ter sido intoxicação alimentar.

— Intoxicação alimentar acidental? Em um mundo administrado de forma tão organizada como este? Nunca. Além disso, o veneno estava em um líquido e os sintomas foram repentinos e manifestaram-se por completo. Foi uma bebida envenenada, e com uma dose muito grande. Olhe, Daneel, vou para a sala ao lado para refletir sobre isso um pouco. Entre em contato com a sra. Delmarre. Certifique-se de que ela está em casa e verifique a distância entre a propriedade dela e a de Gruer.

— Você acha que ela...

Baley levantou a mão.

— Apenas descubra, tudo bem?

Ele saiu da sala com passadas largas, procurando ficar sozinho. Sem dúvida, não poderia haver duas tentativas de assassinato independentes tão próximas uma da outra em um mundo como Solaria. E, se havia uma relação, era mais fácil supor que a história de Gruer sobre uma conspiração era verdadeira.

Baley sentia uma agitação familiar crescendo dentro dele. Ele tinha vindo a este mundo com a situação da Terra, e a sua própria, em mente. O assassinato em si tinha sido uma coisa distante, mas agora a perseguição estava realmente acontecendo. Ele cerrou a mandíbula.

Afinal de contas, o assassino ou os assassinos (ou a assassina) tinham atacado na sua presença e aquilo o provocava. Atribuíam-lhe tão pouca importância? Era seu orgulho profissional que estava ferido. Baley sabia disso e acolhia o fato com prazer. Pelo menos lhe dava um motivo para levar o caso até o fim, considerando-o apenas um assassinato, independentemente dos perigos que a Terra corria.

Daneel o tinha localizado agora e estava andando em sua direção com passadas largas.

— Fiz o que me pediu, parceiro Elijah. Eu conversei com a sra. Delmarre por conexão holográfica. Ela está em casa, que fica a pouco mais de 1.600 quilômetros da propriedade do agente Gruer.

— Eu mesmo vou vê-la mais tarde — murmurou Baley. — Olhar por conexão holográfica, quero dizer. — Ele fitou Daneel pensativamente. — Você acha que ela tem alguma ligação com este crime?

— Aparentemente, não tem uma ligação direta, parceiro Elijah.

— Isso implica que pode haver uma ligação indireta?

— Ela poderia ter persuadido alguém a fazer isso.

— Alguém? — perguntou Baley rapidamente. — Quem?

— Isso, parceiro Elijah, eu não sei dizer.

— Se alguém estivesse agindo a pedido dela, essa pessoa teria de estar na cena do crime.

— Sim — concordou Daneel —, alguém deve ter estado lá para colocar o veneno no líquido.

— Não lhe parece possível que o líquido envenenado possa ter sido preparado mais cedo? Talvez muito mais cedo?

— Eu tinha pensado nisso, parceiro Elijah, e é por isso que usei a palavra "aparentemente" quando disse que a sra. Delmarre não tinha nenhuma ligação direta com o crime. Ela pode ter estado na cena do crime mais cedo. Seria bom verificar o que ela fez.

— Faremos isso. Verificaremos se ela esteve fisicamente presente em algum momento.

Baley contraiu os lábios. Ele havia imaginado que, de certa forma, a lógica robótica não seria suficiente e agora estava convencido disso. Era como o roboticista havia dito: "Lógico, mas não racional".

— Vamos voltar para a sala de conexão holográfica e estabelecer contato com a propriedade de Gruer de novo.

* * *

A sala emanava frescor e organização. Não havia nenhum sinal de que um homem tinha desmaiado ali menos de uma hora antes.

Três robôs estavam de pé contra a parede, na habitual postura robótica de submissão respeitosa.

— Quais são as notícias sobre o seu mestre? — perguntou Baley.

— O médico está atendendo-o, mestre — informou o robô do meio.

— Está olhando-o ou vendo-o?

— Olhando-o, mestre.

— O que diz o médico? O seu mestre vai sobreviver?

— Ainda não se sabe ao certo, mestre.

— A casa foi vasculhada? — indagou Baley.

— De forma minuciosa, mestre.

— Havia algum sinal de outro mestre que não o seu?

— Não, mestre.

— Havia algum sinal da presença de outro mestre em um passado recente?

— De modo algum, mestre.

— O terreno está sendo vasculhado?

— Sim, mestre.

— Algum resultado até agora?

— Não, mestre.

Baley aquiesceu e ordenou:

— Quero falar com o robô que serviu a mesa hoje à noite.

— Ele foi retido para inspeção, mestre. Suas reações estão irregulares.
— Ele consegue falar?
— Sim, mestre.
— Então, traga-o aqui sem demora.
Houve demora e Baley começou de novo.
— Eu disse...
Daneel o interrompeu de forma cortês.
— Esses tipos de robô solarianos têm intercomunicação por rádio. O robô que você deseja está sendo chamado. Se está demorando a vir, faz parte da confusão que tomou conta dele como consequência do que aconteceu.

Baley aquiesceu. Ele poderia ter imaginado que havia intercomunicação por rádio. Em um mundo tão completamente entregue aos robôs, algum tipo de comunicação íntima entre eles seria necessário para o sistema não entrar em colapso. Isso explicava como uma dezena de robôs podia aparecer quando apenas um robô havia sido chamado, mas só quando necessário, e não de outra forma.

Entrou um robô. Ele mancava, arrastando uma perna. Baley se perguntou por que e depois deu de ombros. Mesmo entre os primitivos robôs da Terra, as reações aos danos sofridos pelas vias positrônicas nunca pareciam óbvias para um leigo. Um circuito interrompido poderia afetar o funcionamento de uma perna, como acontecia aqui, e o fato seria muito significativo para um roboticista e totalmente insignificante para qualquer outra pessoa.

— Você se lembra de um líquido incolor que estava na mesa do seu mestre? — interrogou Baley. — Você colocou um pouco de líquido em uma taça para ele.

— Xim, mextre — disse o robô.

Uma falha de articulação oral também!

— De que natureza era o líquido? — perguntou Baley.

— Era água, mextre.

— Só água? Mais nada?

— Xó água, mextre.

— Onde você a pegou?

— Da torneira do rexervatório, mextre.

— A água ficou algum tempo na cozinha antes que você a trouxesse?

— O mextre preferia água não muito gelada, mextre. Era uma ordem permanente colocar a água em uma jarra uma hora antex da refeixão.

Que conveniente, pensou Baley, para qualquer um que soubesse disso.

— Avise a um dos robôs que quero estabelecer contato com o médico que está olhando o seu mestre assim que ele se desocupar. E, enquanto isso, quero que outro robô me explique como a torneira do reservatório funciona. Quero saber como é feito o abastecimento de água por aqui.

* * *

O médico não demorou muito a se desocupar. Ele era o Sideral mais velho que Baley já tinha visto, o que significava, pensou Baley, que ele poderia ter mais de 300 anos. As veias das mãos eram bastante visíveis e o cabelo curto era todo branco. Ele tinha o hábito de bater com a unha nos dentes frontais serrilhados, fazendo um barulhinho que Baley achava irritante. O nome dele era Altim Thool.

— Felizmente, ele vomitou grande parte da dose — esclareceu o médico. — Ainda assim, pode ser que não sobreviva. É um acontecimento trágico. — Ele deu um suspiro profundo.

— Que veneno era, doutor? — perguntou Baley.

— Não sei dizer ao certo. (Tic-tic-tic.)

— O quê? Então como ele está sendo tratado? — perguntou Baley.

— Estimulação direta do sistema neuromuscular para prevenir a paralisia, mas, exceto pela estimulação, estou deixando a natureza seguir o seu curso. — Seu rosto, com uma pele levemente amarelada, como couro de qualidade superior quando está muito gasto, tinha uma expressão de súplica. – Nós temos muito pouca experiência com esse tipo de coisa. Não me lembro de outro caso desses em mais de duzentos anos de exercício.

Baley olhou para o outro com desdém.

– O senhor sabe que existem venenos, não sabe?

– Ah, sim. (Tic-tic.) É de conhecimento de todos.

– Há referências em livro-filmes em que você pode aprender alguma coisa.

– Levaria dias. Há inúmeros venenos de origem mineral. Fazemos uso de inseticidas em nossa sociedade, e não é impossível obter toxinas bacterianas. Mesmo com as descrições nos filmes, levaria muito tempo para reunir o equipamento e desenvolver as técnicas para testar os venenos.

– Se ninguém em Solaria sabe – insistiu Baley, inflexível –, sugiro que o senhor entre em contato com um dos outros mundos e descubra. Enquanto isso, seria melhor o senhor testar a torneira do reservatório na mansão de Gruer à procura de veneno. Vá lá em pessoa, se for necessário, e faça isso.

Baley estava pressionando um Sideral venerável de forma áspera, dando-lhe ordens como se ele fosse um robô, e não tinha muita consciência de como isso era incoerente. O Sideral tampouco protestou.

– Como a torneira do reservatório poderia estar envenenada? Tenho certeza de que não poderia estar – questionou o dr. Thool de modo duvidoso.

– É provável que não esteja – concordou Baley –, mas, de qualquer forma, teste-a para se certificar.

De fato, a possibilidade de a torneira estar envenenada era pequena. A explicação do robô havia mostrado que se tratava de uma peça típica dos cuidados pessoais solarianos. A água poderia entrar no reservatório a partir de qualquer fonte e então ser adequada para o consumo. Os micro-organismos eram removidos e a matéria orgânica não viva era eliminada. Uma quantidade apropriada de aeração era introduzida na água, assim como vários íons na quantidade exata, indicada às necessidades do organismo. Era pouco provável que algum veneno pudesse sobreviver a um ou outro dos dispositivos de controle.

Ainda assim, se a segurança do reservatório fosse logo estabelecida, então o fator tempo ficaria claro. Haveria a questão sobre retirar a água uma hora antes da refeição, quando deixavam que o jarro de água ("exposto ao *ar*", pensou Baley, com azedume) chegasse aos poucos à temperatura ambiente, graças à idiossincrasia de Gruer.

Mas o dr. Thool, franzindo as sobrancelhas, reclamava:

— Mas como vou testar a torneira do reservatório?

— Por Josafá! Leve um animal com o senhor. Injete um pouco da água que tirar da torneira nas veias do animal, ou faça-o beber um pouco. Use sua cabeça, homem. E faça o mesmo com a água que sobrou no jarro e, se ela estiver envenenada, como deve estar, faça alguns dos testes que os filmes de referência descrevem. Encontre um teste simples. Faça *alguma* coisa.

— Espere um segundo. Que jarro?

— O jarro onde foi colocada a água. O jarro usado pelo robô para servir o líquido envenenado.

— Ah, puxa vida... presumo que já o tenham limpado. Com certeza, os robôs da casa não o deixariam ficar por aí.

Baley lamentou. Era óbvio que não. Era impossível conservar evidências com robôs ansiosos sempre destruindo-as em nome das obrigações da casa. Ele deveria ter *ordenado* que ela fosse preservada, mas, é claro, esta sociedade não era a dele e ele nunca reagia de forma apropriada a ela.

Por Josafá!

* * *

Por fim, chegou a notícia de que não haviam encontrado nada na propriedade de Gruer; não havia nenhum sinal da presença não autorizada de um ser humano em lugar nenhum.

— Isso intensifica o enigma, parceiro Elijah, uma vez que parece não deixar ninguém no papel de envenenador — observou Daneel.

Baley, absorto em seus pensamentos, mal ouviu.

— O quê?... De modo algum. De modo algum. Isso esclarece a questão — balbuciou ele.

Ele não explicou, pois sabia muito bem que Daneel seria incapaz de entender ou de acreditar naquilo que Baley estava certo que era a verdade.

Nem Daneel pediu uma explicação. Tal invasão dos pensamentos de um humano teria sido muito antirrobótica.

Baley andava de um lado para outro, agitado, com receio do horário de dormir, que se aproximava, momento em que o medo do espaço aberto e a saudade da Terra aumentavam. Ele sentia um desejo quase febril de manter as coisas acontecendo.

— Eu também poderia ver a sra. Delmarre de novo. Peça ao robô que estabeleça contato — ele solicitou a Daneel.

Eles foram para a sala de conexão holográfica e Baley observou um robô trabalhando com hábeis dedos de metal. Ele o observava em meio a uma confusão de pensamentos obscuros, que desapareceu, dando lugar à perplexidade, quando uma mesa com um elaborado banquete para o jantar preencheu de repente metade da sala.

— Olá — saudou a voz de Gladia. Depois de um instante, ela entrou no campo de visão e se sentou. — Não fique surpreso, Elijah. Estamos bem na hora do jantar. E eu estou cuidadosamente vestida. Viu?

Ela estava. A cor predominante no seu vestido longo e cintilante era azul-claro, ele ia até o tornozelo e as mangas longas cobriam os braços até o pulso. Sobre o pescoço e os ombros havia uma gola em rufo amarela, um pouco mais clara do que seu cabelo, que estava arrumado agora em cachos disciplinados.

— Eu não queria interromper o seu jantar — desculpou-se Baley.

— Eu ainda não comecei. Por que não se juntam a mim?

Ele olhou para ela de forma suspeita.

— Juntar-me a você?

Ela riu.

— Vocês terráqueos são tão engraçados! Não estou falando de se juntar a mim na minha presença pessoal. Como poderia fazer isso? Quero dizer, vá para a sua própria sala de jantar e então você e o outro podem jantar comigo.

— Mas se eu sair...

— O seu técnico de conexão holográfica pode manter o contato.

Ao ouvir isso, Daneel aquiesceu com seriedade e, um pouco incerto, Baley se virou e andou em direção à porta. Gladia, sua mesa, o ambiente e a decoração da sala se movimentaram com ele.

Gladia sorriu de um modo encorajador.

— Viu? O seu técnico de conexão holográfica está nos mantendo em contato.

Baley e Daneel subiram por uma esteira rolante pela qual Baley não se lembrava de ter passado antes. Aparentemente, havia vários caminhos entre quaisquer dois cômodos nesta mansão impossível e ele conhecia apenas alguns deles. Daneel, é claro, conhecia todos.

E, movendo-se pelas paredes, às vezes um pouco abaixo do nível do chão, às vezes um pouco acima, Gladia e sua mesa de jantar estavam sempre a acompanhá-lo.

— Preciso me acostumar com isso — murmurou Baley, parando.

— Isso o deixa tonto? — perguntou Gladia sem demora.

— Um pouco.

— Então façamos o seguinte. Por que não pede ao seu técnico que congelem minha imagem bem aqui? Depois, quando estiverem na sala de jantar e estiverem prontos, ele pode nos reconectar.

— Vou ordenar que isso seja feito, parceiro Elijah — Daneel se adiantou.

* * *

Sua mesa estava preparada quando eles chegaram à sala de jantar: pratos fumegavam com uma sopa marrom na qual boiavam pedaços de carne cortados em quadrados e, no centro, uma grande ave assada estava pronta para ser trinchada. Daneel falou brevemente com o robô que estava servindo a mesa e, com perfeita eficiência, os dois lugares que tinham sido preparados foram recolocados na mesma extremidade da mesa.

Como se este fosse um sinal, a parede oposta pareceu mover-se para fora, a mesa pareceu ficar mais comprida e Gladia estava sentada na extremidade oposta. Ambas as salas e as mesas se juntavam com tanta perfeição que, se não fosse pelo padrão diferente nas paredes e no piso e pelo design diferente da louça e dos talheres, seria fácil acreditar que todos eles estavam, de fato, jantando juntos.

— Pronto — exclamou Gladia com satisfação. — Isto não é confortável?

— Bastante — resmungou Baley. Ele experimentou a sopa com cautela, achou-a deliciosa e serviu-se de maneira bem mais farta. — Você foi informada sobre o agente Gruer?

Seu rosto foi tomado de imediato por uma sombra de preocupação e ela colocou a colher na mesa.

— Não é horrível? Pobre Hannis.

— Você o chama pelo primeiro nome. Você o conhece?

— Conheço quase todas as pessoas importantes em Solaria. A maioria dos solarianos se conhece. É natural.

É natural, de fato, pensou Baley. Quantos eles eram, afinal de contas?

— Então, talvez você conheça o dr. Altim Thool. Ele está cuidando de Gruer — comentou Baley.

Gladia deu uma risada suave. O robô que a servia cortou um pedaço de carne e acrescentou pequenas batatas gratinadas e fatias de cenoura.

— É claro que eu o conheço. Ele cuidou de mim.

— Cuidou de você quando?

— Logo após o... o problema. Com o meu marido, quero dizer.

— Ele é o único médico no planeta? — perguntou Baley, atônito.

— Oh, não.
Por um instante, seus lábios se mexeram como se ela estivesse contando.
— Há pelo menos dez. E há um jovem que eu sei que está estudando medicina. Mas o dr. Thool é um dos melhores. Ele é o que tem mais experiência. Pobre dr. Thool.
— Por que "pobre"?
— Bem, você sabe o que quero dizer. Ser médico é um trabalho tão desagradável. Às vezes, é preciso ver pessoas quando se é médico, e mesmo tocá-las. Mas o dr. Thool parece muito resignado com sua profissão e sempre vai ver os pacientes quando sente que deve. Ele cuida de mim desde que eu era criança e foi muito amigável e gentil e, sinceramente, acho que não me importaria muito se ele tivesse de me ver. Por exemplo, ele me viu esta última vez.
— Quer dizer, após a morte do seu marido?
— Sim. Você pode imaginar como ele se sentiu quando viu a mim e ao cadáver do meu marido no chão.
— Disseram-me que ele olhou o corpo – Baley observou.
— Sim, o corpo. Mas depois de se certificar de que eu estava viva e não corria nenhum risco, ele mandou os robôs colocarem um travesseiro sob a minha cabeça e me dar uma injeção ou outra, e depois saírem. Ele veio de jato. De verdade! De jato. Demorou menos de meia hora, cuidou de mim e se certificou de que estava tudo bem. Eu estava tão atordoada quando recobrei os sentidos que estava certa de que ele estava apenas olhando, sabe, e foi só quando ele me tocou que eu soube que estávamos nos vendo, e eu gritei. Pobre dr. Thool. Ele ficou muito constrangido, mas eu sei que ele estava bem-intencionado.
Baley aquiesceu.
— Imagino que não se utilizem muito os médicos em Solaria.
— Esperamos que não.
— Sei que não há doenças transmitidas por germes para se comentar. Mas e os distúrbios metabólicos? Aterosclerose? Diabetes? Esse tipo de coisa?

— Acontecem e é horrível quando acontecem. Os médicos podem tornar a vida mais suportável para essas pessoas no tocante à parte física, mas isso não é tudo.

— Ah?

— É claro. Significa que a análise genética não foi perfeita. Você acha que permitimos que defeitos como o diabetes se desenvolvam de propósito? Qualquer um que desenvolva uma dessas doenças tem de passar por uma reanálise muito detalhada. A designação de um companheiro tem de ser desfeita, o que é terrivelmente constrangedor para o companheiro. E significa não ter... não ter... — sua voz tornou-se um sussurro — filhos.

— Não ter filhos? — perguntou Baley em um tom de voz normal.

Gladia ficou ruborizada.

— É uma coisa horrível de dizer. Essa palavra. F-filhos!

— Fica mais fácil depois de um tempo — murmurou Baley secamente.

— Sim, mas se eu pegar o costume, vou dizê-la na frente de outro solariano um dia desses e vou ficar com vontade de sumir... Em todo caso, se os dois já tiveram filhos (viu, eu disse de novo), as crianças precisam ser encontradas e examinadas... a propósito, essa era uma das tarefas de Rikaine... e, em resumo, é uma confusão.

"E isso era tudo sobre Thool", pensou Baley. A incompetência do médico era uma consequência natural da sociedade, e não havia nenhuma má intenção nisso. Não *necessariamente*. "Ele pode ser riscado da lista", pensou o investigador, "por enquanto."

Ele observava Gladia comer. Ela era asseada, tinha movimentos precisamente delicados e seu apetite parecia normal. (A ave que ele mesmo comera estava deliciosa. De todo modo, em um aspecto — comida — ele poderia ficar mal-acostumado por causa desses Mundos Siderais.)

— Qual é a sua opinião sobre o envenenamento, Gladia? — perguntou ele.

Ela alçou o olhar.

— Estou tentando não pensar nisso. Tem acontecido tanta coisa horrível ultimamente. Talvez não tenha sido envenenamento.

— Foi envenenamento.

— Mas não havia ninguém por perto.

— Como você sabe?

— Não poderia haver. Ele não tem esposa, atualmente, uma vez que tinha terminado a sua cota de fi... você sabe. Não havia ninguém para colocar veneno em alguma coisa, então como ele poderia ter sido envenenado?

— Mas ele foi envenenado. Isso é fato e deve ser aceito.

Os olhos de Gladia se anuviaram.

— Você acha — ela perguntou — que ele mesmo tenha feito isso?

— Duvido. Por que ele faria isso? E de modo tão público?

— Então não poderia ter sido feito, Elijah. Simplesmente não poderia.

— Ao contrário, Gladia — murmurou Baley. — Poderia ser feito com muita facilidade. E tenho certeza de que sei exatamente como.

8   DESAFIO A UM SIDERAL

Gladia pareceu estar prendendo a respiração por um instante. O ar saiu por entre seus lábios semicerrados, soando quase como um assobio.

— Com certeza, *eu* não entendo como poderia ter sido — confessou Gladia. — Você sabe *quem* fez isso?

Baley fez um sinal afirmativo com a cabeça.

— A mesma pessoa que matou o seu marido.

— Você tem certeza?

— Você não? O assassinato do seu marido foi o primeiro na história de Solaria. Um mês depois ocorre outro assassinato. Será que isso poderia ser coincidência? Dois assassinos diferentes atacando um mês depois do outro, em um mundo sem crimes? Leve em consideração também o fato de que a segunda vítima estava investigando o primeiro crime e, portanto, representava um grande perigo para o primeiro assassino.

— Bom! — Gladia se concentrou na sobremesa e falou, entre uma garfada e outra: — Vendo as coisas dessa maneira, eu sou inocente.

— Como assim, Gladia?

— Ora, Elijah. Eu nunca cheguei perto da propriedade de Gruer em toda a minha vida. Então, com certeza, eu não poderia ter envenenado o agente Gruer. E se não o matei... bem, tampouco matei o meu marido.

Então, como Baley permanecia impassivelmente calado, seu ânimo pareceu esmorecer e ela ficou séria.

– Você não acha, Elijah?

– Não sei ao certo – confidenciou Baley. – Eu disse a você que sei que método foi usado para envenenar Gruer. É um método engenhoso e qualquer um em Solaria poderia tê-lo utilizado, tendo estado alguma vez na propriedade de Gruer ou não.

Gladia cerrou os punhos.

– Está dizendo que fui eu?

– Eu não disse isso.

– Você está insinuando. – Ela apertou os lábios, furiosa, e seus pômulos salientes ficaram cobertos de manchas. – Por isso esse interesse todo em me contatar? Para me fazer perguntas capciosas? Para me pegar em uma cilada?

– Espere aí...

– Você parecia tão solidário. Tão compreensivo. Seu... seu terráqueo!

Seu timbre de contralto se transformou em um som torturado e estridente quando pronunciou a última palavra.

O rosto perfeito de Daneel se inclinou em direção a Gladia e ele intercedeu:

– Perdoe-me, sra. Delmarre, mas a senhora está segurando uma faca com força e pode se cortar. Por favor, tenha cuidado.

Gladia olhou impetuosamente para a faca pequena, sem gume e, sem dúvida, bem inofensiva que tinha na mão. Com um movimento espasmódico, ela ergueu a faca.

– Você não poderia me acertar, Gladia – Baley a lembrou.

A respiração dela estava entrecortada.

– Quem iria querer acertá-lo? Ora!

Ela estremeceu, mostrando uma repugnância exagerada, e ordenou: "Interromper o contato imediatamente"!

Essa última frase deve ter sido dirigida a um robô que estava fora do campo de visão. Gladia e o fundo da sala desapareceram e a parede original reapareceu.

* * *

— Estou certo em acreditar que você agora considera essa mulher culpada? – perguntou Daneel.

— Não – respondeu Baley sem rodeios. – Quem quer que tenha feito isso precisaria de um bom tanto a mais de certas características do que essa pobre moça tem.

— Ela tem um temperamento difícil.

— E daí? A maioria das pessoas tem. Lembre-se também de que ela está sob uma pressão considerável há um período de tempo considerável. Se eu estivesse sob pressão semelhante e alguém se voltasse contra mim, como ela pensou que eu tivesse feito, eu poderia ter feito bem mais do que segurar uma faca pequena e ridícula de forma ameaçadora.

— Eu não pude deduzir a técnica de envenenamento a distância, como você diz ter deduzido – Daneel confessou.

Foi agradável para Baley poder dizer:

— Eu sei que não deduziu. Você não tem a capacidade de decifrar este enigma em particular.

Ele falou isso de modo conclusivo e Daneel aceitou a afirmação com a mesma calma e seriedade de sempre.

— Tenho duas tarefas para você, Daneel – continuou Baley.

— E quais são elas, parceiro Elijah?

— Primeiro, entre em contato com o tal dr. Thool e descubra em que condições a sra. Delmarre estava na hora do assassinato do marido, por quanto tempo ela precisou de tratamento e assim por diante.

— Você quer definir algo em particular?

— Não. Só estou tentando acumular informações. Isso não é fácil neste mundo. Em segundo lugar, descubra quem vai ficar no lugar de Gruer como Chefe de Segurança e providencie uma sessão de contato holográfico para mim logo pela manhã. Quanto a mim – ele concluiu sem nenhuma satisfação na mente ou na voz –, vou me deitar e, por fim, espero, vou dormir.

E então acrescentou, quase com petulância:
– Você acha que consigo achar um livro-filme decente neste lugar?
– Sugiro que chame o robô responsável pela biblioteca – respondeu Daneel.

* * *

Baley sentiu apenas irritação por ter de lidar com o robô. Ele teria preferido escolher à vontade.

– Não – insistiu ele –, não um clássico; apenas uma obra comum de ficção que trate da vida cotidiana na Solaria contemporânea. Uma meia dúzia deles.

O robô obedeceu (ele tinha de obedecer), mas, mesmo enquanto manejava os controles apropriados que retiravam os livro-filmes solicitados dos nichos e os transferiam primeiro para um compartimento de saída e depois para as mãos de Baley, ele continuava tagarelando, em um tom respeitoso, sobre as outras categorias na biblioteca.

O mestre pode gostar de um romance-aventura dos tempos da exploração, sugeriu ele, ou de um filme excelente sobre a química, talvez, com modelos animados de átomos, ou uma fantasia, ou uma Galactografia. A lista era infinita.

Baley esperou soturnamente pela meia dúzia de filmes e disse: – Isto é o suficiente. – Então, pegou com as próprias mãos (as *próprias* mãos) um leitor e saiu.

– Vai precisar de ajuda com os ajustes, mestre? – perguntou o robô, que se virara e o seguira.

– Não – Baley redarguiu, ao se virar. – Fique onde está.

O robô fez uma reverência e ficou.

Deitado na cama, com a cabeceira iluminada, Baley quase se arrependeu de sua decisão. O leitor não era nada parecido com nenhum modelo que o investigador já tinha usado e ele começou sem ter nenhuma ideia de como colocar o filme no aparelho. Mas ele se empenhou obstinadamente e, por fim, desmontando e estudando cada parte, chegou a algum resultado.

Pelo menos, conseguiu ver o filme; se o foco deixava um pouco a desejar, era um preço pequeno a pagar por um momento de independência dos robôs.

Nos 90 minutos que se seguiram, pulou partes, passou por quatro dos seis filmes, e acabou desapontado.

Ele tinha uma teoria. Não havia melhor maneira, ele pensou, de compreender o modo de viver e pensar dos solarianos do que ler seus romances. Ele precisaria dessa compreensão se quisesse conduzir a investigação de modo sensato.

Mas agora tinha de abandonar suas teorias. Depois de ver os romances, tinha conseguido apenas se informar sobre pessoas com problemas ridículos que se comportavam de maneira tola e reagiam de forma misteriosa. Por que uma mulher abandonaria seu emprego ao descobrir que seu filho tinha seguido a mesma profissão e se recusaria a explicar seus motivos até que surgissem complicações insuportáveis e ridículas? Por que um médico e uma artista seriam humilhados ao serem designados um para o outro, e o que havia de tão nobre na insistência do médico em fazer pesquisa em robótica?

Ele colocou o quinto romance no leitor e o ajustou aos olhos. Estava exausto.

Tão exausto, de fato, que depois não se lembrava de nada do quinto romance (que ele acreditava se tratar de um suspense), exceto pela introdução, na qual um novo dono de propriedade entrava em sua mansão e examinava filmes sobre o passado, que lhe eram apresentados por um respeitoso robô.

Presumivelmente, ele tinha adormecido com o leitor sobre a cabeça, com todas as luzes acesas. Presumivelmente um robô, entrando de maneira respeitosa, tinha tirado o dispositivo com suavidade e apagado as luzes.

De todo modo, ele dormiu e sonhou com Jessie. Tudo estava como era antes. Ele nunca tinha partido da Terra. Eles estavam prontos para ir à cozinha comunitária e depois ao show subetérico com amigos. Passavam pelas Vias Expressas e viam pessoas, e nenhum deles tinha qualquer preocupação. Ele estava feliz.

E Jessie estava linda. De algum modo tinha perdido peso. Por que estaria tão magra? E tão linda?

E havia outra coisa errada. O sol brilhava sobre eles. Ele olhou para cima e apenas a base abobadada dos Níveis superiores podia ser vista; no entanto, o sol brilhava, banhando tudo com uma luz intensa, e ninguém estava com medo.

Baley acordou, perturbado. Deixou que os robôs servissem o café da manhã e não falou com Daneel. Ele não disse nada, não perguntou nada; apenas bebeu um excelente café sem saboreá-lo.

Por que tinha sonhado com um sol visível-invisível? Ele podia entender o sonho com a Terra e com Jessie, mas o que o sol tinha a ver com isso? E por que pensar nisso deveria incomodá-lo, afinal de contas?

— Parceiro Elijah — saudou Daneel de forma suave.

— O quê?

— Corwin Attlebish vai estar em contato holográfico com você daqui a meia hora. Eu providenciei isso.

— Quem diabos é Corwin Não-sei-das-quantas? — perguntou Baley bruscamente, e encheu a xícara de café de novo.

— Ele era o assistente do agente Gruer, parceiro Elijah, e agora é o Chefe de Segurança em Exercício.

— Então entre em contato com ele agora.

— O horário marcado, como expliquei, é daqui a meia hora.

— Não me importo com o horário marcado. Entre em contato com ele agora. Isto é uma ordem.

—Vou tentar, parceiro Elijah. Entretanto, pode ser que ele não concorde em receber a ligação.

—Vamos correr o risco e prosseguir com isso, Daneel.

* * *

O Chefe de Segurança em Exercício aceitou a ligação e, pela primeira vez em Solaria, Baley viu um Sideral que se assemelhava à ideia que os terráqueos faziam deles. Attlebish era alto, esguio e tinha o cabelo acobreado. Seus olhos eram castanho-claros, seu queixo era largo e liso.

Ele se parecia ligeiramente com Daneel. Mas enquanto Daneel era idealizado, quase divino, Corwin Attlebish apresentava traços de humanidade no rosto.

Attlebish estava fazendo a barba. Seu pequeno bastão abrasivo dispersou um borrifo de partículas finas que se espalharam pelas bochechas e pelo queixo, arrancando os pelos com perfeição e depois se desintegrando na forma de um resíduo impalpável.

Baley reconheceu o aparelho por ter ouvido falar sobre ele, mas nunca tinha visto um sendo usado antes.

—Você é o terráqueo? – perguntou Attlebish, articulando mal as palavras por meio de lábios semicerrados, conforme a poeira abrasiva passava pelo nariz.

— Sou Elijah Baley, investigador C-7. Sou da Terra – informou Baley.

—Você está adiantado. – Attlebish fechou o barbeador e o jogou em algum lugar fora do alcance da visão de Baley. – O que tem em mente, terráqueo?

Baley não teria gostado do tom de voz do outro nem mesmo no seu melhor momento. Agora estava ardendo de raiva.

— Como está o agente Gruer? – perguntou Baley.

—Ainda está vivo. Pode ser que sobreviva – respondeu Attlebish.

Baley acenou afirmativamente com a cabeça.

— Os envenenadores aqui em Solaria não sabem dosar. Falta de experiência. Eles deram veneno demais para Gruer e ele o vomitou. Metade da dose o teria matado.

— Envenenadores? Não há evidências de que houve envenenamento.

Baley o fitou.

— Por Josafá! Que outra coisa você acha que é?

—Várias. Muita coisa pode dar errado com uma pessoa. — Ele esfregou o rosto, passando os dedos pela pele para ver se estava áspera. —Você dificilmente saberia dos problemas metabólicos que surgem após os 250 anos de idade.

— Se é esse o caso, você teve aconselhamento médico competente?

— O relatório do dr. Thool...

Essa foi a gota d'água. A raiva que vinha crescendo dentro de Baley desde que acordara explodiu. Ele retrucou aos gritos:

— Não me importa o dr. Thool. Eu disse "aconselhamento médico competente". Seus médicos não sabem de nada, como não saberiam seus detetives, se tivessem algum. Tiveram de chamar um detetive da Terra. Chamem um médico também.

O solariano olhou para ele com frieza.

— Está me dizendo o que devo fazer?

— Sim, e não vou cobrar por isso. Considere uma cortesia. Gruer *foi* envenenado. Eu fui testemunha do processo. Ele bebeu, teve uma ânsia de vômito e gritou que sua garganta estava queimando. Que nome você dá a isso, considerando que ele estava investigando...

Baley parou de repente.

— Investigando o quê? — Attlebish continuava impassível.

Baley estava desconfortavelmente consciente da presença de Daneel em sua posição habitual, a pouco mais de 3 metros de distância. Gruer não quis que Daneel, como auroreano, soubesse da investigação.

— Havia implicações políticas — ele acrescentou, de modo pouco convincente.

Attlebish cruzou os braços e parecia distante, entediado e levemente hostil.

— Nós não temos política em Solaria no sentido que ouvimos que existe nos outros mundos. Hannis Gruer tem sido um bom cidadão, mas ele tem muita imaginação. Foi ele que, tendo ouvido alguma história sobre você, insistiu que o importássemos. Ele até concordou em aceitar um companheiro auroreano para você como condição. Eu achei que não era necessário. Não há mistério. Rikaine Delmarre foi morto pela mulher e nós devemos descobrir como e por quê. Mesmo se não descobrirmos, ela passará por uma análise genética e as medidas apropriadas serão tomadas. Quanto a Gruer, sua fantasia relativa ao envenenamento não tem importância.

— Você parece insinuar que não precisam de mim aqui — sugeriu Baley de forma incrédula.

— Eu acredito que não. Se quiser retornar à Terra, pode ir. Posso até dizer que nós insistimos.

— Não, senhor — gritou Baley, surpreso com a própria reação. — Não vou sair daqui.

— Nós o contratamos, investigador. Podemos dispensá-lo. Você voltará ao seu planeta de origem.

— *Não*! Agora me ouça. E aconselho que faça isso. Você é um Sideral importante e eu sou um terráqueo, mas, com todo o respeito, com as mais profundas e humildes desculpas, você está com medo.

— Retire o que disse! — Attlebish se levantou e, do alto de seu 1,80 metro, talvez ainda mais, olhava para o terráqueo com desdém.

— Você está morrendo de medo. Você acha que será o próximo se continuar com essa coisa. Está cedendo para que eles o deixem em paz; para que o deixem viver sua vida miserável.

Baley não tinha noção de quem "eles" podiam ser, nem se havia "eles". Ele estava atacando às cegas um Sideral arrogante e se divertindo com o ruído surdo que suas frases faziam conforme batiam no autocontrole do outro.

— Você vai embora dentro de uma hora — sentenciou Attlebish, apontando o dedo com uma cólera fria. — Não haverá considerações diplomáticas quanto a isso, eu lhe asseguro.

— Guarde suas ameaças, Sideral. A Terra pode não ser nada para você, eu admito, mas não sou o único aqui. Deixe-me apresentá-lo ao meu parceiro, Daneel Olivaw. Ele é de Aurora. Ele não fala muito. Não está aqui para falar. Essa é a minha função. Mas ele ouve extremamente bem. Ele não perde uma palavra. Deixe-me esclarecer uma coisa, Attlebish. — Baley usou com gosto o nome sem títulos. — Qualquer ardil que estiver acontecendo aqui em Solaria é do interesse de Aurora e de mais uns 40 Mundos Siderais. Se você nos expulsar, a próxima comitiva a visitar Solaria será composta de naves de guerra. Eu sou da Terra e sei como as coisas funcionam. Sentimentos feridos significam naves de guerra na volta.

Attlebish passou a prestar atenção em Daneel e parecia estar refletindo. Sua voz estava mais amena.

— Não há nada acontecendo aqui que precise preocupar alguém de fora do planeta.

— Gruer pensava diferente e meu parceiro ouviu o que ele tinha a dizer.

Não era hora de ter escrúpulos quanto a lançar mão de uma mentira.

Daneel se virou para olhar para Baley quando ouviu a última declaração do terráqueo, mas o investigador não lhe deu atenção.

— Eu pretendo continuar esta investigação — o terráqueo prosseguiu. — Normalmente, eu faria de tudo para voltar para a Terra. Só de sonhar com ela fico tão agitado que não consigo nem me sentar. Se eu fosse o dono deste palácio infestado de robôs onde estou morando agora, eu o daria com todos os robôs dentro, com você e com todo o seu planeta desprezível em troca de uma passagem para casa. Mas você não vai me mandar embora. Não enquanto um caso para o qual fui designado ainda estiver em aberto. Tente se livrar de mim contra a minha vontade e você vai ter de ficar cara a cara com uma artilharia espacial. Além disso, de agora em diante, esta investigação de assassinato vai ser conduzida do *meu* jeito. Eu estou no comando. Eu vejo as pessoas que quero ver. Eu as *vejo*. Eu não as olho. Estou acostumado a ver, e é desse jeito que vai ser. Vou querer a aprovação oficial do seu gabinete para tudo isso.

– Isso é impossível, insuportável...

– Daneel, diga a ele.

– Como o meu parceiro o informou, agente Attlebish, fomos enviados aqui para conduzir uma investigação de assassinato. É essencial que façamos isso. É claro que nós não queremos atrapalhar nenhum dos seus costumes e talvez ver de fato as pessoas seja desnecessário, embora fosse útil se você desse permissão para isso se tornar necessário, como o investigador Baley solicitou. Quanto a deixar o planeta contra a nossa vontade, achamos que seria desaconselhável, embora lamentemos qualquer sensação, de sua parte ou da parte de qualquer solariano, de que a nossa permanência seja desagradável – explicou a voz humanoide, de maneira impassível.

Baley ouviu a afetada estrutura das frases com um movimento grave dos lábios que não era um sorriso. Para alguém que sabia que Daneel era um robô, tudo isso era uma tentativa de fazer o trabalho sem ofender nenhum humano, nem Baley nem Attlebish. Para alguém que pensava que Daneel era um auroreano, um nativo do mais antigo e militarmente mais poderoso dos Mundos Siderais, parecia uma série de tratamentos sutilmente corteses.

Attlebish colocou as pontas dos dedos na testa.

–Vou pensar sobre isso.

– Não demore muito – murmurou Baley – porque tenho algumas visitas a fazer dentro de uma hora, e não por imagem tridimensional. Chega de olhar!

Ele fez um sinal para o robô interromper o contato, depois olhou com surpresa e satisfação para o lugar onde Attlebish estava.

Nada disso tinha sido planejado. Tudo tinha sido um impulso causado pelo seu sonho e pela arrogância desnecessária de Attlebish. Mas agora que tinha acontecido, ele estava contente. Era o que ele queria, de verdade... assumir o controle.

Baley pensou: "De qualquer forma, isso mostra ao Sideral sujo quem manda por aqui!".

Ele queria que toda a população da Terra pudesse estar ali para ver. O homem parecia muito com o que se pensava de um Sideral, e isso tornava as coisas ainda melhores, é claro. Ainda melhores.

Mas por que esse fervor quanto à questão de ver? Baley mal podia entender aquilo. Ele sabia o que planejava fazer, e ver (e não olhar) fazia parte dos planos. Tudo bem. No entanto, falar sobre ver as pessoas como se estivesse pronto para derrubar as paredes da mansão dele, apesar de essa atitude não ter nenhuma utilidade, levantou bastante seu ânimo.

Por quê?

Havia algo além do caso impulsionando-o, algo que não tinha nada a ver nem mesmo com a questão da segurança da Terra. Mas o quê?

Estranhamente, ele se lembrou de novo do seu sonho; o sol brilhando por meio de todas as camadas opacas das gigantescas Cidades subterrâneas da Terra.

* * *

— Eu me pergunto, parceiro Elijah, se isso é totalmente seguro. — Daneel falou, com consideração (tanto quanto era possível transmitir tal emoção com sua voz).

— Blefar com esse sujeito? Funcionou. E na verdade não foi um blefe. Eu acho que é importante para Aurora descobrir o que está acontecendo em Solaria, e que Aurora saiba disso. A propósito, obrigado por não me entregar por causa de uma declaração falsa.

— Era a decisão mais natural. Corroborar o que você disse causou um dano sutil ao agente Attlebish. Desmenti-lo teria causado um dano maior e mais direto a você.

— Os potenciais foram sopesados e o maior venceu, não foi, Daneel?

— Assim foi, parceiro Elijah. Sei que esse processo ocorre, de um modo menos definível, na mente humana. Eu repito, todavia, que sua nova proposta não é segura.

— Que nova proposta é essa?

— Não aprovo sua ideia de ver as pessoas. Mas me refiro a ver em oposição a olhar.

— Entendo você. Não estou pedindo sua aprovação.

— Eu tenho as minhas instruções, parceiro Elijah. O que o agente Hannis Gruer lhe disse durante a minha ausência ontem à noite eu não posso saber. Ficou óbvio que ele lhe revelou alguma coisa, dada sua mudança de atitude quanto a esse problema. Contudo, à luz das minhas instruções, posso adivinhar. Ele deve tê-lo advertido sobre a possibilidade de perigo para outros planetas por conta da situação em Solaria.

Baley lentamente procurou por seu cachimbo. Ele fazia isso de vez em quando e sempre ficava com uma sensação de irritação quando não encontrava nada e lembrava que não podia fumar.

— Há apenas 20 mil solarianos. Que perigo eles podem representar? — perguntou ele.

— Meus mestres em Aurora têm estado apreensivos com Solaria. Não me passaram toda a informação de que dispõem...

— E o pouco de informação que você tem, disseram-lhe que não a contasse para mim. É isso? — indagou Baley.

— Há muito a descobrir antes que possamos discutir essa questão livremente — esquivou-se Daneel.

— Bem, o que os solarianos estão fazendo? Novas armas? Subversão paga? Uma campanha em prol do assassinato individual? O que 20 mil podem fazer contra centenas de milhões de Siderais?

Daneel permaneceu em silêncio.

— Eu pretendo descobrir, sabe? — insistiu Baley.

— Mas não do jeito que você propôs agora, parceiro Elijah. Fui cuidadosamente instruído a cuidar da sua segurança.

—Você teria de fazer isso de qualquer maneira. Primeira Lei!

—Vai muito além dela. Em um conflito entre a sua segurança e a de outra pessoa, eu devo cuidar da sua.

— É claro. Eu entendo isso. Se algo acontecer comigo, não há nenhuma outra forma de você permanecer em Solaria sem complicações, as quais Aurora ainda não está pronta para encarar. Enquanto eu estiver vivo, estou aqui originalmente a pedido de Solaria e então nós podemos bancar os indispensáveis, se necessário, forçando-os a nos manterem aqui. Se eu morrer, a situação toda muda. As suas ordens são, portanto, manter Baley vivo.

— Não posso saber qual a interpretação do raciocínio por trás das minhas ordens — confessou Daneel.

—Tudo bem, não se preocupe. O espaço ao ar livre não vai me matar, se eu achar necessário ver alguém. Vou sobreviver. Pode ser até que eu me acostume.

— Não é só a questão do espaço ao ar livre, parceiro Elijah — explicou Daneel. — É a questão de ver os solarianos. Eu não concordo com isso.

—Você quer dizer que os Siderais não vão gostar? É uma pena se não gostarem. Deixe que usem filtros nas narinas e luvas. Deixe que desinfetem o ar. E se me ver, em carne e osso, é uma ofensa à boa moral deles, deixe-os se encolher e corar. Mas eu pretendo vê-los. Considero necessário e *vou* fazer isso.

— Mas eu não posso permitir que você o faça.

— *Você* não pode permitir que *eu* faça isso?

— Sem dúvida, você entende por quê, parceiro Elijah.

— Não, eu não entendo.

— Então leve em consideração que o agente Gruer, a figura-
-chave solariana na investigação desse assassinato, foi envenenado.

Como consequência, se eu permitir que você siga com os seus planos e se exponha pessoalmente de forma indiscriminada, isso não implica que você seria a próxima vítima? Então, como posso permitir que você deixe a segurança desta mansão?

— Como vai me impedir, Daneel?

— À força, se necessário, parceiro Elijah — Daneel disse com tranquilidade. — Mesmo se eu tiver de machucá-lo. Se eu não fizer isso, você com certeza vai morrer.

9 UM ROBÔ SEM AÇÃO

— Então, o potencial mais alto ganha de novo, Daneel. Você vai me machucar para me manter vivo — murmurou Baley.

— Não acredito que será necessário machucá-lo, parceiro Elijah. Você sabe que minha força é superior à sua e não vai tentar uma resistência inútil. Caso torne-se necessário, entretanto, serei forçado a machucá-lo.

— Eu poderia atirar em você com um desintegrador aí onde você está — sugeriu Baley. — Neste instante! Não há nada dentro dos *meus* potenciais que me impeça.

— Eu tinha pensado que você poderia assumir essa atitude em algum momento da nossa atual relação, parceiro Elijah. Mais especificamente, esse pensamento me ocorreu dentro do carro, durante a nossa viagem para esta mansão, quando você ficou violento por um instante. A minha destruição não é importante em comparação com a sua segurança, mas essa destruição iria acabar causando-lhe problemas e atrapalhar os planos dos meus mestres. Por esses motivos, um dos meus primeiros cuidados foi, durante a sua primeira noite de sono, retirar a carga do seu desintegrador.

Baley apertou os lábios. Ele tinha ficado com um desintegrador sem carga! Levou as mãos ao coldre de modo instantâneo. Sacou a arma e verificou a leitura da carga. Marcava zero.

Por um momento, ele balançou aquele pedaço de metal inútil como se fosse jogá-lo bem na cara de Daneel. Para quê? O robô se esquivaria com eficiência.

Baley guardou o desintegrador. Ele poderia ser recarregado no devido tempo.

— Você não me engana, Daneel — disse ele, de modo lento e pensativo.

— Como assim, parceiro Elijah?

—Você age excessivamente como mestre. Você me anula demais. Você é um robô?

—Você já duvidou de mim antes — disse Daneel.

— Na Terra, no ano passado, eu duvidei que R. Daneel Olivaw fosse de fato um robô. Mas era. Acredito que ainda seja. No entanto, a minha pergunta é: você é R. Daneel Olivaw?

— Eu sou.

— É? Daneel foi projetado para imitar um Sideral de forma minuciosa. Por que um Sideral não poderia ser preparado para imitar Daneel de forma minuciosa?

— Por que motivo?

— Para realizar uma investigação aqui com mais iniciativa e capacidade do que um robô jamais poderia ter. E, no entanto, ao assumir o papel de Daneel, você poderia me manter seguramente sob controle, dando-me uma falsa sensação de domínio. Afinal de contas, você está trabalhando por meu intermédio e deve me manter subjugado.

— Nada disso é verdade, parceiro Elijah.

— Então por que todos os humanos que conhecemos presumem que você é humano? Eles são especialistas em robôs. Eles podem ser enganados com tanta facilidade? Ocorreu-me que não posso ser a única pessoa certa contra muitas erradas. É muito mais provável que eu seja o único errado contra muitos certos.

— De jeito nenhum, parceiro Elijah.

— Prove — desafiou Baley, caminhando devagar em direção a uma extremidade da mesa e levantando uma unidade desintegradora de lixo. —Você pode fazer isso com muita facilidade, se *for* um robô. Mostre o metal que está sob a sua pele.

— Eu lhe garanto... — Daneel começou a argumentar.

— Mostre o metal — interrompeu Baley agressivamente. — Isto é uma ordem! Ou você não se sente obrigado a obedecer a ordens?

Daneel desabotoou a camisa. A pele macia e bronzeada do seu peito era coberta por esparsos pelos claros. Os dedos de Daneel pressionaram um ponto bem abaixo do mamilo direito, e a pele e a carne do peito abriram de cima a baixo sem nenhum sangramento, mostrando sob a pele o brilho do metal.

Conforme isso aconteceu, os dedos de Baley, que estavam sobre a extremidade da mesa se moveram pouco mais de um centímetro para a direita e atingiram o pequeno painel de contato com violência. Um robô entrou quase que de imediato.

— Não se mexa, Daneel — gritou Baley. — Isto é uma ordem! Parado!

Daneel ficou estático, como se a vida, ou sua imitação robótica, tivesse deixado seu corpo.

—Você pode chamar mais dois robôs sem ter de sair daqui? Se puder, chame-os.

— Sim, mestre — respondeu o robô.

Mais dois robôs entraram, respondendo a um chamado por rádio. Os três ficaram lado a lado.

— Garotos! Veem esta criatura que vocês pensavam que era um mestre? — indicou Baley.

Seis olhos rosados se viraram solenemente para Daneel.

— Nós a vemos, mestre — anuíram eles em uníssono.

—Vocês também veem que esse suposto mestre é, na verdade, um robô como vocês, já que há metal sob a pele dele? Ele é apenas projetado para parecer um homem — esclareceu Baley.

— Sim, mestre.

—Vocês não precisam obedecer nenhuma ordem dada por ele. Vocês entendem isso?

— Sim, mestre.

— Eu, por outro lado — prosseguiu Baley —, sou um homem de verdade.

Por um instante, os robôs hesitaram. Baley imaginou se, uma vez que tinham visto que uma coisa podia parecer um homem e ainda assim ser um robô, eles reconheceriam como homem *qualquer coisa* com aparência humana, qualquer coisa mesmo.

Mas um robô concordou:

— O senhor é um homem, mestre.

E então Baley voltou a respirar.

— Muito bem, Daneel. Pode relaxar — ele ordenou.

Daneel adotou uma posição mais natural e observou com tranquilidade:

— Então, presumo que sua dúvida quanto à minha identidade foi apenas um artifício para exibir a minha natureza para esses outros.

— Foi isso mesmo — resmungou Baley, e desviou o olhar.

Ele pensou: "Esta coisa é uma máquina, não um homem. Não se pode enganar uma máquina".

E, no entanto, ele não podia deixar de sentir um pouco de vergonha. Mesmo enquanto Daneel estava lá, com o peito aberto, parecia haver algo muito humano nele, algo que podia ser traído.

— Feche o peito, Daneel, e me ouça — comandou Baley. — Fisicamente, você não é páreo para três robôs. Você sabe disso, não sabe?

— Isso é evidente, parceiro Elijah.

— Ótimo!... Agora, garotos — e se virou para os outros robôs de novo —, vocês não devem contar a ninguém, robô ou mestre, que essa criatura é um robô. Nunca, em nenhum momento, sem nenhuma outra instrução minha, e somente minha.

— Obrigado — interrompeu Daneel com brandura.

— Entretanto — continuou Baley —, não devem permitir que esse robô semelhante a um humano interfira nas minhas ações de forma nenhuma. Se ele tentar interferir, detenham-no, tendo o cuidado de não danificá-lo a não ser que seja absolutamente necessário. Não permitam que ele estabeleça contato com outros humanos que não eu, ou com outros robôs que não vocês, seja vendo ou olhando. Mantenham-no nesta sala e permaneçam aqui vocês também. Suas outras tarefas estão suspensas até nova ordem. Ficou claro?

— Sim, mestre — responderam em coro.

Baley virou-se para Daneel mais uma vez.

— Não há nada que você possa fazer agora, então não tente me deter.

Os braços de Daneel estavam abaixados.

— Eu não posso, por inação, deixar que você venha a se ferir, parceiro Elijah. Contudo, dadas as circunstâncias, nenhuma outra coisa é possível, a não ser a inação. A lógica é incontestável. Não farei nada. Acredito que você se manterá a salvo e em boa saúde.

"Ali estava", pensou Baley. Lógica era lógica e os robôs não tinham nada além dela. A lógica dizia a Daneel que ele estava completamente sem ação. A razão poderia ter-lhe dito que raras vezes se pode prever todos os fatores, que a oposição pode cometer um erro.

Nada disso. Um robô é apenas lógico, não racional.

Baley sentiu uma pontada de vergonha de novo e não pôde conter uma tentativa de consolar o outro.

— Olhe, Daneel, mesmo se estivesse caminhando em direção ao perigo, *e eu não estou* (ele acrescentou isso às pressas, dando uma rápida olhada nos outros robôs), seria o meu trabalho. Sou pago para fazer isso. É meu dever evitar danos a toda a raça humana tanto quanto é seu dever evitar danos a um indivíduo. Você entende?

— Não entendo, parceiro Elijah.

— Então é porque você não foi feito para entender. Acredite em mim quando digo que, se você fosse um homem, entenderia.

Daneel curvou a cabeça, mostrando anuência, e permaneceu de pé, imóvel, enquanto Baley caminhava devagar em direção à porta da sala. Os três robôs saíram do caminho para ele passar e mantiveram seus olhos fotoelétricos firmemente fixos em Daneel.

Baley estava caminhando para uma espécie de liberdade e seu coração batia acelerado pela expectativa que esse fato causava, depois ele se enregelou. Outro robô se aproximava da porta, vindo do outro lado.

Algo tinha dado errado?

— O que foi, garoto? — questionou Baley de repente.

— Chegou uma mensagem para o senhor, mestre, do gabinete do Chefe de Segurança em Exercício, Attlebish.

Baley pegou a cápsula pessoal que lhe fora entregue e a abriu de imediato. Uma tira de papel com inscrições miúdas saiu da cápsula, desenrolando-se. (Isso não o surpreendeu. Solaria devia ter suas digitais arquivadas e a cápsula devia ter sido regulada para abrir ao toque dos sulcos de seus dedos em particular.)

Ele leu a mensagem e seu rosto comprido expressou satisfação. Era a sua permissão oficial para "ver" as pessoas durante as entrevistas, desde que os entrevistados consentissem, os quais eram, contudo, encorajados a prestar aos "agentes Baley e Olivaw" toda a cooperação possível.

Attlebish tinha capitulado, inclusive a ponto de colocar o nome do terráqueo primeiro. Era um excelente augúrio para começar, por fim, uma investigação conduzida da maneira como deveria ser conduzida.

* * *

Baley estava em um meio de transporte aéreo de novo, como tinha estado naquela viagem de Nova York a Washington. Desta vez, no entanto, havia uma diferença. Ele não era todo fechado. As janelas transparentes não haviam sido recobertas.

Era um dia claro e ensolarado e, de onde Baley estava sentado, as janelas apresentavam várias faixas de azul. Monótonas, indistintas. Ele tentava não se encolher. Encostava a cabeça nos joelhos apenas quando realmente não conseguia mais evitar.

Aquele suplício fora de sua própria escolha. Seu estado de triunfo, sua estranha sensação de liberdade ao derrotar primeiro Attlebish e depois Daneel, a sensação de ter defendido a dignidade da Terra contra os Siderais, quase exigiam que isso fosse feito.

Ele tinha começado atravessando o espaço aberto até o avião que o esperava experimentando um tipo de tontura que era quase agradável, e tinha ordenado que não cobrissem as janelas, tomado por uma autoconfiança frenética.

"Tenho de me acostumar com isso", pensou ele, e ficou olhando para o azul até o coração bater acelerado e o nó na garganta apertar além do que podia suportar.

Então teve de fechar os olhos e esconder a cabeça sob a proteção dos braços a intervalos cada vez menores. Lentamente, sua confiança desapareceu e nem o toque do coldre de seu desintegrador recarregado há pouco podiam reverter essa sensação.

Ele tentou manter em mente seu plano de ataque. Primeiro, aprender os costumes do planeta. Esboçar o plano de fundo contra o qual tudo deveria ser enquadrado ou nada faria sentido.

Ver um sociólogo!

Ele tinha perguntado a um robô o nome do sociólogo solariano mais eminente. E havia esse consolo quanto aos robôs: eles não faziam perguntas.

O robô disse o nome e as estatísticas essenciais, e fez uma pausa para comentar que o sociólogo provavelmente estaria almoçando e, portanto, era possível que ele pedisse para deixar esse contato para mais tarde.

– Almoço! – Baley esbravejou. – Não seja ridículo. São 10 horas.

– Estou usando o horário local, mestre – argumentou o robô.

Baley fitou-o, depois entendeu. Na Terra, com suas Cidades subterrâneas, dia e noite, acordar e dormir, eram períodos estabelecidos pelo próprio homem, estipulados para satisfazer as necessidades da comunidade e do planeta. Em um planeta como este, diretamente exposto ao sol, dia e noite não eram uma questão de escolha, mas sim impostos ao homem, quisesse ele ou não.

Baley tentou imaginar um mundo como uma esfera que era acesa e apagada conforme girava. Ele achou complicado e sentiu desdém pelos Siderais, supostamente tão superiores, mas que permitiam que uma coisa tão essencial como o tempo fosse determinado pelos caprichos dos movimentos planetários.

– Entre em contato com ele mesmo assim – ordenou o investigador.

* * *

Os robôs estavam lá para recepcionar o avião quando ele pousou e Baley, expondo-se ao espaço aberto de novo, percebeu que estava tremendo muito.

– Deixe-me segurar o seu braço, garoto – ele pediu ao robô mais próximo.

O sociólogo o esperava a certa distância, exibindo um meio sorriso.

– Boa tarde, sr. Baley.

Baley, ofegante, acenou com a cabeça.

– Boa tarde, senhor. Poderia cobrir as janelas?

– Elas já estão cobertas – informou o sociólogo. – Conheço um pouco dos costumes da Terra. Siga-me.

Baley conseguiu segui-lo sem a ajuda dos robôs, a uma distância considerável, cruzando e atravessando um labirinto de corredores. Quando por fim se sentou em uma sala grande e requintada, estava feliz pela oportunidade de descansar.

As paredes da sala tinham nichos curvos e rasos. Em cada um deles havia estátuas em tons de cor-de-rosa e dourado; eram figuras abstratas que agradavam aos olhos sem oferecer um sentido imediato. Uma coisa grande, em forma de caixa, com objetos cilíndricos brancos que balançavam e numerosos pedais sugeriam um instrumento musical.

Baley olhou para o sociólogo que estava à sua frente. O Sideral estava do mesmíssimo jeito que quando Baley o contatara mais cedo. Era alto e magro, e seu cabelo era todo branco. Seu rosto era triangular, com um queixo notavelmente longo e pontudo; tinha um olhar baixo e vívido.

Seu nome era Anselmo Quemot.

Os dois ficaram se olhando até o momento em que Baley sentiu que sua voz tinha voltado a algo próximo de seu estado normal. E então seu primeiro comentário não teve nada a ver com a investigação. Na verdade, não era nada do que ele tinha planejado.

— Posso beber alguma coisa? — perguntou ele.

— Uma bebida? — A voz do sociólogo era um pouquinho estridente demais para ser agradável. — O senhor quer água? — perguntou ele.

— Prefiro alguma bebida alcoólica.

O olhar do sociólogo ficou inquieto de repente, como se ignorasse as obrigações da hospitalidade.

"E essa", pensou Baley, "é literalmente a questão. Em um mundo onde a conexão holográfica era a última moda, não existia compartilhamento de comida e bebida."

Um robô lhe trouxe uma pequena taça de superfície lisa. A bebida era rosa-claro. Baley a cheirou com cautela e a experimentou com mais cautela ainda. O pequeno gole do líquido se evaporou mornamente na boca e mandou uma agradável mensagem por todo o esôfago. O gole seguinte foi mais substancial.

— Se quiser mais... — ofereceu Quemot.

— Não, obrigado, agora não. E agradeço por ter concordado em me ver, senhor.

Quemot tentou sorrir e foi nitidamente incapaz de fazê-lo.

— Faz muito tempo desde a última vez que fiz uma coisa destas. Faz sim.

Ele quase se contorceu enquanto falava.

— Imagino que isso lhe pareça um tanto difícil — comentou Baley.

— Bem difícil.

Quemot virou as costas de repente e se afastou até uma cadeira na extremidade oposta da sala. Posicionou a cadeira de tal forma a deixá-la mais virada de lado do que de frente para Baley, e se sentou. Apertou as mãos protegidas por luvas e suas narinas pareceram tremer.

Baley terminou a bebida e sentiu que os braços e as pernas estavam quentes e que recuperava um pouco da velha confiança.

— Qual é exatamente a sensação de me receber aqui, dr. Quemot? — perguntou ele.

— Esta é uma pergunta particularmente pessoal — murmurou o sociólogo.

— Eu sei que é. Mas acho que expliquei, quando o contatei mais cedo, que eu estava envolvido na investigação de um assassinato e teria de fazer muitas perguntas, algumas das quais poderiam ser de cunho pessoal.

— Vou ajudar se puder — anuiu Quemot. — Espero que as perguntas sejam decentes.

Ele ficava desviando o olhar enquanto falava. Quando passavam pelo rosto de Baley, seus olhos não se demoravam, e sim resvalavam.

— Não estou perguntando como se sente apenas por curiosidade. Isso é essencial para a investigação — prosseguiu Baley.

— Não entendo de que forma.

— Preciso saber tanto quanto for possível sobre este mundo. Tenho de entender como os solarianos se sentem quanto a questões comuns. Entende isso?

Quemot não estava mais olhando para Baley nem de vez em quando.

— Há dez anos, minha esposa morreu — começou ele lentamente. — Vê-la nunca era fácil, mas, é claro, é algo que se aprende a suportar com o tempo e ela não era inoportuna. Não me designaram outra esposa, uma vez que eu já passei da idade de... — ele olhou para Baley como se estivesse pedindo para o investigador completar a frase e, como este não a completou, ele continuou em voz mais baixa – procriar. Sem ao menos uma esposa, fiquei bastante desacostumado com esse fenômeno de ver.

– Mas qual é a sensação? – insistiu Baley. – De pânico?

Ele pensou em si mesmo no avião.

– Não, de pânico não. – Quemot inclinou a cabeça para ver Baley de relance e desviou o olhar quase no mesmo instante. – Mas vou ser franco, sr. Baley. Acho que posso sentir o seu cheiro.

Baley, em um ato automático, recostou-se na cadeira, dolorosamente constrangido.

– Sentir o meu cheiro?

– É a minha imaginação, é claro – Quemot apressou-se a acrescentar. – Não sei dizer se o senhor tem cheiro ou se ele é forte, meus filtros nasais me impediriam de sentir. No entanto, a imaginação...

Ele deu de ombros.

– Entendo.

– É pior do que isso ainda. Perdoe-me, sr. Baley, mas na presença real de um humano, tenho a forte sensação de que algo pegajoso está prestes a me tocar. Eu fico recuando. É muito desagradável.

Baley coçou a orelha, pensativo, e esforçou-se para conter a irritação. Afinal de contas, era a reação neurótica do outro a um acontecimento simples.

– Se isso é verdade, estou surpreso de que tenha aceitado me ver com tanta presteza. Com certeza, o senhor previu esse desconforto – sugeriu ele.

– Sim. Mas eu estava curioso, sabe. Você é um terráqueo.

Baley pensou com ironia que esse deveria ter sido outro argumento contra ver alguém, mas apenas questionou:

– Que importância tem isso?

A voz de Quemot deixava transparecer um misto de entusiasmo e agitação.

– Não é algo fácil de explicar. Nem para mim mesmo, na verdade. Mas venho trabalhando com sociologia há dez anos. Trabalhando mesmo. Desenvolvi proposições que são bastante originais e estarrecedoras e, entretanto, basicamente verdadeiras. É uma dessas proposições que me torna tão interessado na Terra e em seus habitantes. Veja, se o senhor considerar com atenção a sociedade e o modo de vida de Solaria, ficaria evidente que essa sociedade e esse modo de vida se baseiam direta e intimamente nos da própria Terra.

10 UMA CULTURA É DELINEADA

Baley não pôde deixar de exclamar:
— O quê?
Quemot olhou por sobre o ombro depois de alguns instantes de silêncio e disse por fim:
— Não a cultura atual da Terra. Não.
— Não — repetiu Baley.
— Mas no passado, sim. A história antiga da Terra. Sendo terráqueo, o senhor sabe, é claro.
— Eu vi alguns livros — Baley anuiu com cautela.
— Ah. Então o senhor entende.
Baley, que não entendia, prosseguiu:
— Deixe-me explicar exatamente o que eu quero, dr. Quemot. Quero que me diga tudo o que puder sobre por que Solaria é tão diferente dos outros Mundos Siderais, por que há tantos robôs, por que as pessoas se comportam do modo como se comportam. Desculpe-me se pareço estar mudando de assunto.
Baley definitivamente queria mudar de assunto. Qualquer discussão sobre semelhanças ou diferenças entre a cultura de Solaria e a da Terra seria demasiado interessante. Ele poderia passar o dia inteiro lá e voltar sem ter obtido nenhuma informação útil.
Quemot sorriu.

— O senhor quer comparar Solaria e os outros Mundos Siderais e não Solaria e a Terra.

— Eu conheço a Terra, senhor.

— Como quiser.

O solariano tossiu um pouquinho.

— O senhor se importa se eu ficar totalmente de costas? Seria mais... mais confortável.

— Como quiser, dr. Quemot — concordou Baley, em um tom de voz inflexível.

— Ótimo.

Um robô virou a cadeira a um comando de Quemot em voz baixa e, enquanto o sociólogo ficou sentado ali, escondido de Baley por um encosto de cadeira de tamanho considerável, sua voz ganhou vida e até ficou um pouco mais grave e mais forte.

— Solaria começou a ser colonizada há 300 anos. Os primeiros colonizadores foram os nexonianos. O senhor conhece Nexon?

— Sinto muito, mas não.

— Fica perto de Solaria, a apenas dois parsecs de distância, ou talvez um pouco mais. Na verdade, Solaria e Nexon representavam os dois mundos habitados mais próximos da Galáxia. Solaria, mesmo quando ainda não era habitada pelo homem, era habitável e adequada à ocupação humana. Representava uma atração evidente para os bem-nascidos de Nexon, que estavam tendo dificuldades em manter um padrão de vida apropriado conforme o planeta ficava superpovoado.

— Superpovoado? Pensei que os Siderais praticassem o controle populacional — interrompeu Baley.

— Solaria pratica, mas os Mundos Siderais em geral o fazem sem muito rigor. Nexon chegara aos 2 bilhões de habitantes na época sobre a qual estou falando. Era um número de pessoas grande o suficiente para tornar necessária a regulação da quantidade de robôs que poderiam ser adquiridos por uma família. Então os nexonianos mais abastados construíram casas de verão em Solaria, que era fértil, tinha clima ameno e não tinha animais perigosos. Os colonizadores em Solaria ainda poderiam chegar a Nexon sem muita dificuldade e, enquanto estavam aqui, podiam viver como quisessem. Podiam usar tantos robôs quantos tivessem condições de comprar ou sentissem necessidade de ter. As propriedades podiam ser tão grandes quanto desejassem; com um planeta vazio, espaço não era problema, e, com um número ilimitado de robôs, tampouco era sua exploração. A quantidade de robôs aumentou tanto que foram equipados com comunicação via rádio e esse foi o começo das nossas famosas indústrias. Começamos a desenvolver novas variedades, novos acessórios, novas habilidades. "A cultura determina a invenção", uma expressão que creio ter eu mesmo inventado – vangloriou-se Quemot, dando uma risadinha.

Um robô, respondendo a algum estímulo que Baley não pôde ver por detrás da barreira criada pela cadeira, trouxe a Quemot uma bebida semelhante à que Baley havia tomado antes. Não trouxeram nenhuma bebida para Baley, que decidiu não pedir.

– As vantagens da vida em Solaria saltavam às vistas de todos. Solaria entrou em voga. Mais nexonianos construíram casas aqui, e Solaria se tornou o que gosto de chamar de um "planeta de veraneio". E, quanto aos colonizadores, mais e mais deles se habituaram a permanecer no planeta o ano todo e realizar seus negócios em Nexon através de procuradores. Fábricas de robôs foram fundadas em Solaria. Fazendas e minas começaram a ser exploradas a ponto de tornar possível a exportação – continuou Quemot. – Resumindo, sr. Baley, ficou evidente que Solaria, no período de um século ou menos, estaria tão superpovoada quanto Nexon. Parecia um absurdo e um desperdício encontrar um novo mundo como este e depois perdê-lo por falta de precaução. Para poupá-lo de uma quantidade exorbitante de questões políticas complicadas, só preciso dizer que Solaria conseguiu estabelecer sua independência e fazer com que a aceitassem sem conflitos armados. Nossa utilidade para outros Mundos Siderais como fonte de robôs especializados nos garantiu amigos e nos ajudou, é claro. Uma vez independentes, nossa primeira preocupação foi a de nos certificar de que a população não crescesse além de limites razoáveis. Regulamos a imigração e os nascimentos, além de cuidarmos de todas as necessidades com o aumento e a diversificação dos robôs que usamos.

— Por que é que os solarianos se opõem a ver uns aos outros? — perguntou Baley. Ele se sentia irritado com o modo como Quemot escolhera expor a sociologia.

Da beirada da cadeira, Quemot deu uma olhadela e voltou atrás quase que de imediato.

— É uma consequência inevitável. Temos propriedades enormes. Uma propriedade com uma área de 16 mil quilômetros quadrados não é rara, embora as maiores tenham grandes áreas improdutivas. Minha propriedade tem uma área de mais ou menos 1.500 quilômetros quadrados, mas cada centímetro dela é de terra boa. Em todo caso, é o tamanho de uma propriedade, mais do que qualquer outra coisa, que determina a posição de um homem na sociedade. E uma das características de uma grande propriedade é esta: pode-se perambular por ela quase a esmo e correr pouco ou nenhum risco de entrar no território ao lado e acabar encontrando o vizinho. Entende?

Baley deu de ombros.

— Acho que sim.

— Em suma, um solariano sente orgulho em não encontrar com seu vizinho. Ao mesmo tempo, sua propriedade é tão bem administrada por robôs e tão autossuficiente que não há motivo para ele ter de encontrá-lo. O desejo de não fazê-lo levou ao desenvolvimento de equipamentos de conexão holográfica cada vez mais perfeitos e, conforme o equipamento de conexão holográfica ficava melhor, havia cada vez menos necessidade de ver o próprio vizinho. Criou-se um ciclo vicioso, com uma espécie de autoalimentação. Entende?

— Olhe aqui, dr. Quemot — disse Baley. — Não precisa tornar tudo tão simples para mim. Não sou sociólogo, mas fiz as disciplinas básicas na faculdade. É só uma faculdade da Terra, é claro – acrescentou Baley com uma modéstia relutante, planejada para evitar o mesmo comentário, em termos mais ofensivos, por parte do outro –, mas consigo fazer as contas.

– Fazer as contas? – questionou Quemot, pronunciando a última sílaba em um tom agudo.

– Bem, não o tipo de coisa usada em robótica, que eu *não iria* entender, mas compreendo as relações sociológicas. Por exemplo, conheço a Relação de Teramin.

– A relação o quê, senhor?

– Talvez tenham um nome diferente para ela aqui. O diferencial entre as inconveniências sofridas e os privilégios concedidos: dê i sub jota elevado à enésima...

– Do que está falando? – o Sideral o interrompeu num tom abrupto e assertivo, fazendo com que Baley, confuso, ficasse em silêncio.

Certamente, a relação entre as inconveniências sofridas e os privilégios concedidos era uma parte essencial do aprendizado sobre como lidar com as pessoas sem desordem. Uma cabine privativa no banheiro comunitário para uma pessoa, cedida por um motivo, manteria x pessoas esperando de modo paciente para ter a mesma sorte, sendo que o valor de x variava de maneira conhecida, com flutuações conhecidas quanto ao ambiente e ao temperamento humano, como foi quantitativamente descrito na Relação de Teramin.

Mas, pensando bem, em um mundo onde tudo era privilégio e nada era inconveniente, a Relação de Teramin poderia ficar reduzida à trivialidade. Talvez ele tivesse escolhido o exemplo errado.

Ele tentou de novo.

– Ouça, senhor, uma coisa é ter dados qualitativos sobre o crescimento desse preconceito contra ver uns aos outros, mas isso não é útil aos meus propósitos. Quero saber a análise exata do preconceito de forma que eu possa neutralizá-lo com eficácia. Quero persuadir as pessoas a me verem, como o senhor está fazendo agora.

— Sr. Baley — argumentou Quemot —, o senhor não pode tratar as emoções humanas da mesma forma como elas são integradas a um cérebro positrônico.

— Não estou dizendo que isso seja possível. A robótica é uma ciência dedutiva e a sociologia é uma ciência indutiva. Mas a matemática pode ser aplicada em ambos os casos.

Houve um momento de silêncio. Depois Quemot murmurou, com voz trêmula:

— O senhor admitiu que não é sociólogo.

— Eu sei. Mas me disseram que o senhor *era*. E o melhor do planeta.

— Sou o único. Quase se pode dizer que inventei essa ciência.

— Ah? — Baley hesitou ao fazer a pergunta seguinte. Parecia impertinente até mesmo para ele. — O senhor viu livros sobre o assunto?

— Vi alguns livros auroreanos.

— O senhor viu algum livro da Terra?

— Da Terra? — Quemot riu, constrangido. — Não teria me ocorrido ler nenhuma das produções científicas da Terra. Sem ofensas.

— Bem, desculpe-me. Pensei que conseguiria informações específicas que possibilitariam que eu entrevistasse outras pessoas cara a cara sem ter de...

Quemot fez um ruído esquisito, irritante e indistinto e a enorme cadeira na qual estava sentado foi para trás, arranhando o chão, e depois caiu com estrondo.

Baley ouviu um "minhas desculpas" abafado.

De relance, o investigador viu Quemot correndo, com passos largos e desajeitados, depois ele saiu da sala e sumiu.

Baley ergueu as sobrancelhas. Que diabos ele tinha dito dessa vez? Por Josafá! O que tinha feito de errado?

* * *

Hesitante, ele levantou da cadeira e parou no meio do caminho, quando um robô entrou na sala.

— Mestre — saudou o robô —, fui enviado para informar-lhe que meu mestre o olhará em alguns instantes.

— *Olhará*, garoto?

— Sim, mestre. Enquanto isso, pode ser que o senhor deseje algum lanche.

Outra taça do líquido cor-de-rosa estava à mão do detetive e, dessa vez, com o acréscimo de um prato com doces quentes e cheirosos.

Baley sentou-se de novo, experimentou o licor com cautela e o colocou na mesa. O doce era duro e quente, mas a casca se quebrava na boca com facilidade e a parte de dentro era consideravelmente mais quente e mais macia. Ele não conseguia identificar os componentes daquele sabor e se perguntava se não seria produto dos temperos e condimentos nativos de Solaria.

Então ele pensou na dieta restrita e derivada da levedura na Terra e se perguntou se haveria um mercado para culturas de levedura criadas para imitar os sabores dos produtos dos Mundos Siderais.

Mas seus pensamentos cessaram de forma brusca quando o sociólogo Quemot apareceu de repente e ficou cara a cara com ele. *Cara a cara* com ele desta vez! Estava sentado em uma cadeira menor em uma sala com as paredes e o chão que não combinavam em nada com aqueles ao redor de Baley. E estava sorrindo agora, de modo que se acentuavam em seu rosto algumas rugas finas e que, paradoxalmente, davam-lhe um aspecto mais jovem por acentuar a vida em seus olhos.

— Mil perdões, sr. Baley, pensei que estivesse suportando bem a sua presença física, mas foi uma ilusão. Eu estava no limite e a expressão que o senhor usou me fez ultrapassá-lo, por assim dizer — explicou ele.

— Que expressão, senhor?

— O senhor disse algo sobre entrevistar as pessoas cara a... — Ele chacoalhou a cabeça, passando rapidamente a língua pelos lábios. — Prefiro não dizer. Acho que sabe o que quero dizer. A expressão evocou uma imagem chocante de nós dois respirando... respirando um em cima do outro. — O solariano estremeceu. — O senhor não acha isso repugnante?

— Não sei, nunca pensei nisso dessa maneira.

— Parece um hábito tão sujo. E como o senhor disse aquilo e surgiu essa imagem em minha mente, percebi que, afinal de contas, nós *estávamos* na mesma sala e, embora eu não estivesse de frente para o senhor, o ar que tinha estado em seus pulmões devia estar próximo a mim e entrando nos meus. Com uma mente sensível como a minha...

— Moléculas de toda a atmosfera de Solaria estiveram em milhares de pulmões — argumentou Baley. — Por Josafá! Elas estiveram nos pulmões dos animais e nas guelras dos peixes.

— Isso é verdade — concedeu Quemot, coçando a bochecha com tristeza — e eu preferiria nem pensar nisso. No entanto, havia uma sensação de imediatismo naquela situação pelo fato de o senhor realmente estar ali e nós dois estarmos inspirando e expirando. É incrível o alívio que eu sinto em olhá-lo.

— Eu ainda estou em sua casa, dr. Quemot.

— É exatamente isso que é incrível sobre o alívio. O senhor está na mesma casa e, entretanto, o simples uso das imagens tridimensionais faz toda a diferença. Pelo menos eu agora sei como é ver um estranho. Não vou tentar fazer isso outra vez.

— Parece que o senhor estava fazendo uma experiência com o fato de ver outra pessoa.

— De certa forma — concordou o Sideral — acho que eu estava. Essa foi uma motivação menor. E os resultados foram interessantes, mesmo que tenham sido, ao mesmo tempo, perturbadores. Foi um bom teste e posso gravá-lo.

— Gravar o quê? — perguntou Baley, perplexo.

— Meus sentimentos!

Quemot retribuiu um olhar perplexo com outro.

Baley suspirou. Objetivos contrários. Sempre objetivos contrários.

— Só perguntei porque, de algum modo, presumi que o senhor teria instrumentos de algum tipo para medir as reações emocionais. Um eletroencefalógrafo, talvez. — Ele olhou ao redor em vão. — Embora eu imagine que o senhor deva ter uma versão reduzida do aparelho que funcione sem conexão direta com eletricidade. Nós não temos algo assim na Terra.

— Acredito — redarguiu o solariano severamente — que sou capaz de estimar a natureza dos meus próprios sentimentos sem um instrumento. Eles foram fortes o bastante.

— Sim, claro, mas para uma análise quantitativa... — começou Baley.

— Não sei aonde o senhor quer chegar — interrompeu Quemot em tom lamurioso. — Além do mais, estou tentando dizer-lhe outra coisa, sobre minha própria teoria; na verdade, algo que não vi em nenhum livro, algo de que tenho bastante orgulho...

— E o que é, exatamente, senhor? — perguntou Baley.

— A maneira como a cultura de Solaria se baseia em uma cultura que existiu no passado da Terra, oras.

Baley suspirou. Se ele não deixasse o outro desabafar, poderia haver muito pouca colaboração depois.

— E essa cultura é...? — perguntou ele.

— A de Esparta! — exclamou Quemot, levantando a cabeça de modo que, por um instante, seu cabelo branco brilhou sob a luz e quase ficou parecendo uma auréola. — Estou certo de que já ouviu falar de Esparta.

Baley se sentiu aliviado. Ele tinha tido grande interesse na história antiga da Terra quando era mais jovem (era um estudo interessante para muitos terráqueos — uma Terra suprema porque era uma Terra sozinha; os terráqueos dominavam porque não havia Siderais); mas o passado da Terra era vasto. Quemot poderia facilmente ter se referido a alguma fase que Baley desconhecia e isso teria sido constrangedor.

Mas a esse respeito, ele pôde retrucar com cautela:

— Sim, vi alguns filmes sobre o assunto.

— Ótimo. Ótimo. Esparta, no seu apogeu, consistia em um número relativamente pequeno de esparciatas, que eram os únicos cidadãos com plenos direitos, um número maior de indivíduos que tinham um papel secundário, os periecos, e um número realmente grande de escravos, os hilotas. Os hilotas excediam os esparciatas em uma proporção de vinte para um, e os hilotas eram homens com sentimentos e defeitos humanos. A fim de se certificar de que uma rebelião hilota nunca seria bem-sucedida, apesar de sua maioria esmagadora, os espartanos se tornaram especialistas em guerra. Cada um deles levava a vida como uma máquina militar, e a sociedade atingiu seu objetivo. Nunca houve uma revolta hilota bem-sucedida. Bem, nós, seres humanos em Solaria, somos equivalentes, de certa forma, aos esparciatas. Temos os nossos hilotas, mas os nossos hilotas não são homens, são máquinas. Eles não podem se revoltar e não precisam ser temidos, apesar de o número de robôs exceder o de humanos mil vezes mais do que o de hilotas superava o de espartanos. Então temos a vantagem do exclusivismo espartano, sem necessidade de nos sacrificarmos por uma supremacia marcial. Em vez disso, podemos seguir o modo de vida artístico e cultural dos atenienses, que eram contemporâneos dos espartanos e que...

— Eu vi filmes sobre os atenienses também — cortou Baley.

Quemot ficava mais entusiasmado enquanto falava.

— As civilizações sempre tiveram estrutura piramidal. Conforme uma pessoa sobe em direção ao topo da estrutura social, dispõe de mais tempo livre e de mais oportunidades para buscar a felicidade. Conforme uma pessoa avança rumo ao topo, encontra cada vez menos pessoas para desfrutar de tudo isso. Invariavelmente, há uma preponderância dos despojados. E lembre-se: não importa quão estável seja a situação das camadas mais baixas em uma escala absoluta, sempre serão despojados em comparação com o topo. Por exemplo, até os seres humanos menos favorecidos de Aurora estão em melhores condições que os aristocratas da Terra, mas eles têm pouco em comparação com os aristocratas de Aurora, e é com a classe dominante do próprio planeta que eles se comparam. Então, sempre haverá conflito social nas sociedades humanas comuns. A ação de fazer uma revolução social e a reação de se proteger contra tal revolução ou de combatê-la, caso já tiver começado, são as causas de grande parte do sofrimento humano que permeia a história. Já aqui em Solaria, pela primeira vez, o topo da pirâmide é a única coisa que existe. No lugar dos menos favorecidos estão os robôs. Nós temos a primeira nova sociedade, a primeira que é nova de fato, a primeira grande invenção social desde que os agricultores da Suméria e do Egito inventaram as cidades.

Então ele se sentou, sorrindo.

Baley aquiesceu.

— O senhor publicou isso?

— Pode ser que eu publique — murmurou Quemot, fingindo não dar importância —, algum dia. Não publiquei ainda. Essa é a minha terceira colaboração.

— As outras duas foram tão amplas quanto essa?

— Não foram na área da sociologia. Antes eu era escultor. O trabalho que o senhor vê ao redor da sala — ele indicou as estátuas — é meu. E era compositor também. Mas estou envelhecendo e Rikaine Delmarre sempre apresentou fortes argumentos a favor das artes aplicadas em detrimento das belas-artes e eu decidi me dedicar à sociologia.

— Parece que Delmarre e o senhor eram bons amigos — observou Baley.

— Nós nos conhecíamos. Na minha idade, conhecem-se todos os solarianos adultos. Mas não há motivo para não concordar que Rikaine Delmarre e eu nos conhecíamos bem.

— Que tipo de homem era Delmarre? (Curiosamente, o sobrenome daquele homem trouxe à memória de Baley a imagem de Gladia e a lembrança repentina e brusca da maneira como ele a tinha visto pela última vez, furiosa com ele, contorcendo o rosto de raiva, atormentou-o.)

Quemot pareceu um pouco pensativo.

— Ele era um homem digno, dedicado a Solaria e a seu modo de vida.

— Em outras palavras, um idealista.

— Sim. Sem dúvida. Era possível perceber isso no fato de ele ter se oferecido para trabalhar como... como engenheiro fetal. Era uma arte aplicada, veja bem, e eu lhe disse como ele se sentia a respeito.

— Oferecer-se para esse trabalho não era comum?

— O *senhor* não diria... Mas esqueço que o senhor é um terráqueo. Não, não é comum. É um desses trabalhos que precisam ser feitos e, no entanto, não há voluntários para fazê-lo. Em geral, alguém tem de ser designado para o trabalho por um determinado período e não é agradável ser o escolhido. Delmarre se ofereceu como voluntário, e de forma vitalícia. Ele achava que o cargo era importante demais para ser deixado para novatos hesitantes, e me persuadiu a concordar com ele. É certo que eu nunca teria me oferecido. Não poderia fazer esse sacrifício. E era um sacrifício maior ainda para ele, já que era quase obcecado por higiene pessoal.

— Ainda não estou certo se entendi a natureza do trabalho dele.

As velhas bochechas de Quemot ficaram um pouco vermelhas.

— Não seria melhor o senhor discutir isso com a pessoa que o auxiliava?

— Eu certamente já teria feito isso se alguém tivesse achado conveniente, até o presente momento, informar-me que ele trabalhava com alguém — resmungou Baley.

— Sinto muito sobre isso — disse Quemot —, mas a existência de um assistente é outra indicação de sua responsabilidade social. Nenhuma das pessoas que ocuparam o cargo antes nomeara um assistente. Entretanto, Delmarre achou necessário encontrar um jovem que fosse adequado e que ele próprio pudesse treinar de forma a preparar um profissional para herdar o cargo quando chegasse o momento de ele se aposentar ou, bem, quando morresse. – O solariano deu um suspiro profundo. – Não obstante, continuo vivo, e ele era tão mais novo do que eu. Eu costumava jogar xadrez com ele. Muitas vezes.

– Como conseguia fazer isso?

Quemot ergueu as sobrancelhas.

– Da maneira habitual.

– Os dois se viam?

– Que ideia! – Quemot pareceu horrorizado. – Mesmo que eu pudesse suportar isso, Delmarre jamais permitiria algo assim, nem por um instante. Ser um engenheiro fetal não embotou sua sensibilidade. Ele era um homem meticuloso.

– Então como...

– Com dois tabuleiros, como qualquer pessoa jogaria xadrez. – O solariano deu de ombros em um gesto de tolerância. – Bem, o senhor é um terráqueo. Meus movimentos eram registrados no tabuleiro dele, e os dele no meu. É uma questão simples.

– O senhor conhece a sra. Delmarre? – perguntou Baley.

– Já conversamos por conexão holográfica. Ela faz pinturas em campo de força, sabe, eu já vi algumas de suas exposições. É um bom trabalho, de certa forma, mas é mais interessante como curiosidade do que como criação. Ainda assim, são obras curiosas e denotam uma mente perspicaz.

– O senhor diria que ela seria capaz de matar o marido?

– Não pensei nisso. As mulheres são criaturas surpreendentes. Mas o fato é que não há margem para discussões, há? Só a sra. Delmarre poderia ter chegado perto o suficiente de Rikaine para matá-lo. Rikaine jamais, sob hipótese alguma, teria concedido direitos especiais de ver a qualquer outra pessoa por qualquer motivo que fosse. Ele era extremamente meticuloso. Talvez meticuloso seja a palavra errada. O que acontece é que ele não tinha nenhum sinal de anormalidade, nenhuma perversão. Ele era um bom solariano.

— O senhor diria que o fato de ter me dado direito especial de vê-lo é uma perversão? — perguntou Baley.

— Sim, acho que sim. Eu diria que há um pouco de escatofilia envolvida nisso — concordou Quemot.

— Delmarre poderia ter sido morto por motivos políticos?

— O quê?

— Ouvi chamarem-no de Tradicionalista.

— Ah, todos nós somos.

— Quer dizer que não há um grupo de solarianos que *não* seja Tradicionalista?

— Ouso dizer que há alguns — concedeu Quemot lentamente — que pensam que é perigoso ser Tradicionalista demais. Eles se preocupam muito com o fato de a nossa população ser pequena, com o fato de que os outros mundos são em maior número. Acham que estamos desprotegidos contra um possível ataque dos outros Mundos Siderais. São bastante tolos por pensar dessa forma e não há muitos deles. Não acho que tenham grande influência.

— Por que diz que eles são tolos? Há alguma coisa em Solaria que poderia afetar o equilíbrio de poder, apesar da grande desvantagem nos números? Um novo tipo de arma?

— Uma arma, certamente. Mas não uma nova. As pessoas de quem eu falo são mais cegas do que tolas para não perceber que essa arma está em uso contínuo e não há nada que possam fazer para se opor a ela.

Baley olhou para ele com desconfiança.

— Está falando sério?

— Sem dúvida.

— Sabe a natureza da arma?

— Todos sabemos. O *senhor* sabe, se parar para pensar. Talvez eu perceba com um pouco mais de facilidade do que a maioria, já que sou sociólogo. Sem dúvida, não é utilizada do modo como uma arma costuma ser usada. Ela não mata nem fere, mas, ainda assim, não podemos oferecer-lhe resistência. É ainda mais difícil oferecer--lhe resistência porque ninguém a nota.

– E o que exatamente é essa arma não letal? – perguntou Baley, irritado.

– O robô positrônico – respondeu Quemot.

11   UMA INSTALAÇÃO É EXAMINADA

Por um instante, Baley sentiu um frio na espinha. O robô positrônico era o símbolo da superioridade Sideral quanto aos terráqueos. Isso em si já era uma arma.

Baley manteve a voz firme.

— É uma arma econômica. Solaria é importante para os outros Mundos Siderais como fonte de modelos avançados, então não vão fazer mal ao planeta.

— Esse ponto é óbvio — retrucou Quemot com indiferença. — Foi o que nos ajudou a estabelecer nossa independência. O que tenho em mente é outra coisa, algo mais sutil e mais cósmico.

Quemot tinha o olhar fixo nas pontas dos dedos e sua mente estava obviamente fixa em abstrações.

— Essa é outra de suas teorias sociológicas? — indagou Baley.

A expressão mal contida de orgulho de Quemot quase forçou o terráqueo a dar um sorrisinho.

— De fato, é uma ideia minha. Que eu saiba, é original e, no entanto, é óbvia se os dados sobre a população nos Mundos Siderais forem estudados com atenção. Para começar, desde que o robô positrônico foi inventado, passou a ser usado de forma cada vez mais intensa em toda parte.

— Não na Terra — redarguiu Baley.

– Por favor, investigador. Não sei muito sobre a sua Terra, mas sei o bastante para saber que os robôs estão entrando na sua economia. Os terráqueos vivem em grandes Cidades e deixam a maior parte da superfície do planeta desocupada. Quem trabalha em suas fazendas e minas, então?

– Os robôs – admitiu Baley. – Mas, se for essa a questão, doutor, para começar, foram os terráqueos que inventaram o robô positrônico.

– Inventaram? Tem certeza?

– Pode verificar. É verdade.

– Interessante. Contudo, os robôs fizeram menos avanços lá. – O sociólogo argumentou, pensativo: – Talvez seja devido à grande população da Terra. Levaria muito mais tempo. Sim... Mesmo assim, os terráqueos têm robôs até dentro das Cidades.

– Sim – confessou Baley.

– Mais agora do que, digamos, há 50 anos.

– Sim – Baley aquiesceu impacientemente.

– Então tudo se encaixa. É apenas uma diferença de tempo. Os robôs tendem a substituir o trabalho humano. A economia dos robôs se move somente em uma direção: mais robôs e menos seres humanos. Estudei dados sobre a população com *muita* atenção, montei um gráfico e fiz algumas extrapolações matemáticas. – Subitamente surpreso, ele fez uma pausa. – Ora, é uma aplicação da matemática à sociologia, não é?

– É – concordou Baley.

– Isso pode ser interessante. Vou ter de refletir sobre essa questão. De todo modo, essas são as conclusões a que cheguei, e estou convencido de que não há dúvida quanto à sua veracidade. A proporção robô-humano, em qualquer economia que tenha aceitado a mão de obra robô, tende a crescer continuamente, a despeito de quaisquer leis que sejam aprovadas para evitar isso. O aumento é reduzido, mas nunca interrompido. No começo, a população humana cresce, mas a população de robôs cresce muito mais rápido. Depois, quando se alcança um ponto crítico...

Quemot parou de novo, e então prosseguiu:
— Bem, vejamos. Eu me pergunto se o ponto crítico pode ser determinado com exatidão; se seria possível expressá-lo em números. Aí está a sua matemática de novo.

Baley se remexeu, inquieto.
— O que acontece depois que se alcança o ponto crítico, dr. Quemot?
— Hein? Ah, a população humana começa de fato a diminuir. O planeta se aproxima de uma verdadeira estabilidade social. Aurora vai ter de passar por isso. Até a sua Terra vai ter de passar por isso. A Terra pode demorar alguns séculos a mais, mas é inevitável.
— O que quer dizer com "estabilidade social"?
— A situação aqui. Em Solaria. Um mundo no qual os humanos são apenas a classe ociosa. Então, não há motivo para temer os outros Mundos Siderais. Só precisamos esperar um século, talvez, e todos eles serão Solarias. Suponho que esse será o fim da história humana, de certa forma; pelo menos, será o seu ponto de culminância. Enfim... enfim, todos os homens terão tudo de que puderem precisar e tudo o que puderem querer. Sabe, há uma expressão que vi uma vez, não sei de onde vem, algo sobre a busca da felicidade.
— Todos os homens são "dotados pelo Criador de certos direitos inalienáveis... entre eles a vida, a liberdade e a busca da felicidade" — disse Baley, pensativo.
— É isso mesmo. De onde é?
— De um documento antigo — respondeu Baley.
— O senhor vê como isso mudou aqui em Solaria e mudará um dia em toda a Galáxia? A busca terá fim. Os direitos que a humanidade herdará serão a vida, a liberdade e a felicidade. Só isso. Felicidade.
— Talvez, mas um homem foi morto na sua Solaria e outro ainda pode vir a morrer — Baley lembrou secamente.

Ele se arrependeu quase no mesmo instante em que disse isso, pois a expressão no rosto de Quemot era a de alguém que tivesse levado um tapa. O velho homem baixou a cabeça.

— Respondi às suas perguntas da melhor forma que pude. Deseja algo mais? — perguntou ele sem levantar os olhos.

— Consegui informações suficientes. Obrigado, senhor. Lamento ter interrompido esse momento de dor pela morte do seu amigo.

Quemot alçou o olhar aos poucos.

— Vai ser difícil encontrar outro parceiro para jogar xadrez. Ele seguia com pontualidade os horários marcados e jogava jogos extraordinariamente equilibrados. Ele era um bom solariano.

— Entendo — murmurou Baley em tom brando. — O senhor me permite usar o seu visualizador para fazer contato com a próxima pessoa que devo ver?

— É claro — concedeu Quemot. — Meus robôs são seus. E agora vou deixá-lo. Chega de olhar.

* * *

Um robô estava ao lado de Baley 30 segundos depois que Quemot desapareceu, e outra vez Baley se perguntou como essas criaturas eram controladas. Ele tinha visto os dedos de Quemot se moverem em direção a um painel de contato conforme saía e isso foi tudo.

Talvez fosse um sinal generalizado que dizia apenas "faça o seu trabalho!" Talvez os robôs ouvissem tudo o que acontecia e sempre sabiam o que um ser humano poderia querer em dado momento e, se nem a mente nem o corpo daquele robô em particular fossem projetados para uma tarefa em particular, a rede de conexão via rádio que unia todos eles entrava em ação e o robô certo era chamado a aparecer em cena.

Por um instante, Baley imaginou Solaria como uma rede robótica com pequenos furos, que diminuíam continuamente, onde cada um dos seres humanos ficava organizadamente preso em seu lugar. Ele pensou na imagem de Quemot dos mundos se transformando em Solarias; de redes se formando e se estreitando inclusive na Terra, até que...

Seus pensamentos foram interrompidos quando o robô que entrara falou, com o calmo e uniforme respeito de uma máquina.

– Estou pronto para ajudá-lo, mestre.

– Sabe como contatar o local onde Rikaine Delmarre trabalhava?

– Sim, mestre.

Baley deu de ombros. Ele nunca ia aprender a não fazer perguntas inúteis. Os robôs sabiam. Ocorreu-lhe que, para lidar com robôs com verdadeira eficiência, uma pessoa deveria necessariamente ser um especialista, um tipo de roboticista. Quão bem um solariano comum lidava com eles?, ele se perguntava. É provável que só mais ou menos.

– Entre em contato com o local de trabalho de Delmarre e chame seu assistente. Se o assistente não estiver lá, localize-o onde estiver.

– Sim, mestre.

Quando o robô se virou para sair, Baley ordenou:

– Espere! Que horas são no local de trabalho de Delmarre?

– Em torno de 6h30, mestre.

– Da manhã?

– Sim, mestre.

Baley sentiu-se de novo irritado com um planeta que aceitava ser vítima das idas e vindas de seu sol. Era nisso que dava viver em contato direto com a superfície descoberta do planeta.

Ele pensou na Terra por um momento fugaz, e então teve de se esforçar para deixar esses pensamentos de lado. Enquanto se mantinha focado no problema em questão, ele administrava bem as coisas. Deixar-se levar pela saudade seria a sua ruína.

– De todo modo, contate o assistente, garoto, e diga-lhe que é assunto do governo... e peça a outro dos garotos que me traga algo para comer. Pode ser um sanduíche e um copo de leite.

* * *

Ele mastigou pensativamente o sanduíche, que continha um tipo de carne defumada, e passou-lhe pela cabeça que Daneel Olivaw com certeza consideraria qualquer alimento suspeito depois do que havia acontecido com Gruer. E Daneel poderia estar certo também.

Entretanto, terminou o sanduíche sem sentir nenhum mal-estar (nenhum mal-estar imediato, pelo menos) e bebeu o leite. Ele não tinha descoberto, por meio da conversa com Quemot, o que estava buscando, mas tinha encontrado alguma coisa. Enquanto organizava tudo aquilo em sua mente, parecia que tinha aprendido uma boa quantidade de coisas.

Pouco sobre o assassinato, com certeza, e mais sobre a outra questão, que era mais ampla.

O robô voltou.

– Seu contato foi aceito, mestre.

– Ótimo. Houve algum problema para fazer contato?

– A pessoa contatada estava dormindo, mestre.

– Mas agora acordou?

– Sim, mestre.

De repente, seu contato o estava encarando, ainda na cama, com uma expressão de mau humor e indignação.

Baley se afastou como se um campo de força tivesse sido acionado bem à sua frente, sem aviso. Mais uma vez, uma informação vital lhe fora omitida. Mais uma vez, ele não tinha feito as perguntas certas.

Ninguém tinha pensado em lhe informar que o assistente de Rikaine Delmarre era uma mulher.

Seu cabelo era um pouco mais escuro do que o tom acobreado de um Sideral comum, era cheio e, no momento, estava despenteado. Seu rosto era oval, seu nariz era um pouco grosso e seu queixo era largo. Ela coçou lentamente o lado da barriga, bem acima da cintura, e Baley torceu para que o lençol continuasse no lugar. Ele se lembrou da atitude liberal de Gladia quanto ao que era permitido durante uma conexão holográfica.

Baley se divertiu com a ironia de sua própria decepção naquele momento. Os terráqueos supunham, por algum motivo, que todas as mulheres Siderais eram bonitas, e Gladia com certeza tinha reforçado essa suposição. Esta, no entanto, era comum, mesmo para os padrões da Terra.

Portanto, foi uma surpresa para Baley o fato de ele achar sua voz de contralto atraente quando ela disse:

— Escute aqui, sabe que horas são?

— Sei — respondeu Baley —, mas, já que vou vê-la, achei que deveria avisá-la.

— Vai me *ver*? Oh, céus... — ela arregalou os olhos e pôs a mão no queixo. (Ela usava um anel em um dos dedos, o primeiro item de adorno pessoal que ele tinha visto em Solaria.) — Espere, você não é meu novo assistente, é?

— Não. Nada disso. Estou aqui para investigar a morte de Rikaine Delmarre.

— Ah, bem, investigue então.

— Qual é o seu nome?

— Klorissa Cantoro.

— E há quanto tempo trabalhava com o dr. Delmarre?

— Três anos.

— Suponho que você esteja agora no seu local de trabalho. (Ele não gostava dessa expressão vaga, mas não sabia como chamar o lugar onde um engenheiro fetal trabalhava.)

— Quer dizer se estou na instalação? — perguntou Klorissa com descontentamento. — Estou, sem dúvida. Não saí desde que o velho foi assassinado e parece que não vou sair até designarem um assistente para mim. A propósito, *você* pode providenciar isso?

— Sinto muito, senhorita. Não tenho nenhuma influência com ninguém por aqui.

— Não custou nada perguntar.

Klorissa se descobriu e saiu da cama sem nenhum acanhamento. Estava usando um pijama de uma peça só e levou a mão ao pescoço, onde estava a abertura da costura.

— Um momento. Se concordar em me ver, nossa conversa termina aqui por enquanto e você pode se vestir em privacidade — ofereceu Baley apressadamente.

— Em privacidade? — Ela ficou um pouco surpresa e fitou Baley com curiosidade. — Você é meticuloso, não é? Como o chefe.

— Você aceita me ver? Eu gostaria de examinar a instalação.

— Não entendo essa coisa de ver, mas se quiser posso guiá-lo por um *tour* para que você possa olhar a instalação. Se me der a oportunidade de me lavar, cuidar de algumas coisas e terminar de acordar, vou gostar de sair da rotina.

— Não quero olhar nada. Quero *ver*.

A mulher inclinou a cabeça para o lado e havia algo de interesse profissional em seu olhar aguçado.

— Você é depravado ou algo assim? Quando foi a última vez que passou por uma análise genética?

— Por Josafá! — imprecou Baley. — Olhe, sou Elijah Baley. Sou da Terra.

— Da Terra? — ela exclamou com veemência. — Céus! O que você está fazendo aqui? Ou isso é algum tipo de piada complicada?

— Não estou brincando. Fui chamado para investigar a morte de Delmarre. Sou um investigador, um detetive.

— Você quer dizer esse tipo de investigação. Mas achei que todos soubessem que foi a mulher dele.

— Não, senhorita, ainda tenho minhas dúvidas quanto a isso. Permite que eu veja a instalação e você? Como terráqueo, entende, não estou acostumado a olhar por conexão holográfica. Isso me deixa desconfortável. Tenho permissão do Chefe de Segurança para ver as pessoas que poderiam me ajudar. Posso lhe mostrar o documento, se quiser.

— Vejamos.

Baley exibiu a tira de papel oficial diante dos olhos da mulher na imagem tridimensional.

Ela balançou a cabeça.

— Ver! É nojento. Ainda assim, céus, o que é um pouco mais de algo nojento neste emprego nojento? Mas veja, não chegue perto de mim. Fique a uma boa distância. Podemos gritar ou mandar mensagens através dos robôs, se for preciso. Entendeu?

— Entendi.

O pijama dela se abriu no momento exato em que a conexão foi interrompida e a última palavra que ele ouviu dela foi um sussurro: "Terráqueo!".

* * *

— Aí já está bom — berrou Klorissa.

Baley, que estava a uns 7,5 metros de distância da mulher, disse:

— Tudo bem quanto a essa distância, mas eu gostaria de entrar logo.

De algum modo, não havia sido tão ruim dessa vez. Ele mal tinha prestado atenção na viagem de avião, mas não fazia sentido exagerar. Ele teve de se segurar para não ficar puxando a gola a fim de se permitir respirar mais livremente.

— O que há de errado com você? Parece meio abatido — apontou Klorissa de forma brusca.

— Não estou acostumado com o espaço aberto — resmungou Baley.

— É claro! Terráqueo! Você precisa ficar confinado ou algo do gênero. Céus! — Ela passou a língua pelos lábios, como se tivesse experimentado algo insosso. — Bem, entre então, mas deixe-me sair do caminho primeiro. Pronto. Pode entrar.

Seu cabelo estava preso em duas grossas tranças enroladas na cabeça formando um complicado padrão geométrico. Baley se perguntou quanto tempo demorara para se arrumar daquele jeito e então lembrou que, provavelmente, tinha sido feito pelos infalíveis dedos mecânicos de um robô.

Seu cabelo realçava seu rosto oval e lhe conferia um tipo de simetria que o tornava agradável, senão bonito. Ela não estava usando nenhuma maquiagem; aliás, sua indumentária não servia a outro propósito que não o de cobri-la de forma prática. A roupa era de um tom suave de azul-escuro, exceto pelas luvas que cobriam seus braços até a metade do cotovelo e eram de um tom lilás que não combinava muito com o resto. Aparentemente, não faziam parte do seu vestuário habitual. Baley notou que um dos dedos da luva engrossava devido à presença de um anel do lado de dentro.

Eles ficaram em extremidades opostas da sala, um encarando o outro.

– Você não gosta disso, não é? – perguntou Baley.

Klorissa deu de ombros.

– Por que deveria gostar? Não sou um animal. Mas posso suportar. A pessoa acaba ficando insensível quando lida com... com... – ela fez uma pausa e então movimentou o queixo como se tivesse decidido dizer o que tinha que dizer sem medir as próprias palavras – com crianças. – Ela pronunciou a palavra com uma precisão cuidadosa.

– Parece que não gosta do seu emprego.

– É um trabalho importante. Tem de ser feito. Ainda assim, não gosto dele.

– Rikaine Delmarre gostava?

– Suponho que não, mas ele nunca demonstrava isso. Ele era um bom solariano.

– E era meticuloso.

Klorissa pareceu surpresa.

– Você mesma disse isso. Quando estávamos nos olhando e eu disse que você poderia se vestir com privacidade, você disse que eu era meticuloso como o chefe.

— Ah. Bem, ele *era* meticuloso. Mesmo quando nos olhávamos ele nunca tomava nenhuma liberdade. Sempre correto.

— Isso era incomum?

— Não deveria ser. Idealmente, deve-se ser correto, mas ninguém nunca é. Não quando estão olhando por meio da conexão holográfica. Não há presença pessoal envolvida, então por que caprichar tanto? Sabe? Eu não me esforço tanto quando estou olhando, exceto quando era com o chefe. Era preciso ser formal com ele.

— Você admirava o dr. Delmarre?

— Ele era um bom solariano.

— Você disse que este lugar é uma instalação e mencionou crianças. Vocês cuidam de crianças aqui?

— A partir de um mês. Todo feto em Solaria vem para cá.

— Feto?

— Sim. — Ela franziu as sobrancelhas. — Eles são trazidos um mês após a concepção. Isso o deixa constrangido?

— Não — respondeu Baley sem demora. — Você pode me mostrar o lugar?

— Posso. Mas mantenha a distância.

O rosto comprido de Baley assumiu um ar severo e frio ao olhar para a grande sala de cima a baixo. Havia uma divisória de vidro entre a sala e eles. Do outro lado, ele tinha certeza, havia aquecimento perfeitamente controlado, umidade perfeitamente controlada, assepsia perfeitamente controlada. Cada um daqueles tanques, fileira após fileira, continha uma criaturinha flutuando em um fluido aquoso de composição precisa, contendo uma mistura de nutrientes de proporções ideais. A vida e o crescimento continuavam.

Coisinhas pequeninas, algumas menores do que a metade do seu punho, estavam encolhidas e tinham cabeças salientes, minúsculos membros em desenvolvimento e caudas em processo de desaparecimento.

Klorissa, de onde estava, a pouco mais de 6 metros, perguntou:

— O que achou, investigador?

— Quantos vocês têm? — perguntou Baley.

— Contando a partir de hoje, 152. Recebemos de 15 a 20 todo mês e tornamos independente a mesma quantidade.

— Esta é a única instituição deste tipo no planeta?

— Isso mesmo. É o suficiente para manter a população inalterável, contando com uma expectativa de vida de 300 anos e uma população de 20 mil. Este edifício é bem novo. O dr. Delmarre supervisionou a construção e fez muitas mudanças em nossos procedimentos. Nossa taxa de mortalidade de fetos agora é quase zero.

Robôs caminhavam entre os tanques. Eles paravam em cada tanque e verificavam os controles de modo incansável e minucioso, olhando para os minúsculos embriões lá dentro.

— Quem opera a mãe? — perguntou Baley. — Quero dizer, para tirar as coisinhas?

— Os doutores — respondeu Klorissa.

— O dr. Delmarre?

— Claro que não. *Médicos*. Você não acha que o dr. Delmarre se rebaixaria... Bem, deixe para lá.

— Por que robôs não podem ser usados?

— Robôs? Em uma cirurgia? A Primeira Lei torna isso muito difícil, investigador. Um robô poderia realizar uma apendicectomia para salvar uma vida humana, se soubesse como fazê-la, mas duvido que permaneceria utilizável depois disso sem grandes reparos. Cortar a carne humana seria uma experiência bastante traumática para um cérebro positrônico. Os médicos humanos conseguem se habituar a isso. Até à presença pessoal necessária.

— No entanto, notei que robôs cuidam dos fetos. Você e o dr. Delmarre interferiam em algum momento? — perguntou Baley.

— Tenho de interferir às vezes, quando as coisas dão errado. Se um feto tem problemas de desenvolvimento, por exemplo. Não se pode confiar nos robôs para avaliar a situação de forma precisa quando envolve uma vida humana.

Baley aquiesceu.

— Um risco muito grande de ocorrer um equívoco e se perder uma vida, eu presumo.

— Pelo contrário. É um risco muito grande de supervalorizar uma vida e salvá-la inapropriadamente. — A mulher parecia inflexível. — Como engenheiros fetais, Baley, nós nos certificamos de que nasçam crianças saudáveis; crianças *saudáveis*. Nem mesmo a melhor análise genética dos pais pode assegurar que todas as permutações e combinações genéticas serão favoráveis, isso sem falar da possibilidade de mutações. Esta é a nossa grande preocupação: uma mutação inesperada. Diminuímos a taxa dessas mutações para menos de uma a cada mil crianças, mas isso significa que, em média, uma vez por década, temos problemas.

Ela indicou o caminho ao longo de uma sacada e Baley a seguiu.

—Vou lhe mostrar o quarto das crianças menores e os dormitórios das maiores. Elas são um problema muito maior do que os fetos. No caso delas, podemos contar com o trabalho dos robôs apenas de maneira limitada — ela explicou.

— Por quê?

—Você entenderia, Baley, se alguma vez tivesse tentado ensinar a um robô a importância da disciplina. A Primeira Lei os torna insensíveis a esse fato. E não pense que as crianças não aprendem isso quase desde que começam a falar. Eu já vi um menino de 3 anos manter uma dúzia de robôs imóveis gritando: "Vocês vão me machucar. Estou machucado". Apenas um robô extremamente avançado pode entender que uma criança poderia estar mentindo de propósito.

— Delmarre conseguia lidar com as crianças?

— Geralmente.

— Como ele fazia isso? Ele ia até eles e os chacoalhava até colocar juízo na cabeça deles?

— O dr. Delmarre? Tocá-los? Céus! É claro que não! Mas ele conseguia *conversar* com eles. E ele sabia dar ordens específicas a um robô. Eu o testemunhei olhando uma criança por 15 minutos, fazendo com que um robô ficasse o tempo todo posicionado para bater nela e fazendo-o bater... bater... bater. Algumas palmadas e a criança não se arriscaria mais a bancar a engraçadinha com o chefe. E o chefe era habilidoso o bastante nisso, de modo que, em geral, o robô não precisava mais do que um reajuste de rotina depois.

— E você? Você se aproxima das crianças?

— Às vezes é necessário. Não sou como o chefe. Talvez algum dia eu consiga lidar com as coisas à longa distância, mas agora, se eu tentasse, apenas arruinaria os robôs. Lidar muito bem com os robôs é uma arte, sabe? Mas quando penso sobre isso... Estar no meio das crianças. Aqueles animaizinhos!

De repente, ela olhou de novo para ele.

— Suponho que você não se importaria de vê-las.

— Não me incomodaria.

Ela deu de ombros e olhou para ele, achando graça.

— Terráqueo! — Ela começou a andar de novo. — Para que tudo isso, afinal? Você vai acabar chegando à conclusão de que Gladia é a assassina. *Terá* de chegar a essa conclusão.

— Não tenho tanta certeza disso — murmurou Baley.

— Como poderia não ter certeza? Quem mais poderia ter sido?

— Há outras possibilidades, senhorita.

— Quem, por exemplo?

— Bem, você, por exemplo!

E a reação de Klorissa ao ouvir isso surpreendeu Baley.

12 UM ALVO NÃO É ATINGIDO

Ela riu.

A risada aumentou e a fez rir mais, até ela perder o fôlego e seu rosto cheio corar quase até ficar roxo. Ela se encostou à parede, arquejando.

— Não, não chegue... mais perto — ela implorou. — Eu estou bem.

— Essa possibilidade parece tão engraçada? — questionou Baley, sério.

Ela tentou responder e começou a rir de novo. Então, sussurrando, ela disse:

— Ah, você é um terráqueo! Como poderia ser eu?

— Você o conhecia bem — começou Baley. — Conhecia seus hábitos. Você poderia ter planejado isso.

— E você acha que eu iria *vê-lo*? Que eu me aproximaria o suficiente para bater com força na cabeça dele com algum objeto? Você simplesmente não sabe nada sobre isso, Baley.

Baley sentiu o rosto enrubescer.

— Por que você não poderia se aproximar dele o suficiente, senhorita? Você tem prática com... ahn... isso de estar em meio a pessoas.

— Em meio às *crianças*.

— Uma coisa leva à outra. Você parece ser capaz de tolerar a minha presença.

— A uma distância de 6 metros — ela observou com desdém.

— Acabei de visitar um homem que quase entrou em colapso porque teve de suportar a minha presença por um tempo.

Klorissa se controlou e disse:

— Uma diferença de nível.

— Acredito que uma diferença de nível é o necessário. O hábito de ver as crianças torna possível tolerar a sensação de ver Delmarre por tempo suficiente.

— Eu gostaria de ressaltar, sr. Baley — contrapôs Klorissa, que já não parecia estar achando a mínima graça —, que não importa nem um pouco o que eu posso suportar. O dr. Delmarre é que era meticuloso. Quase tanto quanto Leebig. Quase. Mesmo se eu pudesse suportar vê-lo, ele nunca suportaria me ver. A sra. Delmarre é a única pessoa que ele poderia ter permitido chegar perto o bastante para vê-lo.

— Quem é esse Leebig que você mencionou? — indagou Baley.

Klorissa encolheu os ombros.

— Um desses gênios estranhos, se é que você me entende. Ele fez um trabalho com o chefe sobre robôs.

Baley anotou essa informação mentalmente e voltou ao assunto em questão.

— Também seria possível dizer que você tinha um motivo — acrescentou ele.

— Que motivo?

— A morte dele a tornou responsável por esta instalação, deu-lhe um cargo.

— Você chama isso de motivo? Céus, quem poderia *querer* este cargo? Quem, em Solaria? Isso é um motivo para mantê-lo vivo. É um motivo para cuidar dele e protegê-lo. Você vai ter de fazer melhor do que isso, terráqueo.

Baley coçou o pescoço de modo incerto, com um dedo. Ele entendia que era um argumento válido.

— Notou o meu anel, sr. Baley? — perguntou Klorissa.

Por um instante, pareceu que ela estava prestes a tirar a luva da mão direita, mas se conteve.

— Notei — respondeu Baley.

— Presumo que não saiba o que ele significa.

— Não. (Sua ignorância nunca acabava, pensou ele amargamente.)

—Você se importa de ouvir uma pequena explicação, então?

— Se me ajudar a compreender este maldito mundo — resmungou Baley em um impulso —, sem dúvida.

— Céus! — Klorissa sorriu. — Imagino que parecemos a você algo como a Terra pareceria para nós. Imagine isso. Vejamos, aqui há uma sala vazia. Venha para cá e nos sentaremos... não, a sala não é grande o suficiente. Vou lhe dizer o que faremos. Você se senta lá e eu fico aqui, em pé.

Ela se afastou, dando-lhe espaço para entrar na sala, depois voltou, recostando-se contra a parede oposta, em um ponto de onde podia vê-lo.

Baley se sentou contrariado apenas por uma pontinha de cavalheirismo. Então pensou com rebeldia: "Por que não? Deixe a mulher Sideral em pé".

Klorissa cruzou os fortes braços e prosseguiu:

— A análise genética é a chave da nossa sociedade. Nós não analisamos os genes diretamente, é claro. Entretanto, cada gene controla uma enzima, e podemos analisar as enzimas. Conhecendo as enzimas, conhece-se a química do organismo. Conhecendo a química do organismo, conhece-se o ser humano. Você entende tudo isso?

— Entendo a teoria — disse Baley. — Não sei como é aplicada.

— Essa parte é feita aqui. Amostras de sangue são colhidas quando do a criança ainda está no último estágio fetal. Isso nos dá nossa primeira estimativa aproximada. Idealmente, deveríamos encontrar todas as mutações nesse ponto e avaliar se se deve arriscar o nascimento. Na verdade, ainda não sabemos o bastante para eliminar todas as possibilidades de erro. Algum dia, talvez consigamos. De qualquer forma, continuamos com os exames após o nascimento: fazemos biópsias e analisamos secreções orgânicas. De todo modo, muito antes da idade adulta, nós sabemos exatamente do que os nossos menininhos e menininhas são feitos.

(Açúcar e tempero... uma expressão absurda passou espontaneamente pela mente de Baley.)

— Usávamos anéis codificados para indicar nossa constituição genética — continuou Klorissa. — É um costume antigo, uma parte de algo primitivo que ficou dos tempos em que Solaria ainda não tinha passado por uma seleção eugênica. Hoje em dia, somos todos saudáveis.

— Mas você ainda usa o seu. Por quê? — perguntou Baley.

— Porque sou extraordinária — ela respondeu com um orgulho cheio de entusiasmo e livre de constrangimento. — O dr. Delmarre passou muito tempo procurando um assistente. Ele *precisava* de alguém extraordinário. Inteligência, perspicácia, iniciativa, estabilidade. Sobretudo estabilidade. Alguém que pudesse aprender a ficar em meio às crianças sem ter um ataque de nervos.

— Ele não conseguia, não é? Isso fazia parte da própria instabilidade dele?

— De certa forma sim, mas pelo menos era um tipo de instabilidade desejável na maior parte das situações. — explicou Klorissa. —Você lava as mãos, não lava?

Baley olhou para as mãos. Estavam tão limpas quanto era necessário.

— Sim — murmurou ele.

—Tudo bem. Suponho que seja certo grau de instabilidade sentir uma repugnância tal por mãos sujas a ponto de ser incapaz de limpar um mecanismo cheio de óleo com as próprias mãos, mesmo em uma emergência. No entanto, no curso *normal* da vida, a repugnância o mantém limpo, o que é bom.

— Entendo. Prossiga.

— Não há mais nada a dizer. Minha saúde genética é a terceira maior já registrada em Solaria, então uso meu anel. É um registro que gosto de levar comigo.

— Parabéns.

— Não precisa me olhar com esse sorriso de escárnio. Posso não ter feito nada para conseguir isso. Pode ter sido uma permutação cega de genes parentais, mas, de qualquer modo, é algo de que ter orgulho. E ninguém acreditaria que sou capaz de um ato tão seriamente psicótico quanto um assassinato. Não com a minha composição genética. Então, não desperdice acusações comigo.

Baley encolheu os ombros e não disse nada. A mulher parecia confundir composição genética com evidência e, presumivelmente, o resto de Solaria faria o mesmo.

— Quer ver as crianças maiores agora? — perguntou Klorissa.

— Sim. Obrigado.

* * *

Os corredores pareciam não ter fim. O edifício era evidentemente enorme. Não era como os grandes aglomerados de apartamentos nas Cidades da Terra, é claro, mas, para um único edifício pendurado na última camada do planeta, devia ser uma estrutura imensa.

Havia centenas de berços, com bebês rosados berrando, ou dormindo, ou se alimentando. Depois havia uma brinquedoteca para as crianças que já engatinhavam.

— Eles ainda não são tão ruins nessa idade — concedeu Klorissa, relutante —, embora precisem de uma quantidade enorme de robôs. É praticamente um robô por bebê até começarem a andar.

— Por quê?

— Eles adoecem se não tiverem atenção individual.

Baley concordou.

– Sim, presumo que a necessidade de afeto é algo que não se pode pôr de lado.
Klorissa franziu a testa e contrapôs de forma brusca:
– Bebês requerem atenção.
– Estou um pouco surpreso com o fato de que os robôs consigam suprir a necessidade de carinho.
Ela se virou para ele e a distância entre os dois não foi suficiente para esconder seu descontentamento.
– Olhe aqui, Baley, se está tentando me chocar usando termos desagradáveis, não vai conseguir. Céus, não seja infantil!
– Chocá-la?
– Posso usar essa palavra também. Carinho! Você quer ouvir uma palavrinha daquelas, um palavrãozinho? Posso falar isso também. Amor! Amor! Agora, se você já desabafou, comporte-se.
Baley não iria insistir em uma discussão sobre a questão da obscenidade.
– Então os robôs conseguem de fato dar a atenção necessária? – perguntou Baley.
– É claro, senão esta instalação não seria tão bem-sucedida como é. Eles brincam com a criança. Eles a aconchegam e a aninham. A criança não se importa em receber atenção de um mero robô. Mas depois as coisas ficam mais difíceis entre os 3 e os 10 anos.
– Ah?
– Durante esse período, as crianças insistem em brincar umas com as outras. De forma bastante indiscriminada.
– Suponho que você as deixe brincar.
– Temos de deixar, mas nunca nos esquecemos de nossa obrigação de ensinar a elas as exigências da vida adulta. Cada uma delas tem um quarto que pode ser fechado. Mesmo no início, elas devem dormir sozinhas. Insistimos nisso. E temos um período de isolamento todo dia, que aumenta com o passar dos anos. Quando uma criança chega aos 10 anos, ela consegue se limitar a usar a conexão holográfica por, no máximo, uma vez por semana. É claro que os

preparativos para isso são complexos. Elas podem usar a conexão holográfica mesmo estando lá fora, em movimento, e podem fazer isso o dia todo.

— Estou surpreso que vocês possam ter uma oposição tão forte contra um instinto. Vocês conseguem neutralizar esse instinto, eu percebo isso. Ainda assim fico surpreso.

— Que instinto? — indagou Klorissa.

— O instinto gregário. Existe um. Você mesma disse que, quando são crianças, elas insistem em brincar umas com as outras.

Klorissa deu de ombros.

— Você chama isso de instinto? Mas e se for? Céus, crianças têm um medo instintivo de cair, mas os adultos podem ser treinados para trabalhar em lugares altos, onde há um perigo constante de cair. Você nunca viu exibições de acrobacias na corda-bamba? Há mundos onde as pessoas vivem em prédios altos. E as crianças têm um medo instintivo de barulhos fortes também, mas você tem medo desses barulhos?

— Dentro de limites razoáveis, não — concordou Baley.

— Aposto que as pessoas da Terra não conseguiriam dormir se tudo ficasse realmente em silêncio. Céus, não há instinto que não possa ceder a uma educação boa e persistente. Não nos seres humanos, nos quais os instintos já são normalmente fracos. Na verdade, se as coisas forem feitas do jeito certo, a educação ficará mais fácil a cada geração. É uma questão de evolução.

— Como assim? — perguntou Baley.

—Você não entende? Cada indivíduo repete sua própria história evolutiva enquanto se desenvolve. Aqueles fetos lá atrás têm guelras e cauda por algum tempo. Não se pode pular essas etapas. Da mesma forma, as crianças têm de passar pela etapa de animal social. Mas, do mesmo modo que o feto pode passar, em um mês, por uma etapa que a evolução demorou 100 milhões de anos para superar, as nossas crianças podem ultrapassar mais rapidamente a etapa de animal social. O dr. Delmarre era da opinião de que, com o passar das gerações, passaríamos por essa etapa cada vez mais rápido.

— É mesmo?

— Ele estimava que, em 300 anos, com base na atual taxa de progresso, teríamos crianças que se habituariam à conexão holográfica de imediato. O chefe tinha outras ideias também. Ele estava interessado em aperfeiçoar os robôs a ponto de torná-los capazes de disciplinar as crianças sem que eles se tornassem mentalmente instáveis. Por que não? Castigar hoje para ter uma vida melhor amanhã é uma verdadeira expressão da Primeira Lei, se fosse possível fazer os robôs verem isso.

— Já foram desenvolvidos robôs assim?

Klorissa meneou a cabeça.

— Creio que não. O dr. Delmarre e Leebig estavam trabalhando com afinco em alguns modelos experimentais.

— O dr. Delmarre pediu que alguns desses modelos fossem enviados à propriedade dele? Ele era um roboticista bom o bastante para realizar testes por conta própria?

— Oh, sim. Ele testava robôs com frequência.

— Você sabia que havia um robô com ele quando ele foi assassinado?

— Disseram-me que sim.

— Você sabe de que modelo era?

— Você terá de perguntar a Leebig. Como eu lhe disse, ele é o roboticista que trabalhava com o dr. Delmarre.

— Você não sabe nada sobre isso?

— Nada mesmo.

— Se você se lembrar de algo, avise-me.

— Eu avisarei. Não acho que os novos modelos de robôs eram tudo em que o dr. Delmarre estava interessado. Ele dizia que haveria um tempo em que óvulos não fertilizados seriam armazenados em bancos a temperaturas criogênicas e utilizados para inseminação artificial. Dessa forma, os princípios eugênicos poderiam ser realmente aplicados e nós poderíamos nos livrar dos últimos vestígios de qualquer necessidade de ver. Não estou certa se eu concordaria com ele a tal ponto, mas ele era um homem de ideias avançadas; um ótimo solariano.

— Quer ir lá fora? — acrescentou ela rapidamente. — O grupo dos 5 aos 8 anos é incentivado a participar de brincadeiras ao ar livre e você poderia vê-los em ação.

— Vou tentar. Pode ser que eu tenha de voltar para dentro em pouco tempo — confessou Baley com cautela.

— Ah, sim, eu esqueci. Talvez você prefira não sair...

— Não. — Baley deu um sorriso forçado. — Estou tentando me acostumar ao ar livre.

* * *

Era difícil suportar o vento. Ele dificultava a respiração. Não era frio, em um sentido físico direto, mas a sensação que ele causava, a sensação das roupas sopradas contra o corpo, dava-lhe um tipo de calafrio.

Ele batia os dentes quando tentava falar e tinha de fazer um esforço para soltar as palavras aos poucos. Olhar tão longe para o horizonte de um verde e um azul tão indistintos feria seus olhos, fazendo que o alívio que ele sentia ao olhar para o caminho bem diante dos seus pés fosse limitado. Acima de tudo, ele evitava olhar para aquele vazio azul, isto é, vazio a não ser pelos tons de branco aglomerados de algumas nuvens ocasionais e o brilho do sol desvelado.

Ainda assim, Baley foi capaz de lutar contra o desejo de correr, de voltar para um ambiente fechado.

Ele passou por uma árvore, seguindo Klorissa a uns dez passos de distância, e cautelosamente estendeu o braço para tocá-la. Tinha uma textura áspera e dura. No alto, a folhagem se mexia e farfalhava, mas ele não levantou os olhos para observá-la. Uma árvore viva!

— Como se sente? — gritou Klorissa.

— Estou bem.

— Pode-se ver um grupo de crianças maiores daqui — ela apontou. — Estão ocupados com algum tipo de jogo. Os robôs organizam os jogos e se certificam de que os animaizinhos não batam uns nos outros. Com a presença pessoal, pode-se fazer isso mesmo, sabe?

Baley levantou os olhos aos poucos, passando a vista pelo cimento do caminho, pela grama e pelo declive, cada vez mais longe (com muito cuidado), voltando de imediato ao próprio pé, caso ficasse com medo, sentindo com os olhos...

Havia pequenos vultos de meninos e meninas correndo loucamente de um lado a outro, sem se preocupar com o fato de que estavam correndo na camada exterior de um mundo, e sem ter nada acima deles além do ar e do espaço. O barulho das crianças era um chiado distante e confuso no ar.

— Elas adoram isso — exclamou Klorissa. — Empurrar, puxar, discutir, cair, levantar, e simplesmente ter contato, no geral. Céus! Como as crianças conseguem amadurecer um dia?

— O que aquelas crianças maiores estão fazendo? — perguntou Baley. Ele apontou para um grupo de crianças isoladas a um lado.

— Estão olhando. Não estão em uma situação de presença pessoal. Usando a conexão holográfica, elas podem caminhar juntas, conversar, correr, brincar. Qualquer coisa menos ter contato físico.

— Aonde as crianças vão quando saem daqui?

— Para suas propriedades. O número de mortes é, em média, igual ao de jovens que tornamos independentes.

— Para as propriedades dos pais?

— Céus! Não. Seria uma coincidência incrível, não seria, um dos pais morrer bem na época em que a criança chega a essa idade? Não, as crianças ficam com qualquer propriedade que fique vaga. De qualquer forma, não sei se alguma delas ficaria particularmente feliz de morar em uma mansão que pertenceu um dia a seus pais, supondo, é claro, que soubessem que eram seus pais.

— Elas não sabem?

Ela ergueu as sobrancelhas.

— Por que deveriam?

— Os pais não visitam seus filhos aqui?

— Que ideias você tem! Por que eles iam querer fazer isso?

— Você se importa se eu esclarecer um ponto, por curiosidade minha? É falta de educação perguntar a uma pessoa se ela tem filhos? — perguntou Baley.

— Você não diria que é uma pergunta muito pessoal?

— De certa forma.

— Eu fiquei insensível a esse tipo de pergunta. Trabalho com crianças. As outras pessoas não são.

— Você tem filhos? — indagou Baley.

Klorissa, com um movimento suave, porém claramente visível, engoliu em seco.

— Acho que eu mereço isso. E você merece uma resposta. Não tenho.

— Você é casada?

— Sim, e tenho uma propriedade e estaria lá se não fosse por essa emergência aqui. Eu não tenho certeza de que conseguiria controlar todos os robôs se não estivesse aqui em pessoa.

Descontente, ela virou as costas para Baley e então apontou com o dedo.

— Agora uma delas caiu e é claro que está chorando.

Um robô estava correndo a passadas larguíssimas.

— Ele vai pegá-la no colo e abraçá-la e, se houver mesmo alguma lesão, eu vou ser chamada — explicou Klorissa. — Espero não ter de ser chamada — acrescentou ela, nervosa.

Baley respirou fundo. Ele notou que havia três árvores formando um triângulo, uns 15 metros à esquerda. Ele andou naquela direção e a grama sob os seus sapatos era macia e repugnante, nojenta em sua maciez (era como andar sobre carne que está apodrecendo, e ele quase vomitou quando lhe ocorreu esse pensamento).

Ele estava entre as árvores, recostado em um dos troncos. Era quase como estar cercado por paredes imperfeitas. O sol era apenas uma série de ondas esvoaçando por entre as folhas, tão desconexas a ponto de serem quase desprovidas da sensação de horror.

Do caminho, Klorissa o encarou, depois diminuiu aos poucos a distância pela metade.

—Você se importa se eu ficar um pouco aqui? – perguntou Baley.

– Fique à vontade – disse Klorissa.

– Uma vez que os jovens se tornam independentes e saem desta instalação, como conseguem que eles cortejem uns aos outros? – perguntou Baley.

– Cortejar?

– Que conheçam uns aos outros – explicou Baley, pensando vagamente sobre como poderia expressar o pensamento de forma segura – para se casar.

– Isso não é problema deles – respondeu Klorissa. – Os pares são escolhidos por análise genética, em geral quando são bem jovens. É o modo mais sensato, não é?

– E eles sempre querem?

– Casar-se? Eles nunca querem. É um processo muito traumático. No começo, precisam se acostumar um com o outro, e o costume de se verem um pouco por dia, uma vez que o mal-estar inicial tenha passado, pode fazer maravilhas.

– E se eles não gostarem do parceiro?

– O quê? Se a análise genética indica uma união, que diferença faz...

– Entendo – interrompeu Baley precipitadamente. Ele pensou na Terra e suspirou.

– Há algo mais que gostaria de saber? – perguntou Klorissa.

Baley pensou se havia algo mais a ganhar ficando ali por mais tempo. Ele não se arrependeria de ter terminado com Klorissa e a engenharia fetal, de modo a poder passar para a próxima etapa.

Ele abriu a boca para dizer isso, quando Klorissa gritou para algo que estava longe:
— Ei, criança, você aí! O que está fazendo?
E depois na direção do investigador:
— Terráqueo! Baley! Cuidado! *Cuidado!*
Baley mal pôde ouvi-la. Ele reagiu ao tom de urgência na voz dela. O esforço nervoso que havia mantido suas emoções sob controle se esvaiu por completo e ele entrou em pânico. Todo o horror ao ar livre e a infinita abóbada do céu desabaram sobre ele.
O detetive começou a falar de modo incoerente. Ele ouvia seus lábios articularem sons sem sentido e se sentiu cair de joelhos e rolar aos poucos para o lado, como se estivesse assistindo ao processo a certa distância.
Também a certa distância ele ouviu um zumbido fraco cortando o ar, passando por cima dele e terminando com um ruído agudo.
Baley fechou os olhos, com os dedos agarrou uma fina raiz de árvore que aflorava na superfície e enterrou as unhas na terra.

* * *

Ele abriu os olhos (deviam ter se passado apenas alguns instantes). Klorissa estava ralhando severamente com uma criança, que permanecia a certa distância. Um robô, em silêncio, estava mais perto de Klorissa. Baley apenas teve tempo para perceber que a criança segurava na mão um objeto com uma corda antes que seus olhos se desviassem da cena.
Ofegante, Baley se levantou com dificuldade. Ele olhou para a haste de metal brilhante que permanecia no tronco da árvore contra a qual ele estava recostado. Ele a puxou e ela saiu com facilidade. Ela não tinha penetrado muito a madeira. Ele olhou para a ponta, mas não a tocou. Era cega, mas teria sido suficiente para rasgar a sua pele se ele não tivesse abaixado naquele exato momento.
Ele precisou de duas tentativas para conseguir mexer as pernas. Então, deu um passo em direção a Klorissa e gritou:

— Ei, menino.

Klorissa se virou; seu rosto ficou vermelho.

— Foi um acidente — ela explicou. —Você se machucou?

— Não! O que é esta coisa?

— É uma flecha. É atirada de um arco, que faz com que uma corda esticada faça o trabalho.

— Como este — gritou o menino de maneira imprudente, atirando outra ao ar e depois caindo na risada. Ele tinha cabelo claro e corpo delgado.

—Você será castigado. Agora saia! — ralhou Klorissa.

— Espere, espere — gritou Baley. Ele esfregou o joelho onde uma pedra o tinha machucado quando caíra. — Eu tenho algumas perguntas. Qual é o seu nome?

— Bik — disse ele com indiferença.

—Você atirou aquela flecha em mim, Bik?

— Isso mesmo — respondeu o menino.

—Você percebe que teria me acertado se eu não tivesse sido avisado a tempo de me abaixar?

Bik deu de ombros.

— Eu estava mirando para acertar.

— Precisa me deixar explicar — precipitou-se Klorissa. — Arco e flecha é um esporte que incentivamos. É competitivo sem requerer contato. Temos concursos entre os meninos usando apenas a conexão holográfica. Lamento dizer que alguns deles miram em robôs. Isso os diverte e não causa danos aos robôs. Sou a única humana adulta nesta propriedade e, quando o menino o viu, deve ter presumido que você era um robô.

Baley ouvia. Sua mente estava voltando ao normal e a austeridade natural do seu rosto comprido se intensificou.

— Bik, você pensou que eu era um robô? — perguntou ele.

— Não — confessou o menino. —Você é um terráqueo.

—Tudo bem. Agora vá.

Bik se virou e saiu correndo e assoviando. Baley se virou para o robô.

— Você! Como o menino sabia que eu era um terráqueo, ou você não estava com ele quando ele atirou?

— Eu estava com ele, mestre. Eu disse a ele que você era um terráqueo.

— Você explicou a ele o que é um terráqueo?

— Sim, mestre.

— O que é um terráqueo?

— Um tipo inferior de humano cuja presença não deveria ser permitida em Solaria porque transmite doenças, mestre.

— E quem lhe disse isso, garoto?

O robô manteve silêncio.

— Você sabe quem lhe disse? — indagou Baley.

— Não sei, mestre. Está na minha memória.

— Então você falou ao menino que eu era um ser inferior que transmite doenças e imediatamente ele atirou em mim. Por que você não o deteve?

— Eu o teria detido, mestre. Eu não teria permitido que um ser humano fosse ferido, mesmo um terráqueo. Ele foi muito ágil e eu não fui rápido o suficiente.

— Talvez você tenha pensado que eu era apenas um terráqueo, não totalmente um humano, e tenha hesitado um pouco.

— Não, mestre.

Isso foi dito com calma, mas Baley, com um ar sombrio, torceu os lábios. O robô podia negar com toda a sinceridade: o investigador sentia que era exatamente esse o fator envolvido.

— O que estava fazendo com o menino? — perguntou Baley.

— Eu estava carregando as flechas, mestre.

— Posso vê-las?

Ele estendeu a mão. O robô se aproximou e entregou uma dúzia delas. Baley colocou a flecha original, a que tinha atingido a árvore, cuidadosamente aos seus pés, e olhou as outras uma por uma. Ele as devolveu e pegou de novo a flecha original.

— Por que deu esta flecha em particular para o menino? — indagou ele.

— Por motivo nenhum, mestre. Ele tinha pedido uma flecha um pouco antes e esta foi a que a minha mão tocou primeiro. Ele procurou um alvo, então percebeu sua presença e perguntou quem era o humano estranho. Eu expliquei...

— Eu sei o que você explicou. Esta flecha que você entregou para ele é a única com penas cinza na ponta. As outras têm penas pretas.

O robô simplesmente observava.

—Você trouxe o menino até aqui? — perguntou Baley.

— Nós andamos a esmo, mestre.

O terráqueo olhou por meio da lacuna entre duas árvores pela qual a flecha tinha se lançado em direção ao alvo.

— Por acaso, seria esse menino, Bik, o melhor arqueiro que vocês têm aqui?

O robô afirmou com a cabeça.

— Ele é o melhor, mestre.

Klorissa ficou boquiaberta.

— Como você foi capaz de adivinhar isso?

— É uma questão de lógica — observou Baley secamente. — Agora, por favor, observe esta flecha com penas cinza e as outras. A flecha com penas cinza é a única cuja ponta parece oleosa. Vou arriscar um pouco de drama, senhorita, dizendo que o seu alerta salvou a minha vida. Esta flecha que errou o alvo está envenenada.

⑬ CONFRONTANDO UM ROBOTICISTA

— Impossível. Pelas alturas do céu, isso é absolutamente impossível! — disse Klorissa.

— Pelas alturas ou pelas profundezas ou por onde você quiser. Há algum animal nesta instalação que seja dispensável? Pegue-o, arranhe-o com a flecha e veja o que acontece.

— Mas por que alguém ia querer...

— Eu sei o porquê — redarguiu Baley bruscamente. — A questão é: quem?

— Ninguém.

Baley sentiu a tontura voltando e ficou agressivo. Ele jogou a flecha para ela e ela olhou para o local onde o objeto caiu.

— Pegue-a — gritou Baley — e, se não quiser testá-la, destrua a flecha. Deixe-a aí e você terá um acidente se as crianças a encontrarem.

Ela pegou o objeto sem demora, segurando-o com o indicador e o polegar.

Baley correu para a entrada mais próxima do edifício e Klorissa, ainda segurando a flecha com cautela, o seguiu de volta para dentro.

— Quem envenenou a flecha? — questionou o investigador, sentindo certo grau de serenidade voltar com o conforto do espaço fechado.

— Não consigo imaginar.
— Presumo que seja pouco provável que tenha sido o próprio menino. Por acaso é possível dizer quem foram os pais dele?
— Podemos verificar os arquivos — murmurou Klorissa com tristeza.
— Então vocês mantêm registros das relações?
— Precisamos manter para fazer a análise genética.
— O menino saberia quem foram os pais dele?
— Nunca — respondeu Klorissa energicamente.
— Haveria algum modo de ele descobrir?
— Ele teria de arrombar a sala de arquivos. Impossível.
— Suponha que um adulto visitasse esta propriedade e quisesse saber quem era seu filho...

Klorissa corou.

— Pouco provável.
— Mas suponha. Contariam a ele se ele perguntasse?
— Não sei. Não é exatamente ilegal saber. Com certeza não é habitual.
— *Você* contaria a ele?
— Eu tentaria não contar. Sei que o dr. Delmarre não teria contado. Ele acreditava que tal conhecimento só poderia ser usado para fazer a análise genética. Antes dele, pode ser que as coisas fossem mais fáceis... Por que você fez todas essas perguntas, afinal?
— Não vejo como o menino poderia ter um motivo próprio. Pensei que ele poderia ter sido motivado pelo dos pais.
— Tudo isso é horrível. — No estado de confusão mental em que se encontrava, Klorissa chegou mais perto do que havia chegado em qualquer momento até então. Ela até estendeu um braço na direção do investigador. — Como tudo isso pode estar acontecendo? Mataram o chefe; quase mataram você. Não temos motivos para haver violência em Solaria. Temos tudo o que poderíamos querer, então não há ambição pessoal. Não conhecemos os relacionamentos, então não há ambição envolvendo família. Todos nós temos uma boa saúde genética.

A expressão dela se desanuviou.

— Espere. Esta flecha não pode estar envenenada. Eu não deveria deixar você me convencer de que ela está.

— Por que você resolveu de repente que não?

— O robô com Bik. Ele nunca teria permitido o veneno. É inconcebível que ele pudesse ter feito algo que poderia causar dano a um ser humano. A Primeira Lei da Robótica é uma garantia disso.

— Garantia? Eu me pergunto: qual é a Primeira Lei?

Klorissa olhou sem entender.

— O que quer dizer?

— Nada. Teste a flecha e descobrirá que está envenenada. — O próprio Baley tinha pouco interesse no assunto. Ele sabia, sem sombra de dúvida, que se tratava de veneno. — Você ainda acredita que a sra. Delmarre é culpada pela morte do marido? — ele perguntou.

— Ela era a única pessoa presente.

— Entendo. E você é a única humana adulta presente nesta propriedade no momento em que acabam de atirar em mim com uma flecha envenenada.

— Eu não tive nada a ver com isso — ela protestou energicamente.

— Talvez não. E talvez a sra. Delmarre também seja inocente. Posso usar o seu aparelho de conexão holográfica?

— Sim, claro.

* * *

Baley sabia exatamente quem pretendia contatar pela conexão holográfica e não era Gladia. Então, foi uma surpresa para ele ouvir a própria voz dizendo:

— Contate Gladia Delmarre.

O robô obedeceu sem comentários, e Baley observou as manipulações feitas por ele com assombro, perguntando-se por que tinha dado aquela ordem.

Era porque a moça acabara de ser o assunto de um diálogo? Ou era porque ele tinha ficado um pouco perturbado com o modo como terminara sua última conexão? Ou ainda a simples visão da figura prática, robusta e avassaladora de Klorissa que, por fim, reforçou a necessidade de olhar para Gladia como se fosse um tipo de contrairritante?

Defensivamente, ele pensou: "Por Josafá! Às vezes um homem tem que improvisar".

Ela apareceu ali diante dele de uma vez só, sentada em uma poltrona grande, de encosto reto, que a fazia parecer menor e mais indefesa do que nunca. Seu cabelo tinha sido puxado para trás e preso em um rabo de cavalo frouxo. Ela usava brincos longos com uma pedra que parecia um diamante. Seu vestido era simples e justo na cintura.

— Estou feliz de que tenha entrado em contato, Elijah. Eu estava tentando encontrá-lo — ela começou em voz baixa.

— Bom dia, Gladia. (Tarde? Noite? Ele não sabia que horário era na propriedade dela e não conseguia distinguir que hora poderia ser pelo modo como ela estava vestida.) Por que estava tentando me encontrar?

— Para dizer-lhe que lamento ter perdido a cabeça da última vez que conversamos. O sr. Olivaw não sabia onde eu poderia encontrá-lo.

Baley quase sorriu ao imaginar momentaneamente Daneel ainda preso e observado por robôs.

— Tudo bem. Daqui a algumas horas irei vê-la — ele informou.

— Claro, se...Virá me ver?

— Em pessoa — confirmou Baley seriamente.

Ela arregalou os olhos e afundou os dedos no plástico macio dos braços da poltrona.

— Há algum motivo para isso?

— É necessário.

— Não acho...

—Você permitiria?
Ela desviou o olhar.
— É absolutamente necessário?
— É. No entanto, há uma pessoa que preciso ver primeiro. Seu marido estava interessado em robôs. Você me disse isso, e eu ouvi a mesma coisa de outras fontes, mas ele não era roboticista, era?
— Não era a formação dele, Elijah.
Ela ainda evitava o olhar de Baley.
— Mas ele trabalhava com um roboticista, não é?
— Jothan Leebig — ela confirmou, de imediato. — Ele é um grande amigo meu.
— Ele é? — perguntou Baley energicamente.
Gladia parecia perplexa.
— Eu não deveria ter dito isso?
— Por que não, se é verdade?
— Sempre tenho medo de dizer coisas que me farão parecer... Você não sabe como é quando todos têm certeza de que você fez uma coisa.
— Fique tranquila. Como você e Leebig ficaram amigos?
— Ah, eu não sei. Ele mora na propriedade ao lado, para começar. O gasto de energia para olhar é quase nulo, então podemos simplesmente ficar conectados o tempo inteiro enquanto nos movemos, quase sem problema nenhum. Saímos sempre para caminhar juntos; ou pelo menos saíamos.
— Eu não sabia que você conseguia sair para caminhar junto com alguém.
Gladia enrubesceu.
— Eu disse *olhando*. Ah, bem, eu continuo me esquecendo de que você é um terráqueo. Olhar enquanto se está em movimento significa que nós nos concentramos em nós mesmos e podemos ir a qualquer lugar que queiramos, sem perder contato. Eu caminho na minha propriedade e ele caminha na dele e nós estamos juntos. — Ela

ergueu o queixo. – Isso pode ser agradável. – Então, de repente, ela deu uma risadinha. – Pobre Jothan.
– Por que diz isso?
– Eu estava pensando em você imaginando que nós caminhávamos juntos sem estar apenas olhando. Ele morreria se pensasse que alguém pensaria isso.
– Por quê?
– Ele é terrível nesse quesito. Ele me contou que parou de ver as pessoas quando tinha 5 anos de idade. Algumas crianças são assim. Rikaine... – confusa, ela fez uma pausa, depois continuou – Rikaine, meu marido, uma vez me contou, quando eu estava falando sobre Jothan, que cada vez mais crianças seriam assim também. Ele disse que era um tipo de evolução social que favorecia a sobrevivência dos pró-conexão holográfica. Você acha que isso é verdade?
– Não sou uma autoridade no assunto – esquivou-se Baley.
– Jothan não vai nem se casar. Rikaine ficou bravo com ele, disse-lhe que ele era antissocial e que tinha genes que eram necessários para o patrimônio comum, mas Jothan simplesmente se recusou a levar isso em consideração.
– Ele tem o direito de se recusar?
– Nã-não – hesitou Gladia –, mas ele é um roboticista brilhante, sabe, e roboticistas são valiosos em Solaria. Presumo que tenham aberto uma exceção. Mas acho que Rikaine ia parar de trabalhar com Jothan. Ele me disse uma vez que Jothan é um mau solariano.
– Ele disse isso a Jothan?
– Não sei. Era seu último trabalho com Jothan.
– Mas ele achava que Jothan era um mau solariano porque ele se recusava a se casar?
– Rikaine uma vez disse que o casamento era a coisa mais difícil da vida, mas era preciso suportá-lo.
– E o que você achava?
– Sobre o quê, Elijah?
– Sobre casamento. Você achava que era a coisa mais difícil da vida?

Seu rosto foi aos poucos ficando sem expressão, como se ela estivesse cuidadosamente apagando dele as emoções.

— Eu nunca pensei nisso — ela respondeu.

—Você disse que sai para caminhar com Leebig o tempo inteiro, daí se corrigiu e colocou o verbo no passado. Você não sai mais para caminhar com ele, então? — perguntou Baley.

Gladia negou com a cabeça. Seu rosto voltou a expressar algo. Tristeza.

— Não. Parece que não. Eu o olhei uma ou duas vezes. Ele parecia sempre tão ocupado e eu não gostava de...Você sabe.

— Isso acontece desde a morte do seu marido?

— Não, acontecia mesmo algum tempo antes. Vários meses antes.

— Você acha que o dr. Delmarre mandou que ele parasse de prestar atenção em você?

Gladia pareceu perplexa.

— Por que ele faria isso? Jothan não é um robô, nem eu. Como poderíamos receber ordens e por que Rikaine as daria?

Baley não se preocupou em tentar explicar. Ele só poderia explicar nos termos da cultura da Terra e isso não tornaria as coisas mais claras para ela. E, se a explicação chegasse a esclarecer as coisas, o resultado só poderia ser repulsivo para ela.

— Só uma pergunta. Vou olhar você de novo, Gladia, quando tiver terminado com Leebig. A propósito, que horas são aí? — Ele se arrependeu de imediato por ter feito a pergunta. Robôs responderiam em equivalentes terrestres, mas Gladia poderia responder em unidades solarianas e Baley estava cansado de demonstrar ignorância.

Mas Gladia respondeu em termos puramente qualitativos.

— Estamos no meio da tarde — ela informou.

— Então é o mesmo para a propriedade de Leebig também?

— Oh, sim.

— Ótimo. Entro em contato com você assim que puder e combinaremos a minha visita.

De novo ela hesitou.

— É absolutamente necessário?
— É.
— Muito bem — ela consentiu em voz baixa.

*   *   *

Houve um pouco de demora para contatar Leebig e Baley usou esse tempo consumindo outro sanduíche, o qual lhe fora trazido em sua embalagem original. Mas ele tinha ficado mais cauteloso. Inspecionou o lacre com cuidado antes de quebrá-lo, depois examinou nos mínimos detalhes o conteúdo.

Ele aceitou o leite em uma embalagem de plástico, que não estava de todo descongelado, abriu-a com os próprios dentes e bebeu diretamente dela. Ele pensou, de modo sombrio, que existiam venenos sem cheiro, sem gosto e de ação lenta que podiam ser injetados com delicadeza por meio de agulhas hipodérmicas ou de agulhas de jato de alta pressão, depois afastou esse pensamento, que lhe pareceu infantil.

Até o momento, os assassinatos e as tentativas de assassinato tinham sido cometidos da maneira mais direta possível. Não havia nada de delicado ou sutil em um golpe contra a cabeça de alguém, em colocar em um copo veneno suficiente para matar uma dúzia de homens, ou em atirar abertamente na vítima uma flecha envenenada.

E então pensou, de modo um pouco menos sombrio, que, enquanto ficasse passando de um fuso horário a outro dessa forma, era muito pouco provável que tivesse refeições regulares ou, se isso continuasse, que tivesse períodos regulares de sono.

Um robô se aproximou dele.

— O dr. Leebig o orienta a contatá-lo amanhã. Ele está ocupado com um trabalho importante.

Baley se virou e vociferou:

— Diga àquele cara...

Ele parou. Era inútil gritar com um robô. Isto é, você podia gritar se quisesse, mas não obteria resultado mais rápido do que se sussurrasse.

– Diga ao dr. Leebig, ou ao robô dele, se isso for tudo o que você conseguiu, que estou investigando o assassinato de um colega de trabalho dele, de um bom solariano. Diga-lhe que não posso esperar que ele termine seu trabalho. Diga-lhe que, se eu não olhá-lo em cinco minutos, vou entrar em um avião e vou para a propriedade dele para *vê-lo* em menos de uma hora. Use esta palavra, ver, para que não haja nenhum engano – ele ordenou em tom de conversa.

E voltou ao seu sanduíche.

Ainda não tinham se passado cinco minutos quando Leebig, ou pelo menos um solariano que Baley presumiu que fosse Leebig, passou a fitá-lo.

Baley fitou-o também. Leebig era um homem esguio, que se mantinha rigidamente ereto. Seus olhos escuros e proeminentes tinham algo de uma intensa abstração, combinada agora com raiva. Uma de suas pálpebras era um pouco caída.

–Você é o terráqueo? – perguntou ele.

– Elijah Baley – informou Baley. – Investigador de nível C-7, responsável pela investigação sobre o assassinato do dr. Rikaine Delmarre. Qual é o seu nome?

– Sou o dr. Jothan Leebig. Por que você se deu ao direito de me incomodar no meu trabalho?

– É fácil – respondeu Baley com tranquilidade. – Esse é o meu trabalho.

– Então faça o seu trabalho em outro lugar.

– Primeiro, eu tenho algumas perguntas a fazer, doutor. Acredito que você era um colaborador próximo do dr. Delmarre, certo?

Leebig de repente cerrou um punho e avançou precipitadamente em direção a uma cornija na qual minúsculos mecanismos de relógio faziam movimentos complicados e periódicos que chamavam a atenção de um modo hipnótico.

O visor continuava focalizando Leebig de forma que sua imagem não saísse do centro da projeção conforme ele andava. Antes, a sala atrás dele parecia se mover para trás, oscilando um pouco para cima e para baixo conforme ele andava.

— Se você é o estrangeiro que Gruer ameaçou trazer... — murmurou Leebig.

— Sou eu mesmo.

— Então você está aqui apesar de eu ter desaconselhado a sua vinda. Chega de olhar.

— Ainda não. Não interrompa o contato.

Baley ergueu a voz de forma brusca, e o dedo também. Ele o apontou diretamente ao roboticista, que se afastou visivelmente dele, com os lábios grossos formando uma expressão de nojo.

— Eu não estava blefando quanto à possibilidade de vê-lo, você sabe, não é? — ameaçou Baley.

— Sem vulgaridades terráqueas, por favor.

— Esta é uma simples constatação dos fatos. Irei vê-lo, se eu não conseguir fazê-lo ouvir de nenhuma outra maneira. Vou agarrá-lo pelo colarinho e obrigá-lo a ouvir.

Leebig fitou-o.

—Você é um animal imundo.

— Como queira, mas vou fazer o que disse.

— Se você tentar invadir a minha propriedade, eu vou... eu vou...

Baley ergueu as sobrancelhas.

—Vai me matar? Você sempre faz esse tipo de ameaças?

— Não fiz nenhuma ameaça.

— Então, fale agora. No tempo que você desperdiçou, muitas coisas poderiam ter sido feitas. Você era colaborador próximo do dr. Delmarre. Certo?

O roboticista abaixou a cabeça. Aos poucos seus ombros começaram a se mover com o vaivém de uma respiração lenta e tranquila. Quando ele levantou os olhos, estava senhor de si. Conseguiu até dar um sorriso breve e seco.

— Era.

— Fiquei sabendo que Delmarre estava interessado em novos tipos de robô.
— Ele estava.
— De que tipo?
— Você é roboticista?
— Não. Explique para um leigo.
— Duvido que eu consiga.
— Tente! Por exemplo, eu acho que ele queria robôs que fossem capazes de castigar as crianças. O que isso envolveria?

Leebig ergueu as sobrancelhas por um breve instante e disse:
— Para colocar as coisas de uma maneira bastante simples, pulando todos os detalhes sutis, significa um fortalecimento do C-integral que controla a reação de via dupla Sikorovich no nível W-65.
— O senhor está sendo prolixo.
— É a verdade.
— Para mim, é só enrolação. De que outra forma você pode explicar?
— Significa certo enfraquecimento da Primeira Lei.
— Por que isso? Uma criança é castigada para o seu próprio bem no futuro. Não é essa a teoria?
— Ah, o próprio bem no futuro! — Os olhos de Leebig brilharam com fervor e ele pareceu estar menos consciente de seu interlocutor e, consequentemente, mais expansivo. — Um conceito simples, você deve pensar. Quantos seres humanos estão dispostos a aceitar uma pequena inconveniência em prol do bem no futuro? Quanto tempo leva para ensinar a uma criança que o que é bom ao paladar hoje significa uma dor de estômago mais tarde, e que o que tem sabor ruim hoje vai resolver a dor de estômago mais tarde? E, no entanto, você quer que um robô entenda? A dor causada por um robô a uma criança ocasiona um poderoso potencial disruptivo no cérebro positrônico. Neutralizar isso com um antipotencial acionado pela percepção de um bem futuro requer vias e atalhos suficientes para

aumentar a massa do cérebro positrônico em 50%, a não ser que outros circuitos sejam sacrificados.

— Então você não conseguiu construir um desses robôs?

— Não, nem é provável que eu consiga. Nem ninguém.

— O dr. Delmarre estava testando um robô de tal modelo experimental na época em que morreu?

— Não um robô de *tal* modelo. Nós estávamos interessados em outras coisas mais práticas também.

— Dr. Leebig, vou ter de aprender um pouco mais sobre robótica e vou pedir que você me ensine — pediu Baley com tranquilidade.

Leebig sacudiu a cabeça com violência, e a pálpebra que era um pouco caída caiu mais, em uma macabra imitação de uma piscada.

— Deveria ser óbvio que um curso sobre robótica demora mais do que um momento. Eu não tenho tempo.

— Apesar disso, você deve me ensinar. O cheiro de robôs é a única coisa que permeia tudo em Solaria. Se é de tempo que precisamos, então mais do que nunca eu devo vê-lo. Sou terráqueo e não consigo trabalhar nem pensar de forma confortável só olhando.

Baley não teria pensado que era possível que Leebig pudesse tornar ainda mais rígida a sua postura, mas ele o fez.

— Suas fobias de terráqueo não me dizem respeito. Ver seria impossível — afirmou Leebig.

— Acho que vai mudar de ideia quando eu lhe disser sobre o que em especial eu quero consultá-lo.

— Não vai fazer diferença. Nada poderia fazer diferença.

— Não? Então escute isto. Em minha opinião, ao longo da história do robô positrônico, a Primeira Lei da Robótica tem sido deliberadamente citada de forma errônea.

Leebig fez um movimento espasmódico.

— Citada de forma errônea? Tolo! Louco! Por quê?

— Para ocultar o fato de que os robôs podem cometer assassinatos — acusou Baley com perfeita compostura.

(14) REVELAÇÃO DE UM MOTIVO

Leebig abriu a boca aos poucos. Em princípio, Baley pensou que ele estivesse mostrando os dentes e então, consideravelmente surpreso, concluiu que era a tentativa de sorrir mais mal sucedida que ele já tinha visto.

– Não diga isso. Nunca diga isso – murmurou Leebig.

– Por que não?

– Porque qualquer coisa, por menor que seja, que incentive a desconfiança com relação aos robôs pode ser prejudicial. Desconfiar dos robôs é uma doença *humana*!

Era como se ele estivesse passando um sermão em uma criancinha. Era como se estivesse dizendo de modo gentil algo que queria gritar. Era como se estivesse tentando persuadir, quando o que ele queria impor, na verdade, era a pena de morte.

– Você conhece a história da robótica? – perguntou Leebig.

– Um pouco.

– Na Terra, você deveria saber. Sim. Você sabe que, quando começaram a fazer robôs, havia um complexo de Frankenstein contra eles? Suspeitavam deles. Os homens desconfiavam e tinham medo dos robôs. Como consequência, a robótica era quase uma ciência secreta. As Três Leis foram incorporadas aos robôs pela primeira vez como um esforço para superar a desconfiança, e ainda assim a Terra

nunca permitiria que se desenvolvesse uma sociedade robótica. Um dos motivos pelos quais os primeiros pioneiros deixaram a Terra para colonizar o resto da Galáxia era para que pudessem estabelecer sociedades nas quais seria permitida a existência dos robôs para libertar os homens da pobreza. Mesmo então, restava uma suspeita latente não muito distante, pronta para ressurgir ao menor pretexto.
—Você já teve de fazer frente à desconfiança quanto aos robôs?
— perguntou Baley.
— Muitas vezes — respondeu Leebig em tom grave.
— É por isso que você e outros roboticistas estão dispostos a distorcer os fatos um pouquinho a fim de evitar as suspeitas tanto quanto possível?
— Não há nenhuma distorção!
— Por exemplo, não é verdade que as Três Leis são citadas de forma errônea?
— *Não!*
— Posso demonstrar que são e, a não ser que você me convença do contrário, vou fazê-lo diante de toda a Galáxia, se eu puder.
—Você é louco. Qualquer argumento que você pensa que tem é falacioso, eu garanto.
—Vamos discutir isso?
— Se não demorar muito tempo.
— Cara a cara? Vamos nos ver?
O rosto fino de Leebig se contorceu.
— *Não!*
— Adeus, dr. Leebig. Outros me ouvirão.
— Espere. Pela Galáxia, homem, espere!
—Vamos nos ver?

O roboticista levantou as mãos de um modo vago, pairando na altura do queixo. Lentamente, um polegar deslizou pela boca e ficou ali. Sem expressão, ele olhou para Baley.

Baley pensou: ele está regredindo para aquele estágio anterior aos 5 anos de idade, de forma que seja válido me ver?

—Ver? – ele perguntou.

Mas Leebig balançou a cabeça lentamente.

– Não posso. Não posso – gemeu ele, com suas palavras quase sufocadas pelo polegar. – Faça o que quiser.

Baley fitou o outro e o viu se virar para a parede. Ele viu as costas eretas do solariano se curvarem e o rosto do solariano se esconder entre as mãos trêmulas.

– Muito bem, então, eu concordo em olhar – cedeu Baley.

– Com licença, só um instante. Volto já – disse Leebig, ainda virado para a parede.

* * *

Baley cuidou de suas próprias necessidades durante o intervalo e olhou para o próprio rosto, que acabara de lavar, no espelho do banheiro. Estava começando a se familiarizar com Solaria e os solarianos? Não sabia ao certo.

Ele suspirou, apertou um botão de contato e um robô apareceu. Ele não se virou para olhar para o robô.

– Há algum outro equipamento de conexão holográfica nesta instalação, além deste que estou usando? – perguntou ele.

– Há outros três pontos, mestre.

– Então diga a Klorissa Cantoro... diga à sua mestra que vou usar este até nova ordem, e que não devo ser incomodado.

– Sim, mestre.

Baley voltou à sua posição, onde o equipamento de conexão holográfica continuava focando a fresta vazia da sala onde Leebig tinha estado. Ela ainda estava vazia e ele decidiu esperar.

A espera não foi longa. Leebig entrou e mais uma vez a sala sacolejou conforme o homem andava. Evidentemente, o foco passou do centro da sala para uma visão central do homem sem demora. Baley se lembrou da complexidade dos controles da conexão holográfica e começou a sentir certa admiração pelo que ela envolvia.

Aparentemente, Leebig estava bastante senhor de si agora. Seu cabelo estava penteado para trás e ele tinha trocado de roupa. Vestia roupas soltas, feitas de um material que brilhava, mostrando por vezes algum realce. Ele se sentou em uma cadeira embutida na parede.

— Agora, que ideia é essa referente à Primeira Lei? — perguntou ele de forma ponderada.

— Alguém pode nos entreouvir?

— Não. Eu tomei cuidado.

Baley aquiesceu.

— Deixe-me citar a Primeira Lei.

— Eu não preciso que você a cite.

— Eu sei, mas, de todo modo, deixe-me citá-la: "Um robô não pode ferir um ser humano ou, por inação, permitir que um ser humano venha a ser ferido".

— E daí?

— Quando cheguei a Solaria, fui levado à propriedade designada para o meu uso em um veículo terrestre. O veículo terrestre era todo recoberto, projetado para me proteger da exposição ao espaço aberto. Como terráqueo...

— Eu sei disso — interrompeu Leebig, impaciente. — O que isso tem a ver com a questão?

— Os robôs que dirigiam o carro *não* sabiam disso. Eu pedi que abrissem o carro e me obedeceram de imediato. A Segunda Lei. Eles tinham de seguir as ordens. Eu senti um desconforto, é claro, e quase desmaiei antes que o carro fosse fechado de novo. Os robôs não me fizeram mal?

— Seguiram suas ordens — redarguiu Leebig.

— Vou citar a Segunda Lei: "Um robô deve obedecer às ordens dadas por seres humanos, exceto nos casos em que tais ordens entrem em conflito com a Primeira Lei". Então, veja, minhas ordens deveriam ter sido ignoradas.

— Isso é um absurdo. O robô não tinha o conhecimento...

Baley se inclinou para a frente.

— Ah! Aí está. Agora vamos citar a Primeira Lei do modo como deveria ser enunciada: Um robô não pode, *tanto quanto seja do seu conhecimento*, ferir um ser humano ou, por inação, permitir *conscientemente* que um ser humano venha a ser ferido.
— Isso está subentendido.
— Acho que não pelos homens comuns. Do contrário, homens comuns teriam percebido que os robôs podem cometer assassinato.
Leebig ficou branco.
— Loucura! Insanidade!
Baley olhou para as pontas dos dedos.
— Um robô pode realizar uma tarefa inocente, eu presumo, que não tenha efeito nocivo sobre um ser humano?
— Se receber ordens para fazê-lo — respondeu Leebig.
— Sim, é claro. Se receber ordens. E um segundo robô poderia realizar uma tarefa inocente também, eu presumo, que tampouco poderia ter um efeito nocivo sobre um ser humano? Se recebesse ordens?
— Sim.
— E se as duas tarefas inocentes, cada uma delas completamente inocente, chegassem a se tornar um assassinato quando somadas?
— O quê?
Leebig contorceu o rosto, fazendo cara feia.
— Quero a opinião de um especialista — continuou Baley. — Vou lhe apresentar um caso hipotético. Imagine que um homem diga a um robô: "Coloque uma pequena quantidade deste líquido em um copo de leite que você encontrará em um lugar assim e assim. O líquido é inofensivo. Só quero saber qual é seu efeito no leite. Quando eu souber qual é o efeito, a mistura será descartada. Quando você tiver realizado essa tarefa, esqueça que a realizou".
Leebig, ainda com cara feia, não disse nada.
— Se eu tivesse mandado o robô adicionar o líquido misterioso ao leite e então oferecê-lo a um homem, a Primeira Lei o teria forçado a perguntar: "De que natureza é o líquido? Pode causar danos

a um homem?". E se lhe assegurassem que o líquido é inofensivo, a Primeira Lei ainda poderia fazê-lo hesitar e se recusar a oferecer o leite. A menos que lhe digam que o leite será descartado. A Primeira Lei não está envolvida. O robô não vai fazer o que lhe mandaram? Leebig o fitava.

— Agora, continuando, um segundo robô coloca o leite em um copo sem saber que ele havia sido adulterado. Com toda a inocência, ele oferece leite a um homem e o homem morre — acrescentou Baley.

— Não! — gritou Leebig.

— Por que não? Ambas as ações em si são inocentes. Só que juntas elas se tornam um assassinato. Você nega que esse tipo de coisa pode acontecer?

— O assassino seria o homem que deu a ordem — gritou Leebig.

— Se você quiser filosofar sobre o assunto, sim. No entanto, os robôs teriam sido os assassinos imediatos, os instrumentos do assassinato.

— Nenhum homem daria essas ordens.

— Um homem daria. Um homem deu. Foi exatamente dessa maneira que a tentativa de assassinato contra o dr. Gruer deve ter sido executada. Suponho que tenha ouvido falar sobre isso.

— Em Solaria — Leebig retrucou — sabe-se de tudo.

— Então sabe que Gruer foi envenenado em sua mesa de jantar diante dos meus olhos e dos do meu parceiro, Daneel Olivaw, de Aurora. Você pode me sugerir alguma outra forma pela qual o veneno poderia ter chegado até ele? Não havia nenhum outro humano na propriedade. Como solariano, esse é um ponto que você deve prezar.

— Não sou detetive. Não tenho teorias.

— Eu lhe apresentei uma. Quero saber se ela é possível. Quero saber se dois robôs não poderiam executar duas ações separadas, cada uma delas inocente em si, resultando juntas em assassinato. Você é o especialista, dr. Leebig. *Isso é possível?*

E Leebig, assombrado e perturbado, disse "sim" em uma voz tão baixa que Baley mal o ouviu.

— Tudo bem, então. Tudo isso por conta da Primeira Lei.
Leebig olhou para Baley e sua pálpebra caída piscou uma ou duas vezes em um lento cacoete. Suas mãos, que estavam entrelaçadas, separaram-se, embora os dedos mantivessem seu formato curvado, como se cada mão ainda estivesse entrelaçada com outra mão fantasma no ar. As palmas se viraram para baixo e pousaram nos joelhos e só então os dedos relaxaram.

Baley observava tudo isso de maneira distraída.

— Teoricamente, sim. Teoricamente! Mas não descarte a Primeira Lei com tanta facilidade, terráqueo. As ordens teriam de ser dadas aos robôs de modo muito sagaz para contorná-la — argumentou Leebig.

— Concordo — anuiu Baley. — Sou apenas um terráqueo. Não sei quase nada sobre robôs e o meu fraseado para expressar as ordens foi apenas um exemplo. Um solariano seria muito mais sutil e se sairia muito melhor. Tenho certeza disso.

Talvez Leebig não estivesse ouvindo.

— Se um robô puder ser manipulado de modo a fazer mal a um ser humano — disse ele em voz alta —, isso só quer dizer que devemos ampliar os poderes do cérebro positrônico. Alguém *poderia* dizer que precisamos tornar os humanos melhores. Isso é impossível, então tornaremos o robô mais seguro. Nós progredimos sem parar. Nossos robôs são mais variados, mais especializados, mais capazes e menos danosos do que aqueles produzidos um século atrás. Daqui a um século, teremos avanços ainda maiores. Por que fazer com que um robô manipule os controles quando um cérebro positrônico pode ser incorporado aos próprios controles? Isso é especialização, mas podemos generalizar também. Por que não um robô com membros substituíveis e intercambiáveis? Hein? Por que não? Se nós...

Baley o interrompeu.

— Você é o único roboticista em Solaria?

— Não seja tolo.

— Eu estava só pensando. O dr. Delmarre era o único... ahn... engenheiro fetal, a não ser por uma assistente.

— Solaria tem mais de vinte roboticistas.
— Você é o melhor?
— Sou – afirmou Leebig sem nenhum constrangimento.
— Delmarre trabalhava com você.
— Trabalhava.
— Fiquei sabendo que ele pretendia desfazer a parceria quando o trabalho estivesse chegando ao final — disse Baley.
— Não havia nenhum sinal disso. De onde você tirou essa ideia?
— Fiquei sabendo que ele não aprovava seu celibato.
— Talvez não aprovasse. Ele era um solariano meticuloso. Entretanto, isso não afetava nossas relações profissionais.
— Mudando de assunto. Além de desenvolver novos modelos de robô, você também fabrica e conserta os modelos já existentes?
— A fabricação e o conserto são conduzidos em grande parte por robôs. Há uma grande instalação de fabricação e conserto em minha propriedade — informou Leebig.
— A propósito, o conserto dos robôs exige muito?
— Pouquíssimo.
— Isso quer dizer que o conserto de robôs é uma ciência subdesenvolvida?
— De modo algum.
Leebig disse isso de forma inflexível.
— E o robô que estava na cena do assassinato do dr. Delmarre?
Leebig desviou o olhar e franziu a testa como se estivesse impedindo a entrada de um pensamento doloroso em sua mente.
— Sofreu perda total.
— Perda total mesmo? Ele poderia responder a algumas perguntas?
— Nenhuma. Ele ficou absolutamente inutilizado. Todo o seu cérebro positrônico sofreu um curto-circuito. Nenhuma via ficou intacta. Pense bem! Ele tinha testemunhado um assassinato que não pôde deter...
— A propósito, por que ele não pôde deter o assassinato?

— Quem pode saber? O dr. Delmarre estava fazendo experimentos com aquele robô. Não sei em que condições mentais ele o tinha deixado. Ele poderia ter ordenado ao robô, por exemplo, que suspendesse todas as operações enquanto ele verificava um elemento do circuito em particular. Se alguém que não levantasse suspeitas nem do dr. Delmarre nem do robô quanto a causar danos fosse iniciar um ataque homicida, poderia haver um intervalo perceptível antes que o robô pudesse usar o potencial da Primeira Lei para superar a ordem do dr. Delmarre para ficar paralisado. A duração do intervalo dependeria da natureza do ataque e da natureza da ordem do dr. Delmarre. Eu poderia inventar uma dezena de maneiras para explicar por que o robô não pôde evitar o assassinato. No entanto, não conseguir evitar foi uma violação da Primeira Lei e isso foi o bastante para acabar com todas as vias positrônicas na mente do robô.

— Mas se o robô não foi fisicamente capaz de evitar o assassinato, ele tem alguma responsabilidade? A Primeira Lei pede que se faça o impossível?

Leebig deu de ombros.

— Apesar de suas tentativas de fazer pouco caso da Primeira Lei, ela protege a humanidade com cada parcela possível de força. Ela não permite desculpas. Se a Primeira Lei for infringida, o robô é destruído.

— Essa regra é universal?

— Tão universal quanto os robôs.

— Então eu aprendi alguma coisa — murmurou Baley.

— Então aprenda algo mais. Sua teoria de assassinato por meio de uma série de ações executadas por robôs, cada uma delas inocente em si, não o ajudará no caso da morte do dr. Delmarre.

— Por que não?

— A morte não foi por envenenamento, mas por golpe violento. Algo tinha de segurar o objeto para golpear, e tinha de ser o braço de um humano. Nenhum robô poderia segurar um porrete e arrebentar a cabeça de alguém.

— Imagine — sugeriu Baley — que um robô fosse apertar um botão inocente que deixasse um peso cair na cabeça de Delmarre.

Leebig sorriu com azedume.

— Terráqueo, eu olhei a cena do crime. Fiquei sabendo de todas as notícias. Esse assassinato foi um acontecimento e tanto aqui em Solaria, sabe? Então eu sei que não havia sinal de nenhum maquinário na cena do crime, nem de nenhum peso que tivesse caído.

— Nem de nenhum objeto sem ponta — observou Baley.

— Você é um detetive. Encontre-o.

— Considerando que um robô não foi responsável pela morte do dr. Delmarre, quem foi então?

— Todos sabem quem foi — gritou Leebig. — A mulher dele! Gladia!

Baley pensou: pelo menos há uma unanimidade de opinião.

— E quem foi o cérebro por trás dos robôs que envenenaram Gruer?

— Suponho... — Leebig foi diminuindo o tom de voz.

— Você não acha que há dois assassinos, acha? Se Gladia é responsável por um crime, deve ser responsável pela segunda tentativa também.

— Sim. Você deve estar certo. — Sua voz demonstrava mais convicção. — Sem dúvida.

— Sem dúvida?

— Ninguém mais poderia chegar perto o suficiente do dr. Delmarre para matá-lo. Ele não permitia a presença pessoal, como eu não permito, a não ser pelo fato de que ele abrisse uma exceção para a mulher dele, enquanto eu não abro exceções.

O roboticista deu uma risada rude.

— Acredito que você a conhecia — acusou Baley bruscamente.

— Quem?

— Ela. Estamos discutindo apenas uma mulher. Gladia!

— Quem lhe disse que eu a conhecia melhor do que conheço outras pessoas? — indagou Leebig. Ele pôs a mão no pescoço. Fez um movimento sutil com os dedos e abriu 2,5 centímetros da gola, o que lhe deu mais liberdade para respirar.

— A própria Gladia me disse. Vocês dois saíam para caminhar.

— E daí? Somos vizinhos. Isso é comum. Ela parecia uma pessoa agradável.

— Então você a aprovava?

Leebig encolheu os ombros.

— Conversar com ela era relaxante.

— Sobre o que conversavam?

— Robótica.

Havia um tom de surpresa na palavra, como se houvesse espanto de que pudessem fazer aquela pergunta.

— E ela falava sobre robótica também?

— Ela não sabia nada sobre robótica. Ignorante! Mas ela ouvia. Ela faz alguma coisa de campo de força com o qual ela brinca; ela o chama de pintura de campo de força. Eu não tenho paciência com isso, mas eu ouvia.

— E isso sem presença pessoal?

Leebig pareceu indignado e não respondeu.

Baley tentou de novo:

—Você sentia atração por ela?

— O quê?

—Você a achava atraente? Fisicamente?

Até mesmo a pálpebra caída de Leebig se ergueu e seus lábios tremeram.

— Seu animal imundo — murmurou ele.

— Deixe-me colocar a questão da seguinte forma, então. Quando você parou de achar Gladia atraente? Você mesmo usou essa palavra, se bem se lembra.

— O que quer dizer?

—Você disse que a achava agradável. Agora acredita que ela matou o marido. Esta não é uma característica de uma pessoa agradável.

— Eu estava errado sobre ela.

— Mas você concluiu que estava errado sobre ela antes que ela matasse o marido, se é que ela fez isso. Você parou de fazer caminhadas com ela algum tempo antes do assassinato. Por quê?

— Isso é importante? — perguntou Leebig.

— Tudo é importante até que provem o contrário.

— Olhe, se você quer que eu dê informações como roboticista, pergunte. Não vou responder perguntas pessoais.

— Você tinha uma relação próxima tanto com o homem assassinado quanto com a principal suspeita — lembrou Baley. — Não vê que as perguntas pessoais são inevitáveis? Por que parou de caminhar com Gladia?

— Chegou um momento em que fiquei sem ter o que dizer, em que estive muito ocupado, em que não tinha motivos para continuar as caminhadas.

— Em outras palavras, um momento em que você não achava mais que ela era agradável.

— Tudo bem. Use esses termos.

— Por que ela não era mais agradável?

— Não tenho um motivo — gritou Leebig.

Baley ignorou a perturbação do outro.

— Ainda assim, você é uma pessoa que conhece bem Gladia. Qual poderia ter sido o motivo que a levou a matar?

— O motivo?

— Ninguém sugeriu qual foi o motivo para ela cometer o assassinato. Com certeza, Gladia não cometeria um assassinato sem um motivo.

— Pela Galáxia! — Leebig inclinou a cabeça para trás como se fosse rir, mas não riu. — Ninguém lhe contou? Bem, talvez ninguém soubesse. Mas eu sabia. Ela me dizia. Ela me dizia com frequência.

— Dizia o quê, dr. Leebig?

— Bem, que ela discutia com o marido. Eram discussões graves e frequentes. Ela o odiava, terráqueo. Ninguém lhe contou isso? *Ela não lhe contou?*

15 UM RETRATO GANHA CORES

A novidade foi um choque para Baley, mas ele tentou não demonstrá-lo. Presumivelmente, vivendo como viviam, os solarianos consideravam a vida particular uns dos outros como sendo sacrossanta. Perguntas sobre casamento e filhos não eram de bom tom. Então, ele supôs que existiriam discussões crônicas entre marido e mulher e que essa seria uma questão sobre a qual a curiosidade seria igualmente proibida.

Mas isso era válido mesmo quando um assassinato havia sido cometido? Ninguém cometeria o crime social de perguntar à suspeita se ela discutia com o marido? Ou de mencionar o fato se soubesse disso?

Bem, Leebig mencionara.

— Sobre o que discutiam? — perguntou Baley.

— Acho que seria melhor você perguntar a ela.

Ele deveria ter perguntado, pensou Balcy. Ele se levantou, constrangido.

— Obrigado, dr. Leebig, por sua colaboração. Pode ser que eu precise da sua ajuda de novo mais tarde. Espero que continue à disposição.

— Chega de olhar — disse Leebig, e ele e sua parte da sala desapareceram abruptamente.

* * *

    Pela primeira vez, Baley percebeu que não estava se importando de viajar de avião pelo espaço aberto. Não estava se importando nem um pouco. Ele quase se sentia à vontade.

    Ele não estava nem pensando na Terra e em Jessie. Estava longe da Terra fazia apenas algumas semanas, mas poderia muito bem ter sido anos. Ele estava em Solaria fazia quase três dias inteiros e já parecia uma eternidade.

    Com que rapidez um homem poderia se adaptar a um pesadelo?

    Ou será que era Gladia? Em breve, ele ia vê-la pessoalmente, e não por conexão holográfica. Era isso que estava lhe dando confiança e esse sentimento estranho, mescla de apreensão e expectativa?

    Como ela lidaria com isso?, ele se perguntava. Ou ela fugiria após alguns minutos de presença pessoal, suplicando para sair da sala como Quemot havia feito?

    Ela estava do outro lado de uma sala comprida quando ele entrou. Ela quase poderia ser uma representação impressionista de si mesma, de tão reduzida aos seus aspectos essenciais.

    Seus lábios tinham um leve tom de vermelho, suas sobrancelhas levemente acentuadas por um lápis, os lóbulos de suas orelhas com um leve tom de azul e, a não ser por esses detalhes, seu rosto permanecia intocado. Ela parecia pálida, um pouco assustada, e muito jovem.

    Seu cabelo, de uma tonalidade de castanho quase loiro, estava penteado para trás, e seus olhos azuis-acinzentados pareciam um tanto tímidos. Seu vestido era de um azul tão escuro que era quase preto, com uma borda branca ondeada descendo de cada lado. O vestido tinha mangas longas e ela usava luvas brancas e sapatos de salto baixo. Nenhum centímetro de pele estava descoberto, exceto pelo rosto. Até seu pescoço estava coberto por uma espécie de pregueado discreto.

    Baley parou onde estava.

— Assim está perto o suficiente, Gladia?

A respiração dela era rápida e curta.

— Eu tinha me esquecido do que esperar, na verdade. É igualzinho a olhar, não é?

— Quero dizer, se você esquecer que está vendo.

— É bastante normal para mim — murmurou Baley.

— Sim, na Terra. — Ela fechou os olhos. — Às vezes, eu tento imaginá-la. Apenas multidões de pessoas em toda parte. Você desce por uma rua e há outros andando com você e outros ainda andando em direção oposta. Dezenas...

— Centenas — interrompeu Baley. — Você já viu cenas da Terra em um livro-filme? Ou viu um romance ambientado na Terra?

— Não temos muitos desses livro-filmes, mas eu vi romances ambientados nos outros Mundos Siderais onde as pessoas se veem o tempo todo. É diferente em um romance. Parece somente uma múltipla conexão holográfica.

— As pessoas alguma vez se beijam em romances?

Ela ficou extremamente vermelha.

— Eu não leio esse tipo de romance.

— Nunca?

— Bem... sempre há alguns filmes obscenos por aí, sabe, e às vezes, só por curiosidade... É repugnante, de verdade.

— É?

— Mas a Terra é tão diferente — ela prosseguiu com um entusiasmo repentino. — Há tantas pessoas. Quando você caminha, Elijah, presumo que até t-toque as pessoas. Quero dizer, acidentalmente.

Baley deu um meio sorriso.

— É possível até derrubá-las acidentalmente.

Ele pensou nas multidões das Vias Expressas puxando e empurrando, pulando de uma faixa a outra e, por um instante, sentiu inevitavelmente uma pontada de saudade.

— Você não precisa ficar tão longe — disse Gladia.

— Tudo bem se eu chegar mais perto?

— Acho que sim. Eu direi quando preferir que não se aproxime mais.

Baley foi se aproximando de forma gradual enquanto Gladia o observava de olhos arregalados.

— Você gostaria de ver algumas das minhas pinturas em campo de força? – perguntou ela de repente.

Baley estava a pouco menos de 2 metros de distância. Ele parou e olhou para ela. Ela parecia pequena e frágil. Ele tentou imaginá-la segurando algo na mão (o quê?), golpeando com fúria a cabeça do marido. Ele tentou imaginá-la louca de raiva, com impulsos homicidas de tanto ódio e raiva.

Ele tinha de admitir que era possível ser feito. Mesmo uma mulher de pouco mais de 45 quilos poderia arrebentar a cabeça de alguém se tivesse a arma apropriada e estivesse furiosa o bastante.

E Baley havia conhecido assassinas (na Terra, é claro) que, quando estavam tranquilas, pareciam anjos.

— O que são pinturas em campo de força, Gladia? – perguntou ele.

— Uma forma de arte – respondeu ela.

Baley lembrou que Leebig havia se referido à arte de Gladia. Ele aquiesceu.

— Gostaria de ver algumas.

— Siga-me.

Baley manteve uma cuidadosa distância de quase 2 metros entre eles. Mesmo assim, era menos de um terço da distância que Klorissa exigira.

* * *

Eles entraram em uma sala banhada de luz. Brilhava em cada canto e com todas as cores.

Gladia parecia satisfeita e senhora de si. Ela levantou os olhos na direção de Baley, com um olhar de expectativa.

A reação de Baley deve ter sido o que ela esperava, embora ele não tivesse dito nada. Ele se virou lentamente, tentando distinguir o que estava vendo, pois era apenas luz, não havia nenhum objeto material.

As manchas de luz estavam em pedestais. Eram geometria viva, linhas e curvas de cores, entrelaçadas em um todo que se fundia e, ainda assim, mantinha identidades distintas. Não havia dois exemplares que fossem ao menos remotamente parecidos.

Baley procurou palavras apropriadas e questionou:
— Isso devia significar alguma coisa?

Gladia riu naquele seu agradável tom de contralto.
— Significa o que você quiser que signifique. São apenas figuras de luz que podem deixá-lo irritado, ou feliz, ou curioso, ou o que quer que *eu* estivesse sentindo quando as construí. Eu poderia fazer uma para você, uma espécie de retrato. Mas pode ser que não fique muito bom, porque eu estaria só fazendo um rápido improviso.

—Você faria? Isso me interessaria muito.

— Muito bem — disse ela, e deu uma corridinha até uma figura de luz em um canto, passando a centímetros de distância dele enquanto dizia isso. Ela pareceu não notar.

Ela tocou em algo no pedestal e a gloriosa figura de luz em cima dele desapareceu sem piscar.

— Não faça isso — disse Baley, arquejando.

—Tudo bem. De qualquer forma, eu estava cansada dela. Só vou fazer as outras desvanecerem temporariamente para que não me distraiam. — Ela abriu um painel em uma parede vazia e moveu um reostato. As cores se desvaneceram até quase deixarem de ser visíveis.

—Você não pede a um robô para fazer isso? Fechar os contatos elétricos? — perguntou Baley.

— Silêncio agora — ela resmungou, impaciente. — Não tenho robôs aqui. Isso é o que eu *sou*. — Ela olhou para ele, franzindo as sobrancelhas.

— Eu não o conheço bem o suficiente. Esse é o problema.

Ela não estava olhando para o pedestal, mas seus dedos estavam apoiados de leve em sua lisa superfície superior. Os dez dedos estavam curvados, tensos, esperando.

Um dedo se moveu, fazendo uma meia curva sobre a superfície lisa. Uma barra de luz de um amarelo-vivo apareceu e se inclinou em um ângulo oblíquo pelo ar, acima do pedestal. O dedo se afastou um pouco para trás e a tonalidade da luz ficou ligeiramente mais clara. Ela olhou para a luz por um instante.

— Acho que é isso. Um tipo de força sem peso.

— Por Josafá — exclamou Baley.

— Você ficou ofendido? — Ela levantou os dedos e a barra oblíqua de luz amarela ficou solitária e imóvel.

— Não, absolutamente. Mas o que é isso? Como você faz isso?

— É difícil explicar — murmurou Gladia, olhando de modo pensativo para o pedestal —, considerando que, na verdade, nem eu mesma entendo. Disseram-me que é um tipo de ilusão de óptica. Nós formamos campos de força em diferentes níveis de energia. São extrusões do hiperespaço, na verdade, e não têm as propriedades do espaço comum. Dependendo do nível de energia, o olho humano vê a luz em diferentes tonalidades. As formas e as cores são controladas pela temperatura dos meus dedos contra os pontos adequados do pedestal. Existe todo tipo de controle dentro de cada pedestal.

— Quer dizer que se eu pusesse meu dedo ali... — Baley avançou, e Gladia abriu caminho para ele. Hesitante, colocou um polegar no pedestal e sentiu uma leve pulsação.

— Continue. Mova o dedo, Elijah — permitiu Gladia.

Baley fez isso e uma ponta de luz cinza-escura se ergueu, distorcendo a luz amarela. Baley tirou o dedo de lá de forma brusca e Gladia riu e então se arrependeu instantaneamente.

— Eu não deveria ter dado risada — disse ela. — É realmente muito difícil de fazer, mesmo para pessoas que tentaram por bastante tempo.

A mão dela se movia com leveza e rápido demais para Baley seguir seus movimentos, e a monstruosidade que ele tinha formado desapareceu, deixando a luz amarela sozinha de novo.

— Como aprendeu a fazer isso? — perguntou Baley.

— Eu fui tentando. É uma nova forma de arte, sabe, que apenas uma ou duas pessoas conhecem...

— E você é a melhor — Baley completou, em tom grave. — Em Solaria, todos são o único em alguma coisa, ou o melhor, ou os dois.

— Não precisa zombar. Alguns dos meus pedestais já estiveram em exposições. Eu já fiz apresentações.

Ela ergueu o queixo. Seu orgulho era evidente.

— Deixe-me continuar com o seu retrato — acrescentou ela.

Seus dedos se moveram outra vez.

Havia algumas curvas na figura de luz que surgiam com o seu auxílio. A figura era toda composta de ângulos agudos. E a cor dominante era o azul.

— Isso é a Terra, de certo modo — observou Gladia, mordendo o lábio inferior. — Sempre penso na Terra como algo azul. Todas aquelas pessoas vendo, vendo, vendo. Olhar é um tom mais rosa. O que lhe parece?

— Por Josafá, não consigo imaginar as coisas como cores.

— Não consegue? — ela questionou de maneira distraída. — Bem, você diz "por Josafá" às vezes, e isso é apenas uma mancha de violeta. Uma mancha nítida, porque costuma ser pronunciada em um tom agudo, assim. — E a pequena mancha estava lá, brilhando perto do centro.

— E aí — ela continuou — eu posso terminar assim. — E surgiu um cubo vazio e sem brilho, em um tom de cinza-ardósia, para cercar tudo. A luz de lá de dentro brilhava através dele, mas mais fraca; aprisionada, de certa forma.

Baley sentiu uma tristeza na figura, como se fosse algo cercando-o, afastando-o de algo que ele queria.

— O que é isso que você fez por último? — perguntou ele.

— Bem, são as paredes ao seu redor. É a sua característica mais marcante, o fato de não conseguir ir lá fora, o fato de ter de ficar aqui dentro. Você *está* lá dentro. Não vê? — disse ela.

Baley via e de algum modo desaprovava.

— Essas paredes não são permanentes. Eu estive lá fora hoje — ele argumentou.

—Você esteve? Não se importou?

Ele não pôde resistir à chance de contra-atacar.

— Tanto quanto você se importa de me ver. Você não gosta disso, mas pode tolerar.

Ela olhou para ele de forma pensativa.

— Quer ir lá fora agora? Comigo? Para caminhar?

Baley sentiu o impulso de dizer: "Por Josafá, não".

— Nunca caminhei com um alguém pessoalmente. Ainda é dia e o tempo está agradável — ela insistiu.

Baley olhou para o seu retrato impressionista e disse:

— Se eu for, você tira o cinza?

Ela sorriu e contrapôs:

—Vou ver como você se comporta.

A estrutura de luz permaneceu ali enquanto eles saíam. Ela ficou para trás, retendo a alma aprisionada de Baley no cinza das Cidades.

* * *

Baley estremeceu um pouco. O ar soprava contra ele e estava gelado.

—Você está com frio? — perguntou ela.

— Não estava assim antes — resmungou ele.

— Estamos no final do dia agora, mas não está tão frio assim. Gostaria que eu pegasse um casaco? Um dos robôs poderia trazer um em um minuto.

— Não, está tudo bem. — Eles avançaram por um estreito caminho pavimentado. — É por aqui que você costumava caminhar com o dr. Leebig? — perguntou ele.

— Oh, não. Nós caminhávamos bem mais longe, no campo, onde só se vê ocasionalmente um robô trabalhando e se podem ouvir os sons dos animais. Mas você e eu vamos ficar perto da casa, caso seja necessário.

— Necessário o quê?

— Bem, caso você queira entrar.

— Ou caso você se canse de ver.

— Isso não me incomoda — ela declarou irrefletidamente.

Ouvia-se o vago som de folhas farfalhando no alto e via-se a cor amarela e a cor verde em toda parte. Ouviam-se sons nítidos e agudos no ar, além de um zumbido estridente, e havia sombras também.

Ele tinha consciência especialmente das sombras. Uma delas se projetava diante dele, com a forma de um homem, que se movia do modo como ele se movia como uma pantomima horrível. Baley tinha ouvido falar sobre sombras, é claro, e sabia o que eram, mas, sob a iluminação difusa e indireta das Cidades, ele nunca tinha se dado conta especificamente de uma.

Por trás dele, ele sabia, estava o sol solariano. Baley tomou o cuidado de não olhar para ele, mas sabia que ele estava lá.

O espaço era amplo, o espaço era solitário, no entanto, o investigador se sentia atraído por ele. Em sua mente ele se imaginava andando pela superfície de um mundo com milhares de quilômetros e anos-luz de espaço ao seu redor.

Por que acharia atrativo esse pensamento de solidão? Ele não queria solidão. Ele queria a Terra e o calor e a companhia das Cidades abarrotadas de seres humanos.

A imagem lhe escapava. Ele tentou evocar Nova York em sua mente, todo o seu barulho e a sua amplitude, e descobriu que só conseguia continuar consciente do frio silencioso do ar em movimento na superfície de Solaria.

Sem querer fazer isso, Baley se aproximou de Gladia até ficar a pouco mais de meio metro, e então percebeu a expressão de perplexidade no rosto dela.

— Desculpe-me — ele murmurou de imediato e se afastou.

— Tudo bem — arquejou ela. — Não quer caminhar por aqui? Temos alguns canteiros de flores dos quais pode ser que você goste.

A direção que ela indicara ficava longe da luz do sol. Baley a seguiu em silêncio.

— No decorrer do ano, vai ficar maravilhoso. No tempo quente, posso correr até o rio e nadar, ou apenas correr pelos campos, correr tão rápido quanto possível até ficar feliz por simplesmente cair e ficar parada — comentou Gladia.

Ela olhou para si mesma.

— Mas esta roupa não é adequada para isso. Vestindo tudo isso, eu *tenho* de andar. Com calma, sabe.

— Como você preferiria estar vestida? — perguntou Baley.

— Regata e short, *no máximo* — ela exclamou, levantando os braços como se estivesse sentindo a liberdade proporcionada pela roupa em sua imaginação. — Às vezes até menos roupa. Às vezes só sandálias, para sentir o ar através de cada centímetro... Oh, sinto muito, eu o ofendi.

— Não. Está tudo bem — disse Baley. — Era isso o que vestia quando saía para caminhar com o dr. Leebig?

— Variava. Dependia do tempo. Às vezes, eu vestia muito pouca roupa, mas estávamos apenas olhando, sabe. Você *entende*, assim eu espero.

— Eu entendo. E o dr. Leebig? Ele vestia roupas leves também?

— Jothan vestindo roupas leves? — Ela deu um sorriso rápido. — Oh, não, ele é sempre muito solene. — Ela fez cara de séria e deu uma meia piscada, capturando a essência de Leebig e arrancando de Baley uma pequena mostra de admiração.

— Ele fala deste jeito — ela pôs-se a imitá-lo: — "Minha cara Gladia, considerando o efeito de um potencial de primeira ordem no fluxo positrônico...".

— Era sobre isso que ele falava? Robótica?

— Na maior parte do tempo. Oh, ele leva isso tão a sério, sabe? Ele estava sempre tentando me ensinar sobre isso. Ele nunca desistia.

— Você aprendeu alguma coisa?

— Coisa nenhuma. Nada. Isso tudo é uma confusão total para mim. Ele ficava irritado comigo às vezes, mas, quando ele ralhava comigo, eu mergulhava na água, se estivéssemos perto do lago, e a água espirrava nele.

— *Espirrava* nele? Pensei que vocês estivessem olhando.

Ela riu.

—Você é *tão* terráqueo. A água espirrava no lugar onde ele estava na sala ou na propriedade dele. A água não ia tocar nele, mas ele abaixava mesmo assim. Observe aquilo ali.

Baley observou. Eles tinham rodeado um caminho arborizado e chegado a uma clareira em cujo centro havia uma lagoa ornamental. Pequenos muros de tijolo penetravam a clareira e a fragmentavam. As flores cresciam em abundância e ordem. Baley sabia que elas eram flores pelos livro-filmes que tinha visto.

De certa forma, as flores eram como os padrões de luz que Gladia construía e Baley imaginava que ela os construía à semelhança delas. Ele tocou uma com cautela e depois olhou ao redor. Tons de vermelho e amarelo predominavam.

Ao se virar para olhar ao redor, Baley viu o sol de relance.

— O sol está baixo — comentou Baley pouco à vontade.

— É o final da tarde — Gladia gritou para ele. Ela havia corrido em direção à lagoa e estava sentada em um banco de pedra na beirada. —Venha aqui — ela chamou, acenando. — Pode ficar de pé se não gosta de se sentar em pedras.

Baley avançou lentamente.

— Ele fica assim tão baixo todos os dias? — e se arrependeu no mesmo instante de ter perguntado. Se o planeta girava, o sol devia ficar em uma posição mais baixa no céu de manhã e à tarde. Só ao meio-dia ele poderia estar alto.

Dizer tudo isso a si mesmo não poderia mudar a imagem em sua mente, criada durante toda uma vida. Ele sabia que existia algo chamado noite e tinha até vivenciado uma, com toda a espessura de um planeta se interpondo com segurança entre um homem e o sol. Ele sabia que havia nuvens e um tom de cinza protetor escondendo a pior parte do espaço ao ar livre. E, no entanto, quando ele pensava nas superfícies dos planetas, sempre era a imagem de um clarão de luz com um sol alto no céu.

Ele olhou para trás, rápido o bastante para dar uma olhadela no sol, e se perguntou a que distância a casa estava, caso decidisse voltar.

Gladia estava apontando para a outra extremidade do banco de pedra.

— Ali é muito perto de você, não é? — indagou Baley.

Ela fez um gesto, afastando as mãos pequenas com as palmas para cima.

— Estou me acostumando com isso. De verdade.

Ele se sentou, meio virado para ela a fim de evitar o sol.

Ela se inclinou para trás, em direção à água, e pegou uma florzinha em forma de cúpula, amarela por fora e listrada de branco por dentro, nem um pouco extravagante.

— É uma planta nativa. A maioria das flores aqui é originária da Terra — contou ela.

Pingava água do caule partido quando ela a estendeu de modo cauteloso na direção de Baley.

Baley esticou o braço em direção à flor com a mesma cautela.

— Você a matou — ele acusou.

— É apenas uma flor. Há milhares delas. — De repente, quando os dedos dele mal tinham tocado a cúpula amarela, ela a recolheu de volta, com um olhar inflamado. — Ou você está tentando insinuar que eu poderia matar um ser humano porque peguei uma flor?

— Eu não estava tentando insinuar nada — murmurou Baley em um tom conciliatório. — Posso vê-la?

Na verdade, Baley não queria tocar a flor. Ela tinha crescido em um terreno úmido e ainda exalava um cheiro de lama. Como é que essas pessoas, que tinham tanto cuidado no contato com os terráqueos e mesmo uns com os outros, podiam ser tão descuidados no contato com a sujeira comum?

Mas ele segurou o caule entre o polegar e o indicador e olhou para a flor. A cúpula era formada por várias folhas finas de um material semelhante ao papel, fazendo uma curva para cima a partir do mesmo centro. Dentro dela havia uma saliência convexa branca, úmida de líquido e circundada de fios escuros que tremiam de leve em contato com o vento.

— Consegue sentir o cheiro? — perguntou ela.

Baley se deu conta de imediato do cheiro que emanava dela. Ele se inclinou em direção à flor e falou:

— Tem o cheiro de um perfume de mulher.

Gladia bateu palmas com satisfação.

— Tão típico de um terráqueo. O que você quer dizer, na verdade, é que um perfume de mulher tem *esse* cheiro.

Baley aquiesceu pesarosamente. Ele estava se cansando do espaço ao ar livre. As sombras estavam ficando maiores e o terreno estava ficando mais sombrio. No entanto, ele estava determinado a não se dar por vencido. Ele queria que aquelas paredes de luz cinza que turvavam o seu retrato fossem removidas. Era quixotesco, mas era isso.

Gladia tomou a flor de Baley, que a deixou escapar sem relutância. Aos poucos, ela arrancou as pétalas.

— Imagino que cada mulher tenha um cheiro diferente — sugeriu ela.

— Depende do perfume — disse Baley com indiferença.

— Imagine estar perto o suficiente para saber. Eu não uso perfume porque ninguém chega perto o suficiente. A não ser agora. Mas presumo que você sinta o cheiro de perfumes com frequência, o tempo todo. Na Terra, a sua mulher está sempre com você, não está? — Ela estava muito concentrada na flor, franzindo a sobrancelha enquanto arrancava pedaços dela.

— Ela não está sempre comigo — respondeu Baley. — Não a todo o momento.

— Mas a maior parte do tempo. E sempre que você quer...

— Por que você acha que o dr. Leebig se esforçou tanto para lhe ensinar robótica? — ele interrompeu de repente.

A flor desmembrada consistia agora em um caule e uma saliência interna. Gladia a girou entre os dedos, depois a jogou fora, de modo que ela flutuou por um instante na superfície do lago.

— Acho que ele queria que eu fosse sua assistente — ela arriscou.

— Ele disse isso, Gladia?

— No final, Elijah. Acho que ele ficou impaciente. Em todo caso, ele me perguntou se eu não achava que seria emocionante trabalhar com robótica. Naturalmente, eu lhe disse que não conseguia pensar em nada mais chato. Ele ficou bastante irritado.

— E ele nunca mais caminhou com você depois disso?

— Sabe, acho que pode ter sido isso — disse ela. — Acho que feri os sentimentos dele. Mas, pense bem, o que eu podia fazer?

— Mas foi antes disso que você contou a ele sobre as suas discussões com o dr. Delmarre?

Ela cerrou os punhos e os manteve assim em um forte espasmo. Seu corpo manteve rigidamente sua posição, com a cabeça inclinada, pendendo um pouco para o lado. Sua voz estava alta, fora do comum.

— Que discussões?

— Suas discussões com o seu marido. Fiquei sabendo que você o odiava.

Seu rosto ficou contorcido e sombrio conforme ela olhava para Baley.

— Quem lhe disse isso? Jothan?

— O dr. Leebig mencionou isso. Eu acho que é verdade.

Ela ficou abalada.

— Você ainda está tentando provar que eu o matei. Eu continuo pensando que você é meu amigo e é só... só um detetive.

Ela levantou os punhos e Baley esperou.

— Você sabe que não consegue me tocar — lembrou ele.

Ela deixou cair os braços e começou a chorar em silêncio. Ela virou o rosto.

Baley inclinou a cabeça e fechou os olhos, afastando as grandes sombras.
— O dr. Delmarre não era um homem muito carinhoso, era? — perguntou ele.
— Ele era um homem muito ocupado — resmungou ela em um tom abafado.
— Você, por outro lado, é carinhosa. Você acha os homens interessantes. Entende?
— Não p-posso evitar. Sei que é repugnante, mas não posso evitar. Até f-falar sobre isso é repugnante.
— Mas você falava sobre isso com o dr. Leebig?
— Eu *tinha* de fazer alguma coisa, e Jothan era útil, e ele não parecia se importar, e fazia eu me sentir melhor.
— Era esse o motivo pelo qual você discutia com o seu marido? Era porque ele era frio e não demostrava carinho, e você ficava magoada?
— Às vezes, eu o odiava. — Ela encolheu os ombros, impotente. — Ele era só um bom solariano e não estava agendado para nós termos f... termos f...
Ela se descontrolou.
Baley esperou. Ele sentia um frio na barriga e o espaço aberto lhe causava grande aflição. Quando Gladia diminuiu o choro, ele perguntou, de modo tão brando quanto possível:
— Você o matou, Gladia?
— Nã-não. — E então acrescentou, como se toda resistência tivesse se corroído dentro dela: — Eu não lhe contei tudo.
— Bem, então conte agora, por favor.
— Nós estávamos discutindo aquela vez, quando ele morreu. A discussão de sempre. Eu berrava com ele, mas ele nunca respondia gritando. Ele quase nunca dizia coisa alguma e isso só piorava as coisas. Eu estava com tanta, tanta raiva. Não lembro o que aconteceu depois disso.

– Por Josafá! – Baley sentiu uma leve vertigem e seus olhos procuraram como ponto neutro a pedra do banco. – Como assim não se lembra?

– Quero dizer que ele estava morto, e eu estava gritando, e os robôs vieram...

–Você o matou?

– Não me lembro, Elijah, e eu me lembraria se tivesse feito isso, não me lembraria? Só que não me lembro de mais nada, e estou com tanto medo, tanto medo. Ajude-me, por favor, Elijah.

– Não se preocupe, Gladia. Vou ajudá-la.

A mente hesitante de Baley se fixou na arma do crime. O que aconteceu com ela? Deve ter sido eliminada. Se foi eliminada, só o assassino poderia ter feito isso. Já que Gladia fora encontrada na cena do crime imediatamente após o assassinato, ela não poderia tê-lo feito. O assassino teria de ser outra pessoa. Não importava o que parecia a todo mundo em Solaria, tinha de ser outra pessoa.

Baley pensou de forma doentia: "Preciso voltar para a casa".

– Gladia... – disse ele.

De algum modo, ele estava olhando para o sol. O sol estava quase no horizonte. O investigador teve de virar a cabeça para olhar para ele e fixou os olhos nele com uma fascinação mórbida. Ele nunca tinha visto o sol daquele jeito. Grande, vermelho e, de certa forma, obscurecido, de modo que fosse possível olhar para ele sem ser ofuscado, e ver as finas faixas de nuvens tingidas de vermelho sobre ele, com uma delas atravessando na frente do sol como uma faixa preta.

– O sol está tão vermelho – murmurou Baley.

Ele ouviu a voz entrecortada de Gladia dizer melancolicamente:

– Ele sempre está vermelho durante o pôr do sol, vermelho e morrendo.

Baley teve uma visão. O sol estava se pondo no horizonte porque a superfície do planeta estava se afastando dele, a mais de 1.500 quilômetros por hora, girando sob aquele sol desvelado, girando sem nada para proteger os micróbios chamados homens que perambulavam pela superfície que girava, girava intensa e infinitamente, girando... girando...

Era a cabeça de Baley que estava girando, e o banco de pedra que se inclinava debaixo dele, e o céu se movendo em ondas, em um tom de azul, azul-escuro, e o sol tinha sumido, e o alto das árvores e o chão estavam se movimentando rapidamente e Gladia deu um grito agudo e houve outro som...

16 UMA SOLUÇÃO É APRESENTADA

Baley se deu conta primeiro de estar em um lugar fechado, da ausência do espaço aberto, e depois de um rosto se inclinando em sua direção.

Ele olhou por um instante sem reconhecer. Depois exclamou:

— *Daneel!*

O rosto do robô não mostrou nenhum sinal de alívio ou de qualquer outra emoção que se pudesse reconhecer por terem falado com ele.

— É bom que você tenha recobrado a consciência, parceiro Elijah. Parece que você não sofreu nenhum dano físico – disse ele.

— Estou bem – disse Baley, irritado, esforçando-se para se apoiar nos cotovelos. – Por Josafá, estou em uma cama? Para quê?

— Ficou exposto ao espaço aberto várias vezes hoje. O efeito sobre você foi cumulativo e você precisa descansar.

— Primeiro, preciso de algumas respostas. – Baley olhou ao redor e tentou negar a si mesmo que sua cabeça estava girando só um pouco. Ele não reconheceu o quarto. As cortinas estavam fechadas. As luzes eram confortavelmente artificiais. Ele estava se sentindo muito melhor. – Por exemplo, onde estou?

— Em um quarto da mansão da sra. Delmarre.

— Agora, vamos esclarecer uma coisa. O que *você* está fazendo aqui? Como escapou dos robôs que coloquei para vigiá-lo?

— Pareceu-me que você não ficaria satisfeito com esse acontecimento e, no entanto, para o bem da sua segurança e das minhas ordens, senti que não tinha escolha a não ser... – disse Daneel.

— O que você *fez*? Por Josafá!

— Parece que sra. Delmarre tentou entrar em contato com você há algumas horas.

— Sim. – Baley lembrou que Gladia tinha dito isso naquele mesmo dia. – Eu sei disso.

— As suas ordens para os robôs que me mantiveram prisioneiro foram, nas suas palavras: "Não permitam que ele" (falando sobre mim) "estabeleça contato com outros humanos que não eu, ou com outros robôs que não vocês, seja vendo ou olhando". Contudo, parceiro Elijah, você não disse nada sobre proibir que outros humanos ou robôs entrassem em contato comigo. Entende a distinção?

Baley soltou um gemido.

— Não é necessário se afligir, parceiro Elijah. A falha nas suas ordens foi um instrumento importante para salvar a sua vida, uma vez que me trouxe aqui. Veja, quando a sra. Delmarre conversou comigo por conexão holográfica, com a permissão dos meus robôs guardiães, ela perguntou de você e eu respondi, com sinceridade, que não sabia do seu paradeiro, mas que poderia tentar descobrir. Ela parecia ansiosa que eu tentasse. Eu disse que achava possível que você tivesse saído de casa temporariamente e que eu verificaria essa questão e sugeri que, enquanto isso, ela mandasse os robôs que estavam na sala comigo procurarem por você pela mansão.

— Ela não ficou surpresa que você mesmo não deu as ordens aos robôs?

— Acredito que passei a impressão de que, como auroreano, eu não estava tão acostumado aos robôs quanto ela, de que ela poderia dar as ordens com maior autoridade e alcançaria o objetivo mais rapidamente. Ficou bastante claro que os solarianos são vaidosos quanto à sua habilidade com os robôs e desdenhosos quanto à dos nativos de outros planetas em saber lidar com eles. Você também não tem essa opinião, parceiro Elijah?

— E então ela ordenou que eles saíssem?

— Com dificuldade. Eles argumentaram que tinham ordens prévias, mas, é claro, não podiam dizer sua natureza, uma vez que você ordenou que eles não revelassem a ninguém a minha verdadeira identidade. Ela conseguiu controlá-los, embora as ordens finais tivessem de ser dadas com um furioso grito estridente.

— E aí você saiu.

— Saí, parceiro Elijah.

Era uma pena, pensou Baley, que Gladia não considerasse aquele episódio importante o suficiente para lhe contar sobre isso quando se olharam.

— Demorou um tempo razoável para você me achar, Daneel — ele reclamou.

— Os robôs em Solaria têm uma rede de informações por meio de contato subetérico. Um solariano habilidoso poderia obter informações prontamente, mas, sendo intermediado por milhões de máquinas individuais, alguém como eu, sem experiência nessas questões, precisa de tempo para descobrir um simples dado. Demorou mais de uma hora até que as informações sobre o seu paradeiro chegassem a mim. Eu perdi ainda mais tempo visitando o local de trabalho do dr. Delmarre depois que você já tinha saído.

— O que você estava fazendo lá?

— Conduzindo as minhas próprias investigações. Lamento que isso tivesse de ser feito na sua ausência, mas as exigências da investigação não me deixaram escolha.

—Você olhou Klorissa Cantoro ou você a viu?

— Eu a olhei, mas estando em outro ponto da instalação, não em nossa propriedade. Havia registros na instituição que eu tinha de ver. Em circunstâncias normais, olhar teria sido suficiente, mas talvez tivesse sido inconveniente permanecer em nossa propriedade, já que três robôs sabiam a minha verdadeira natureza e poderiam ter me aprisionado mais uma vez com facilidade.

Baley já estava quase se sentindo bem. Ele jogou as pernas para fora da cama e percebeu que estava usando um tipo de camisola. Ele olhou para ela com aversão.

— Pegue as minhas roupas.

Daneel as pegou.

Enquanto se vestia, Baley indagou:

— Onde está a sra. Delmarre?

— Em prisão domiciliar, parceiro Elijah.

— O quê? Com ordem de quem?

— Foram ordens minhas. Ela está presa no quarto dela, sob a guarda de robôs, e seu direito a dar ordens que não sejam para satisfazer necessidades pessoais foi neutralizado.

— Por você?

— Os robôs desta propriedade não conhecem a minha natureza.

Baley terminou de se vestir.

— Eu conheço a acusação contra Gladia — ele murmurou. — Ela teve a oportunidade: na verdade, mais do que pensávamos em princípio. Ela não correu para a cena do crime ao ouvir o grito do marido, como tinha dito antes. Ela estava lá o tempo todo.

— Ela alega ter testemunhado o assassinato ou ter visto o assassino?

— Não. Ela não se lembra de nada dos instantes cruciais. Isso acontece às vezes. Ao que parece, ela também tinha um motivo.

— Qual foi ele, parceiro Elijah?

— Um motivo que eu suspeitava ser possível desde o início. Eu disse para mim mesmo: se aqui fosse a Terra, e o dr. Delmarre fosse do jeito que o descreveram e Gladia fosse do jeito como parecia ser, eu diria que ela era apaixonada por ele, ou tinha sido, e que ele amava apenas a si próprio. A dificuldade estava em saber se os solarianos sentiam amor ou reagiam a ele de algum modo semelhante à Terra. Minha opinião sobre suas emoções e reações não era confiável. Era por isso que eu tinha de ver alguns deles. *Não* olhar para eles, mas vê-los.

— Não entendo, parceiro Elijah.

— Não sei se consigo explicar para você. As possibilidades genéticas dessas pessoas são cuidadosamente traçadas antes do nascimento e a real distribuição genética é verificada após o nascimento.

— Eu sei disso.

— Mas os genes não são tudo. O ambiente também conta, e é capaz de transformar em verdadeira psicose algo que os genes indicavam como o potencial para uma psicose em particular. Você percebeu o interesse de Gladia pela Terra?

— Notei, parceiro Elijah, e considerei se tratar de um interesse fingido, planejado para influenciar as suas opiniões.

— Suponha que fosse um interesse verdadeiro, até mesmo uma fascinação. Suponha que houvesse algo nas multidões da Terra que a instigasse. Suponha que ela se sentisse atraída contra a própria vontade por algo que lhe ensinaram a achar imundo. Havia aí uma possível anormalidade. Eu tinha de testar isso vendo solarianos e notando como *ela* reagia a isso. Foi por isso que tive de escapar de você, Daneel, a qualquer preço. Foi por isso que tive de renunciar à conexão holográfica como método para conduzir a investigação.

—Você não explicou isso, parceiro Elijah.

— A explicação teria ajudado quanto ao que você concebia ser seu dever de acordo com a Primeira Lei?

Daneel ficou em silêncio.

— O experimento funcionou — Baley continuou. — Eu vi ou tentei ver várias pessoas. Um velho sociólogo tentou me ver e teve de desistir na metade da conversa. Um roboticista se recusou a me receber, mesmo sob uma terrível pressão. A mera possibilidade de me ver o levou quase a um estado de delírio infantil. Ele chupou o dedo e choramingou. A assistente do dr. Delmarre estava acostumada à presença pessoal devido à sua profissão, então ela tolerou a minha presença, mas só a 6 metros de distância. Gladia, por outro lado...

— O que, parceiro Elijah?

— Gladia consentiu em me ver sem mais do que uma leve hesitação. Ela tolerou a minha presença com facilidade e, na verdade, mostrou sinais de diminuição da tensão conforme passava o tempo. Tudo isso se encaixa em um padrão de psicose. Ela não se importou em me ver; ela estava interessada na Terra; ela pode ter sentido um interesse anormal pelo marido. Tudo isso pode ser explicado por um forte e, neste mundo, psicótico interesse pela presença pessoal de membros do sexo oposto. O próprio dr. Delmarre não era do tipo que encorajava esse sentimento ou que cooperaria com ele. Deve ter sido muito frustrante para ela.

Daneel aquiesceu.

— Frustrante o suficiente para assassinar alguém em um momento de fúria.

— Apesar de tudo isso, eu acho que não, Daneel.

— É possível que você esteja sendo influenciado por motivos próprios, alheios ao caso, parceiro Elijah? A sra. Delmarre é uma mulher atraente e você é um terráqueo, uma pessoa em quem uma preferência pela presença pessoal de uma mulher atraente não representa psicose.

— Tenho razões melhores — disse Baley, constrangido. (O olhar frio de Daneel era demasiado penetrante e metido a analisador de almas. Por Josafá! Aquela coisa era só uma máquina.) — Se ela fosse a assassina do marido, também teria de ser a autora da tentativa de assassinato contra Gruer — insistiu ele. Baley quase cedeu ao ímpeto de explicar o modo como um assassinato poderia ser manipulado por intermédio de robôs, mas se conteve. Ele não sabia ao certo como Daneel reagiria a uma teoria que tornava os robôs assassinos involuntários.

— E a autora da tentativa de assassinato contra você também — completou Daneel.

Baley franziu as sobrancelhas. Ele não tinha a intenção de contar a Daneel sobre a flecha envenenada que não tinha acertado o alvo, nem a intenção de aumentar o forte complexo protetor do outro com relação a ele.

— O que Klorissa lhe contou? — perguntou ele, com raiva.

Ele deveria ter-lhe dito que não contasse nada a ninguém, mas como ia saber que Daneel passaria por lá, fazendo perguntas?

— A sra. Cantoro não teve nada a ver com essa questão. Eu mesmo testemunhei a tentativa de assassinato — afirmou Daneel calmamente.

Baley estava totalmente confuso.

—Você não estava lá.

— Eu mesmo o peguei e o trouxe para cá há uma hora — protestou Daneel.

— Do que você está falando?

— Você não lembra, parceiro Elijah? Foi quase um assassinato perfeito. A sra. Delmarre não sugeriu que vocês saíssem? Não testemunhei isso, mas tenho certeza de que ela o fez.

— Ela sugeriu isso, sim.

— Pode ser que ela o tenha até incitado a sair da casa.

Baley pensou em seu "retrato", pensou nas paredes cinza que o cercavam. Teria sido pura psicologia? Um solariano poderia ter uma compreensão tão intuitiva da psicologia de um terráqueo?

— Não — ele resmungou.

— Foi ela que sugeriu que você fosse até o lago ornamental e se sentasse no banco? — perguntou Daneel.

— Bem... sim.

— Já lhe ocorreu que ela poderia estar observando-o, percebendo sua tontura?

— Ela me perguntou uma ou duas vezes se eu queria voltar.

— Pode ser que ela não tenha falado a sério. Pode ser que ela tenha observado que você estava ficando mais indisposto naquele banco. Pode ser até que ela o tenha empurrado, ou talvez um empurrão não fosse necessário. No momento em que eu cheguei até

245

você e o peguei, você estava caindo para trás, a ponto de imergir em um metro de água, no qual você com certeza teria se afogado.

Pela primeira vez, Baley se lembrou daquelas últimas e fugazes sensações. Por Josafá!

— Além do mais — Daneel prosseguiu com calma inflexibilidade —, a sra. Delmarre se sentou do seu lado, vendo-o cair, sem fazer um movimento para impedir isso. Ela tampouco teria tentado tirá-lo da água. Ela o teria deixado se afogar. Ela poderia ter chamado um robô, mas o robô teria, com certeza, chegado tarde demais. E, posteriormente, ela apenas justificaria, é claro, que era impossível para ela tocá-lo, mesmo que fosse para salvar sua vida.

Era verdade, pensou Baley. Ninguém questionaria a incapacidade da moça de tocar em um ser humano. A surpresa, se é que haveria uma, viria de sua habilidade de estar tão perto de um humano quanto ela estava.

— Então, como vê, parceiro Elijah, a culpa da moça dificilmente pode ser questionada. Você disse que ela teria de ser a autora da tentativa de assassinato contra Gruer como se fosse um argumento contra a culpa de Gladia. Agora você vê que deve ter sido ela. O único motivo dela para matar você é o mesmo para tentar matar Gruer: a necessidade de se livrar de um investigador embaraçosamente persistente do primeiro assassinato.

— Toda essa cadeia de eventos pode ter sido inocente. Talvez ela nunca tivesse percebido como o espaço aberto me afeta — argumentou Baley.

— Ela estudou a Terra. Ela conhecia as peculiaridades dos terráqueos.

— Assegurei a ela que eu tinha ficado ao ar livre hoje e estava me acostumando.

— Pode ser que ela desconfiasse dessa alegação.

Com o punho, Baley socou a palma da mão.

— Você a faz parecer inteligente demais. Isso não se encaixa e eu não acredito nisso. Em todo caso, nenhuma acusação de assassinato pode continuar a não ser que, ou a menos que, a ausência da arma do crime possa ser explicada.

Daneel olhou com firmeza para o terráqueo.

— Eu também posso fazer isso, parceiro Elijah.

* * *

Baley olhou para o seu parceiro robô com uma expressão de assombro.

— Como?

—Você deve se lembrar, parceiro Elijah, que o seu raciocínio era o seguinte: se a sra. Delmarre fosse a assassina, então a arma, qualquer que fosse, deveria ter ficado na cena do crime. Os robôs, tendo aparecido quase que de imediato, não viram nenhum sinal dessa arma; portanto, ela deve ter sido tirada do local; portanto, o assassino deve tê-la tirado; portanto, o assassino não poderia ser a sra. Delmarre. Correto?

— Correto.

— No entanto — continuou o robô —, há um lugar onde os robôs não procuraram a arma.

— Onde?

— Debaixo da sra. Delmarre. Ela estava deitada por conta de um desmaio, provocado pela agitação e pelo furor do momento, fosse ela a assassina ou não, e a arma, o que quer que fosse, estava debaixo dela e fora de vista.

— Nesse caso, a arma teria sido descoberta assim que a tivessem tirado do lugar — argumentou Baley.

— Exato — anuiu Daneel —, mas não foram os robôs que a tiraram do lugar. Ela mesma nos contou ontem, durante o jantar, que o dr. Thool mandou que os robôs colocassem um travesseiro sob a cabeça dela e a deixassem lá. O primeiro que a tirou do lugar foi o próprio dr. Altim Thool, quando chegou para examiná-la.

— E daí?

— Portanto, como consequência, parceiro Elijah, surge uma nova possibilidade. A sra. Delmarre foi a assassina, a arma estava na cena do crime, mas o dr. Thool a levou embora e se livrou dela para proteger a sra. Delmarre.

Baley sentiu desdém. Ele quase tinha sido persuadido a esperar algo razoável.

— Completamente sem motivo — resmungou Baley. — Por que o dr. Thool faria uma coisa dessas?

— Por um ótimo motivo. Você se lembra dos comentários da sra. Delmarre sobre ele: "Ele cuidou de mim desde que eu era criança e sempre foi tão amigável e gentil". Fiquei imaginando se ele poderia ter algum motivo para ficar particularmente preocupado com ela. Foi por essa razão que visitei a instituição para bebês e examinei os registros. O que eu tinha apenas imaginado ser uma possibilidade acabou se revelando ser a verdade.

— O quê?

— O dr. Altim Thool é o pai de Gladia Delmarre e, mais do que isso, ele sabia dessa relação.

* * *

Baley nem pensou em duvidar do robô. Ele só sentia uma profunda decepção por ter sido o Robô Daneel Olivaw, e não ele, a levar a cabo a peça necessária da análise lógica. Mesmo assim, ela não estava completa.

— Você conversou com o dr. Thool? — perguntou ele.

— Sim. E também o coloquei em prisão domiciliar.

— O que ele alega?

— Ele admite que é o pai da sra. Delmarre. Eu o confrontei com os registros do fato e os registros de suas perguntas sobre a saúde dela quando ela era criança. Como médico, deram-lhe mais concessões a esse respeito do que seria dado a outro solariano.

— Por que ele teria perguntado sobre a saúde dela?

— Pensei nisso também, parceiro Elijah. Ele era velho quando obteve permissão especial para ter mais um filho e, ainda por cima, conseguiu produzir um. Ele considera isso um tributo a seus genes e a sua boa condição física. Talvez sinta mais orgulho do resultado do que é de costume neste mundo. Além do mais, seu cargo como médico, uma profissão não muito respeitada em Solaria por envolver presença pessoal, tornou mais importante para ele próprio alimentar esse orgulho. Por essa razão, manteve um contato discreto com a filha.

— Gladia sabe algo sobre isso?

— Que o dr. Thool saiba, não, parceiro Elijah.

— O dr. Thool admitiu ter levado a arma? — perguntou Baley.

— Não. Isso ele não admite.

— Então você não conseguiu nada, Daneel.

— Nada?

— A menos que você consiga encontrar a arma e provar que ele a levou ou, pelo menos, induzi-lo a confessar, você não tem evidência nenhuma. Um conjunto de deduções é ótimo, mas não é evidência.

— O homem não confessaria sem passar por um interrogatório considerável, de um tipo que eu mesmo não posso levar a cabo. A filha é importante para ele.

— De modo nenhum — objetou Baley. — Os sentimentos dele pela filha não são, absolutamente, aquilo com o que você e eu estamos acostumados. Solaria é diferente!

Ele percorreu a sala toda a passos largos e voltou, deixando-se acalmar.

— Daneel, você fez um exercício perfeito de lógica, mas, mesmo assim, nada disso é racional. (Lógico, mas não racional. Não era essa a definição de um robô?) O dr. Thool é um homem velho, que já passou dos seus melhores anos, apesar do fato de ter sido capaz de gerar uma filha uns 30 anos atrás. Até os Siderais envelhecem. Então, imagine-o examinando a filha desmaiada e o genro morto de modo violento. Você consegue imaginar a natureza incomum dessa situação para ele? Você consegue imaginar que ele poderia ter continuado senhor de si? Tão senhor de si, na verdade, a ponto de realizar uma série de ações incríveis? – continuou Baley. –Veja! Em primeiro lugar, ele teria de ter encontrado a arma debaixo da filha, que deveria estar tão bem escondida pelo corpo dela que os robôs não perceberam. Em segundo lugar, a partir de uma ponta de um objeto qualquer que tivesse notado, ele teria de ter deduzido que a arma estava ali e compreendido de imediato que, se ele pudesse ao menos escapar despercebido com aquele instrumento, seria difícil de ser provada uma acusação de assassinato contra a filha dele. Esse tipo de raciocínio é bastante sutil para um velho em pânico. E ainda, em terceiro lugar, ele teria de levar o plano a cabo, apesar, novamente de ser um velho em estado de pânico. E então, por último, teria de ter a coragem de pactuar ainda mais com o crime, mantendo a mentira. Tudo isso pode ser resultado de um raciocínio lógico, mas nada disso é racional.

– Você tem outra solução para o crime, parceiro Elijah?

Baley ficou sentado durante sua última fala e agora tentava se levantar de novo, mas a combinação de seu cansaço com a profundidade da poltrona o derrotou. Ele estendeu a mão de modo petulante.

– Você pode me dar uma mãozinha, Daneel?

Daneel olhou para a própria mão.

– Como, parceiro Elijah?

Sem dizer uma palavra, Baley praguejou consigo mesmo sobre a incapacidade de compreensão literal do outro e ordenou:

– Ajude-me a levantar da poltrona.

O braço forte de Daneel o levantou da poltrona sem fazer esforço.

– Obrigado. Não, eu não tenho outra solução. Até tenho, mas a coisa toda depende da localização da arma – confessou Baley.

Ele caminhou de forma impaciente até as pesadas cortinas que encobriam a maior parte de uma parede e levantou uma ponta sem perceber o que estava fazendo. Ficou olhando para a faixa escura de vidro até se dar conta do fato de que estava olhando para fora, para o começo da noite, e então largou a cortina no exato momento em que Daneel, aproximando-se silenciosamente, tirou-a dos seus dedos.

Na fração de segundo em que Baley viu a mão do robô afastar a cortina dele tal qual a amorosa precaução de uma mãe protegendo seu filho do fogo, ocorreu uma revolução dentro dele.

Ele pegou a cortina de volta, tirando-a das mãos de Daneel. Jogando todo o peso contra ela, arrancou-a da janela, rasgando-a e deixando pedaços dela para trás.

– Parceiro Elijah! – exclamou Daneel em um tom suave. – Com certeza, agora sabe o que o espaço aberto vai fazer a você.

– Eu sei – murmurou Baley – e sei o que fará *por* mim.

Ele olhou pela janela. Não havia nada para ver, apenas a escuridão, mas a escuridão era o espaço aberto. Era o espaço contínuo e desimpedido, mesmo sem iluminação, e ele o estava encarando.

E, pela primeira vez, ele o encarou livremente. Não era mais por bravata, ou curiosidade perversa, ou como caminho para a solução de um crime. Ele o encarou porque sabia que queria e que precisava fazê-lo. Isso fez toda a diferença.

As paredes eram muletas! A escuridão e as multidões eram muletas! Inconscientemente ele devia tê-las encarado dessa forma, e as odiava mesmo quando acreditava que as amava e precisava delas. Por que outro motivo teria se sentido ofendido pelo muro cinza que Gladia colocara em seu retrato?

Ele estava se sentindo tomado por uma sensação de vitória e, como se a vitória fosse contagiosa, surgiu um novo pensamento, brotando como um grito interior.

Tomado por uma vertigem, Baley se virou para Daneel.

– Eu sei – sussurrou ele. – Por Josafá! Eu sei!

– Sabe o quê, parceiro Elijah?

– Sei o que aconteceu com a arma, sei quem é o responsável. De uma só vez, todas as peças se encaixam.

⑰ UMA REUNIÃO É REALIZADA

Daneel não quisera permitir uma ação imediata.

— Amanhã! — ele tinha sugerido com uma firmeza respeitosa.

— Essa é a minha sugestão, parceiro Elijah. Está tarde e você precisa descansar.

Baley teve de admitir que era verdade e, além disso, era necessário preparar-se, fazer uma preparação extensiva. Ele tinha a solução do assassinato, estava certo disso, mas se baseava em uma dedução, tanto quanto a teoria de Daneel, e seria bom ter alguma evidência. Os solarianos teriam de ajudá-lo.

E, se ele fosse encará-los, um terráqueo contra seis Siderais, teria de ter controle total. Isso significava descanso e preparação.

Entretanto, ele não iria dormir. Estava certo de que não iria dormir. Nem toda a maciez da cama especial preparada para ele por robôs regularmente eficientes, nem toda a suavidade do perfume ou a música mais suave da sala especial da mansão de Gladia ajudariam. Ele estava certo disso.

Daneel estava discretamente sentado em um canto escuro.

— Você ainda teme algo por parte de Gladia? — perguntou Baley.

— Não acho prudente permitir que você durma sozinho e desprotegido — respondeu o robô.

— Como queira. Você entendeu o que quero que faça, Daneel?

— Sim, parceiro Elijah.

—Você não tem restrições quanto à Primeira Lei, assim espero.

— Tenho algumas com respeito à reunião que você quer providenciar. Você vai estar armado e vai cuidar da sua própria segurança?

—Vou sim, eu garanto.

Daneel deu um suspiro que era, de certa forma, tão humano que, por um momento, Baley se viu tentando penetrar a escuridão de modo a estudar o rosto mecânico perfeito do outro.

— Nem sempre achei o comportamento humano lógico — confessou Daneel.

— Precisaríamos de Três Leis que se aplicassem a nós mesmos — resmungou Baley —, mas estou feliz por não as termos.

Ele olhou para o teto. Tanto dependia de Daneel e, ainda assim, Baley podia contar-lhe muito pouco de toda a verdade. Havia muito envolvimento de robôs. O planeta Aurora tivera seus motivos para mandar um robô como representante de seus interesses, mas fora um erro. Robôs tinham suas limitações.

Ainda assim, se tudo corresse bem, isso poderia terminar em 12 horas. Ele tinha esperança de poder estar voltando para a Terra em 24 horas. Um tipo estranho de esperança. Um tipo em que ele próprio mal podia acreditar e, contudo, era a salvação da Terra. Tinha de ser a salvação da Terra.

Terra! Nova York! Jessie e Ben! O conforto, a familiaridade e o carinho do lar!

Insistiu nisso, meio adormecido, e pensar sobre a Terra não evocou o conforto que ele esperava. Havia uma sensação de estranheza entre ele e as Cidades.

E, em algum momento desconhecido, tudo se desvaneceu e ele dormiu.

* * *

Depois de dormir e acordar, Baley tomou banho e se vestiu. Fisicamente, estava bastante preparado. Entretanto, estava inseguro. Não que seu raciocínio lhe parecesse menos convincente na palidez do dia. Era, na verdade, a necessidade de encarar os solarianos. Afinal de contas, ele poderia ter certeza quanto à reação deles? Ou ainda estaria trabalhando às cegas?

Gladia foi a primeira a aparecer. Era simples para ela, é claro. Ela estava em um circuito intramuros, uma vez que estava na mansão. Estava pálida e sem expressão, e usava um vestido branco drapeado que a transformava em uma estátua fria.

Ela olhou para Baley com ar de desamparo. Baley retribuiu-lhe um sorriso gentil e isso pareceu confortá-la.

Eles surgiam agora um a um. Attlebish, o Chefe de Segurança em Exercício, apareceu depois de Gladia, esguio e arrogante, com ar de reprovação. Em seguida, Leebig, o roboticista, impaciente e irritado, com sua pálpebra caída tremendo de quando em quando.

Quemot, o sociólogo, um pouco cansado, mas sorrindo de maneira condescendente para Baley com seus olhos encovados, como se dissesse: "Nós já nos vimos, já estabelecemos um vínculo".

Quando surgiu, Klorissa Cantoro parecia desconfortável com a presença dos outros. Dando uma fungada, ela olhou de relance para Gladia por um instante, e depois olhou para o chão. Dr. Thool, o médico, apareceu por último, com ar abatido, quase doente.

Estavam todos lá, menos Gruer, que estava se recuperando aos poucos e cuja presença era fisicamente impossível. "Bem", pensou Baley, "vamos nos virar sem ele." Todos estavam com roupas formais; todos estavam sentados em salas com janelas encobertas por cortinas.

Daneel tinha organizado bem as coisas. Baley esperava ardentemente que o que restava para Daneel fazer desse certo também.

Baley olhava de um Sideral para outro. Seu coração fazia um ruído surdo. Aquelas pessoas olhavam para ele a partir de salas diferentes e o choque de iluminações, móveis e decorações nas paredes causava vertigem.

– Quero discutir a questão do assassinato do dr. Rikaine Delmarre quanto às categorias motivo, oportunidade e meio, nessa ordem... – começou Baley.

—Vai ser um discurso longo? – interrompeu Attlebish.

– Pode ser que sim – respondeu Baley de forma brusca. – Fui chamado aqui para investigar um assassinato e esse trabalho é a minha especialidade e a minha profissão. Eu sei melhor do que ninguém como abordar o assunto. – "Não tolere nada deles agora", pensou, "ou nada disso vai funcionar. Domine-os! Domine-os!" Ele continuou, tornando suas palavras tão penetrantes e incisivas quanto possível.

– Primeiro, o motivo. De certa forma, o motivo é o mais insatisfatório dos três itens. Oportunidade e meio são objetivos. Podem ser investigados de forma concreta. O motivo é subjetivo. Pode ser algo que pode ser observado por outros: vingança por causa de uma humilhação de que se tenha conhecimento, por exemplo. Mas também pode ser algo que não se pode observar de modo nenhum: um ódio irracional, homicida, por parte de uma pessoa controlada que nunca o deixa transparecer. Bem, quase todos me confidenciaram em várias ocasiões que acreditavam que Gladia Delmarre tinha cometido o crime. Sem dúvida, ninguém sugeriu outro suspeito. Gladia teria um motivo? O dr. Leebig sugeriu um. Ele afirmou que Gladia discutia com o marido com frequência e depois Gladia admitiu isso em uma conversa comigo. A raiva que pode resultar de uma discussão pode levar uma pessoa a cometer um assassinato. Muito bem. No entanto, resta a questão sobre se ela é a única com motivo. Eu fico me perguntando. O próprio dr. Leebig...

O roboticista quase deu um pulo. Ele estendeu a mão com firmeza na direção de Baley.

– Cuidado com o que diz, terráqueo.

– Estou apenas teorizando – retrucou Baley com frieza. – O senhor, dr. Leebig, estava trabalhando com o dr. Delmarre em novos modelos de robôs. O senhor é o melhor em Solaria no que se refere à robótica. Assim o senhor se considera e eu acredito.

Leebig sorriu com indisfarçada condescendência.

— Mas fique sabendo que o dr. Delmarre estava prestes a romper relações com o senhor por questões a seu respeito que ele desaprovava — continuou Baley.

— Mentira! Mentira!

— Talvez. Mas e se fosse verdade? O senhor não teria um motivo para se livrar dele antes que ele o humilhasse publicamente por romper com o senhor? Tenho a sensação de que o senhor não suportaria com facilidade essa humilhação.

Baley continuou rapidamente para não dar a Leebig a chance de responder.

— E a senhorita, srta. Cantoro. A morte do dr. Delmarre a deixa encarregada da engenharia fetal, um cargo de responsabilidade.

— Céus, nós falamos sobre isso antes — exclamou Klorissa, aflita.

— Sei que conversamos, mas é uma questão que, em todo caso, deve ser levada em consideração. Quanto ao dr. Quemot, ele jogava xadrez com o dr. Delmarre regularmente. Talvez tenha ficado irritado de perder tantos jogos.

— Com certeza, perder um jogo de xadrez não é motivo suficiente, investigador — interrompeu o sociólogo de forma serena.

— Depende de quanta importância se dá ao xadrez. Os motivos podem parecer absolutamente relevantes ao assassino e totalmente insignificantes aos outros. Bem, isso não importa. A questão é que o motivo sozinho não é suficiente. Qualquer um pode ter um motivo, em especial para matar um homem como o dr. Delmarre.

— O que quer dizer com esse comentário? — indagou o dr. Quemot, indignado.

— Bem, apenas que o dr. Delmarre era "um bom solariano". Todos os presentes o descreveram assim. Ele preenchia rigidamente todos os requisitos da tradição solariana. Era um homem ideal, quase uma abstração. Quem poderia sentir amor, ou mesmo simpatia, por um homem desses? Um homem sem fraquezas só serve para tornar todos os outros conscientes de suas próprias imperfeições. Um poeta primitivo chamado Tennyson certa vez escreveu: "É cheio de defeitos aquele que não tem defeito nenhum".

— Ninguém mataria um homem por ser bom demais — objetou Klorissa, franzindo as sobrancelhas.

— Você não faz ideia... — murmurou Baley, e continuou sem mais explicações. — O dr. Delmarre estava ciente de uma conspiração em Solaria, ou assim acreditava; uma conspiração que estava preparando um ataque contra o resto da Galáxia com o objetivo de conquistá-la. Ele tinha interesse em evitar isso. Por essa razão, aqueles que estão envolvidos na conspiração poderiam achar necessário eliminá-lo. Qualquer um aqui poderia ser um membro da conspiração, incluindo, com certeza, a sra. Delmarre, mas incluindo até mesmo o Chefe de Segurança em Exercício, Corwin Attlebish.

— Eu? — questionou Attlebish, impassível.

— O senhor certamente tentou encerrar a investigação assim que o contratempo de Gruer o tornou o responsável.

Baley bebeu um pouco de sua bebida (direto da embalagem original, intocada por outras mãos humanas, ou robóticas, que não as suas) e reuniu forças. Até então, isso era um jogo de espera, e ele estava agradecido pelo fato de os solarianos estarem esperando sentados. Eles não tinham a experiência de um terráqueo em lidar com as pessoas de perto. Eles não lutavam corpo a corpo.

— Agora, a oportunidade — Baley retomou. — É a opinião geral que apenas a sra. Delmarre teve a oportunidade, uma vez que só ela poderia se aproximar do marido em uma situação real de presença pessoal. Todos aqui têm certeza disso? Imaginem que outra pessoa que não a sra. Delmarre tivesse decidido matar o dr. Delmarre. Tal resolução desesperada não tornaria o desconforto da presença pessoal uma questão secundária? Se qualquer um de vocês estivesse decidido a cometer um assassinato, não suportaria a presença pessoal apenas pelo tempo suficiente para agir? Vocês não poderiam entrar sorrateiramente na mansão de Delmarre...

— Você é um ignorante no que diz respeito a essa questão, terráqueo. Não importa se nós poderíamos ou não. O fato é que o próprio dr. Delmarre não permitia que o vissem, posso lhe assegurar. Se alguém fosse até ele pessoalmente, não importa quão valiosa e duradoura fosse a amizade entre eles, o dr. Delmarre o mandaria embora e, se necessário, chamaria os robôs para ajudá-lo a expulsar o intruso — interrompeu Attlebish com frieza.

— É verdade — anuiu Baley —, *se* o dr. Delmarre soubesse que se tratava de presença pessoal.

— O que quer dizer com isso? — indagou o dr. Thool, surpreso e com a voz trêmula.

— Quando o senhor tratou a sra. Delmarre na cena do crime — respondeu Baley olhando em cheio para o seu inquiridor —, ela presumiu que o senhor a estivesse olhando, até o senhor tocá-la de fato. Foi o que ela me contou e acredito nisso. Eu mesmo estou acostumado apenas a ver. Quando cheguei em Solaria e conheci Gruer, o Chefe de Segurança, presumi que o estava vendo. Quando, ao final da nossa conversa, Gruer desapareceu, fui pego de surpresa. Pois bem, imaginem o contrário. Imaginem que, durante toda a vida adulta de um homem, ele tivesse apenas olhado sem nunca ver ninguém, exceto, em raras ocasiões, sua própria esposa. Agora imaginem que alguém que não sua mulher se aproximasse dele em pessoa. Ele não presumiria automaticamente que estava olhando alguém, em especial se um robô tivesse sido instruído a avisar o dr. Delmarre que um contato por conexão holográfica estava sendo estabelecido?

— Nem por um minuto — negou Quemot. — A similaridade do cenário o trairia.

— Talvez, mas quantos de vocês repararam no cenário desta reunião? Levaria um minuto ou mais para que o dr. Delmarre reparasse que algo estava errado e, àquela altura, seu amigo, quem quer que fosse, poderia avançar em sua direção, levantar o porrete e executar o golpe fatal.

— Impossível — Quemot insistiu, com teimosia.

— Não acho que seja — contestou Baley. — Acho que a oportunidade não deve ser considerada a prova absoluta de que a sra. Delmarre é a assassina. Ela teve a oportunidade, mas outros também tiveram. Baley fez outra pausa. Sentia que sua testa transpirava, mas enxugá-la o teria feito parecer fraco. Ele devia manter um controle absoluto do procedimento. Devia fazer seu alvo se convencer da própria inferioridade. Era difícil um terráqueo fazer isso com um Sideral.

Baley olhou um por um e decidiu que, pelo menos, as coisas estavam progredindo de maneira satisfatória. Até mesmo Attlebish parecia humanamente preocupado.

— E assim — ele prosseguiu — chegamos ao meio, que é o fator mais misterioso de todos. A arma com a qual o assassinato foi cometido nunca foi encontrada.

— Nós sabemos disso — escarneceu Attlebish. — Se não fosse por essa questão, teríamos considerado a acusação contra a sra. Delmarre conclusiva. Nunca teríamos solicitado uma investigação.

— Talvez — murmurou Baley. — Vamos analisar a questão do meio, então. Há duas possibilidades. Ou a sra. Delmarre cometeu o assassinato, ou alguma outra pessoa o fez. Se a sra. Delmarre cometeu o assassinato, a arma teria de ter permanecido na cena do crime, a não ser que tivesse sido retirada de lá mais tarde. Foi sugerido pelo meu parceiro, o sr. Daneel Olivaw, de Aurora, que o dr. Thool teve a oportunidade de pegar a arma. Eu pergunto ao dr. Thool agora, na presença de todos nós, se ele fez isso, se ele pegou a arma enquanto examinava a sra. Delmarre, que estava inconsciente.

O dr. Thool estava tremendo.

— Não, não. Eu juro. Eu me submeto a qualquer interrogatório. Juro que não peguei nada.

— Algum dos presentes pretende sugerir, a esta altura, que o dr. Thool está mentindo?

Houve um momento de silêncio, durante o qual Leebig olhou para um objeto fora do campo de visão de Baley e resmungou algo sobre a hora.

— A segunda possibilidade é que outra pessoa tenha cometido o crime e tenha levado a arma consigo — sugeriu Baley. — Mas se foi assim, é preciso perguntar-se por quê. Levar a arma embora seria anunciar o fato de que a sra. Delmarre não era a assassina. Se um estranho era o assassino, ele teria de ser um completo imbecil para não deixar a arma com o cadáver para condenar a sra. Delmarre. Então, de qualquer forma, *a arma tem de estar lá*! No entanto, ela não foi vista.

—Você pensa que somos idiotas ou cegos? — perguntou Attlebish.

— Penso que são solarianos — retrucou Baley calmamente — e, portanto, incapazes de reconhecer a arma em particular que foi deixada na cena do crime como sendo uma arma.

— Não entendi uma palavra — observou Klorissa, aflita.

Até Gladia, que mal tinha movido um músculo desde o início da reunião, estava olhando para Baley com ar de surpresa.

— O marido morto e a mulher inconsciente não foram os únicos indivíduos encontrados no local. Havia também um robô avariado.

— E daí? — questionou Leebig, irritado.

— Não é óbvio, então, que, tendo eliminado o impossível, o que resta, por mais improvável que seja, é a verdade? O robô na cena do crime era a arma do crime, uma arma que nenhum de vocês reconheceria, em virtude da sua educação.

* * *

Todos falaram ao mesmo tempo; todos, menos Gladia, que simplesmente observava.

Baley levantou os braços.

— Esperem. Silêncio! Deixem-me explicar.

E mais uma vez ele contou a história do atentado contra a vida de Gruer e o método pelo qual isso poderia ter sido executado. Dessa vez, ele acrescentou o atentado contra sua vida na instituição para bebês.

— Imagino que isso foi feito mandando que um robô envenenasse uma flecha sem saber que estava usando veneno, e mandando um segundo robô dar a flecha envenenada ao menino depois de dizer a ele que você era um terráqueo, sem que o segundo robô soubesse que a flecha estava envenenada — teorizou Leebig, impaciente.
— Algo do tipo. Ambos os robôs tinham sido completamente instruídos.
— Muito pouco provável — redarguiu Leebig.
Quemot estava pálido e parecia prestes a passar mal a qualquer momento.
— Não seria possível a nenhum solariano usar um robô para causar danos a um humano.
— Talvez não — arriscou Baley, dando de ombros —, mas a questão é que os robôs podem ser manipulados dessa forma. Pergunte ao dr. Leebig. Ele é o roboticista.
— Isso não se aplica ao assassinato do dr. Delmarre. Eu lhe disse isso ontem — insistiu Leebig. — Como alguém poderia conseguir fazer um robô arrebentar a cabeça de um homem?
— Devo explicar como?
— Explique, se puder.
— Era um novo modelo de robô que o dr. Delmarre estava testando. O significado disso não estava claro para mim até ontem à noite, até que tive a oportunidade de dizer a um robô, ao pedir ajuda para me levantar de uma poltrona, "dê-me uma mãozinha". O robô olhou para a própria mão, confuso, como se ele pensasse que era esperado que ele a desconectasse e a desse para mim. Tive de repetir a minha ordem de uma maneira menos idiomática. Mas isso me lembrou de uma coisa que o dr. Leebig tinha dito antes. Havia experimentos com robôs com membros substituíveis. Imaginem que esse robô que o dr. Delmarre estava testando fosse um desses, capaz de usar qualquer um dentre inúmeros membros substituíveis de vários formatos para diferentes tipos de tarefas especializadas. Suponham que o assassino soubesse disso e de repente dissesse ao robô: "Dê-me

o seu braço". O robô o desconectaria e o daria a ele. O braço desconectado daria uma arma esplêndida. Com o dr. Delmarre morto, o braço poderia rapidamente ser colocado de volta.

Horror e perplexidade deram lugar a uma algazarra de vozes em protesto enquanto Baley falava. Ele teve de gritar a última frase e, mesmo assim, ela quase foi abafada.

Attlebish, enrubescido, levantou-se da cadeira e deu um passo adiante.

— Mesmo que seja verdade isso que você disse, então a sra. Delmarre é a assassina. Ela estava lá, ela discutia com ele, ela poderia estar observando o marido trabalhar nesse robô, e estaria a par dos membros substituíveis (nos quais, a propósito, eu não acredito). Não importa o que faça, terráqueo, tudo aponta para ela.

Gladia começou a chorar baixinho.

Baley não olhou para ela.

— Ao contrário — disse ele —, é fácil mostrar que, seja quem for o assassino, esse alguém não é a sra. Delmarre.

* * *

Jothan Leebig de repente cruzou os braços e permitiu-se deixar transparecer no rosto uma expressão de desdém.

Baley percebeu isso e acrescentou:

— O senhor vai me ajudar a fazer isso, dr. Leebig. Como roboticista, o senhor sabe que manejar robôs para executar uma ação, tal como um assassinato indireto, requer uma habilidade enorme. Ontem tentei colocar um indivíduo em prisão domiciliar. Dei instruções específicas a três robôs com a intenção de manter esse indivíduo a salvo. Era uma coisa simples, mas sou desajeitado com robôs. Havia brechas nas minhas instruções e o meu prisioneiro escapou.

— Quem era o prisioneiro? — indagou Attlebish.

— Não vem ao caso — resmungou Baley, impaciente. — A questão é o fato de que amadores não sabem lidar muito bem com robôs. E, no que se refere aos solarianos, alguns podem ser bem amadores.

Por exemplo, o que Gladia Delmarre sabe sobre robótica?... E então, dr. Leebig?

— O quê? — indagou o roboticista, olhando para ele.

— O senhor tentou ensinar robótica para a sra. Delmarre. Que tipo de aluna ela era? Ela aprendeu alguma coisa?

Leebig olhou ao redor, constrangido.

— Ela não aprendeu... — e a frase morreu aí.

— Ela era um caso perdido, não era? Ou o senhor prefere não responder?

— Pode ser que ela tenha fingido ignorância — contrapôs Leebig, inflexível.

— Está preparado para dizer, como roboticista, que o senhor acha que a sra. Delmarre tem habilidade suficiente para levar robôs a cometerem um assassinato indireto?

— Como posso responder a isso?

—Vou me expressar de outra forma. Quem quer que tenha tentado me matar na instituição para bebês deve ter precisado me localizar usando as comunicações interrobóticas. Afinal, eu não contei a nenhum humano para onde ia e apenas os robôs que me transportavam de um ponto a outro sabiam do meu paradeiro. Meu parceiro, Daneel Olivaw, conseguiu me rastrear mais tarde, mas só com uma dificuldade considerável. Por outro lado, o assassino deve ter feito isso com facilidade, uma vez que, além de me localizar, ele pôde providenciar o envenenamento e o uso da flecha, tudo isso antes que eu saísse da instituição e seguisse adiante. A sra. Delmarre teria habilidade para isso?

Corwin Attlebish se inclinou para a frente.

— Quem você sugere que teria a habilidade necessária, terráqueo?

— O dr. Jothan Leebig é confessamente o maior especialista em robôs no planeta — disse Baley.

— Isso é uma acusação? — bradou Leebig.

— Sim! — sentenciou Baley.

* * *

A fúria nos olhos de Leebig desvaneceu aos poucos, e foi substituída não exatamente por calma, mas por um tipo de tensão contida.

– Eu estudei o robô de Delmarre depois do assassinato. Ele não tinha membros removíveis. Ao menos, eram removíveis apenas no sentido tradicional de requerer ferramentas especiais e manuseio de um especialista. Então, o robô não foi a arma usada para matar Delmarre e você não tem nenhum argumento – ele concluiu.

– Quem mais pode assegurar que a sua declaração é verdadeira?

– Minha palavra não deve ser questionada.

– Ela está sendo questionada aqui. Estou acusando-o, e a sua palavra não comprovada referente ao robô não tem valor. Se outra pessoa corroborasse o que o senhor atesta, seria diferente. Aliás, o senhor jogou aquele robô fora prontamente. Por quê?

– Não havia motivo para ficar com ele. Estava completamente avariado. Estava inutilizado.

– Por quê?

Leebig chacoalhou o dedo na direção de Baley e respondeu com violência:

–Você me perguntou uma vez, terráqueo, e eu lhe expliquei o porquê. Ele tinha testemunhado um assassinato o qual fora incapaz de impedir.

– O senhor me disse que isso sempre ocasiona a destruição completa, que isso era uma regra universal. No entanto, quando Gruer foi envenenado, o robô que deu a bebida envenenada a ele sofreu avarias que envolviam mancar e falar ceceando. Ele próprio fora de fato o agente do que parecia um assassinato naquele momento, e não apenas uma testemunha, e, no entanto, conservou um estado de sanidade suficiente para ser questionado. Esse robô, o robô do caso Delmarre, deve, portanto, estar relacionado de forma ainda mais próxima com o assassinato do que o robô de Gruer. O próprio braço desse robô de Delmarre deve ter sido usado como a arma do crime.

— Tudo isso é um absurdo — exclamou Leebig com a respiração entrecortada. — Você não sabe nada sobre robótica.

— Isso é o que pode ter acontecido — insistiu Baley. — Mas vou sugerir que o Chefe de Segurança Attlebish confisque os arquivos da sua fábrica de robôs e da oficina de consertos. Talvez possamos descobrir se você construiu robôs com membros removíveis e, se construiu, se algum deles foi enviado para o dr. Delmarre e, se foi, quando isso aconteceu.

— Ninguém vai mexer nos meus arquivos — gritou Leebig.

— Por quê? Se o senhor não tem nada a esconder, por quê?

— Mas por que diabos eu ia querer matar Delmarre? Diga-me. Qual é o meu motivo?

— Consigo pensar em dois — respondeu Baley. — O senhor era amigo da sra. Delmarre. Muito amigo. Os solarianos são humanos, de certo modo. O senhor nunca se casou com uma mulher, mas isso não o tornou imune a, digamos, impulsos animais. O senhor via a sra. Delmarre... perdão, olhava a sra. Delmarre — quando ela estava vestindo trajes informais e...

— Não — gritou Leebig, angustiado.

— Não — murmurou Gladia energicamente.

— Talvez você mesmo não tenha reconhecido a natureza dos seus sentimentos — retomou Baley — ou, se tinha uma vaga noção do que eram, você sentia desprezo por si próprio por sua fraqueza, e odiava a sra. Delmarre por inspirar esse sentimento. E, contudo, pode ser que o senhor odiasse também o dr. Delmarre por tê-la. O senhor pediu à sra. Delmarre que fosse sua assistente. Suas concessões à sua libido chegaram a esse ponto. Ela se recusou e o seu ódio ficou mais intenso por causa disso. Matando o dr. Delmarre de tal modo a levantar suspeitas contra a sra. Delmarre, o senhor poderia se vingar dos dois de uma só vez.

– Quem acreditaria nessa sujeira barata e melodramática? – indagou Leebig com um murmúrio rouco. – Outro terráqueo, outro animal, talvez. Nenhum solariano.

– Não dependo desse motivo – prosseguiu Baley. – Acho que ele estava lá, inconscientemente, mas você teve um motivo mais simples também. O dr. Rikaine Delmarre era um obstáculo aos seus planos, e tinha de ser eliminado.

– Que planos? – perguntou Leebig.

– Seus planos para a conquista da Galáxia, dr. Leebig – acusou Baley.

⑱ UMA PERGUNTA É RESPONDIDA

– O terráqueo está louco – gritou Leebig, virando-se para os outros. – Isso não é óbvio? Alguns olhavam para Leebig sem palavras, outros para Baley. Baley não lhes deu chance de tomar uma decisão. O investigador prosseguiu:

– O senhor sabe melhor do que eu, dr. Leebig. O dr. Delmarre ia romper com o senhor. A sra. Delmarre achou que era porque o senhor não queria se casar. Eu não acredito nisso. O próprio dr. Delmarre estava planejando um futuro no qual a fertilização *in vitro* seria possível e o casamento, desnecessário. Mas o dr. Delmarre estava trabalhando com o senhor; ele saberia e poderia adivinhar mais sobre o seu trabalho do que qualquer outra pessoa. Ele saberia se você estivesse tentando fazer experimentos perigosos e tentaria impedi-lo. Ele fez referência a essas questões para o agente Gruer, mas não se aprofundou por não saber maiores detalhes. Obviamente, você ficou sabendo das suspeitas dele e o matou.

– Louco! – acusou Leebig mais uma vez. – Não quero ter mais nada a ver com isto.

Mas Attlebish o interrompeu.

– Ouça o que ele tem a dizer, Leebig!

Baley mordeu o lábio para evitar uma demonstração precipitada de satisfação com a evidente falta de simpatia na voz do Chefe de Segurança.

— Na mesma conversa comigo — continuou o investigador —, na qual o senhor mencionou os robôs com membros removíveis, dr. Leebig, o senhor falou sobre naves com cérebros positrônicos incorporados. O senhor definitivamente estava falando demais naquele momento. Foi porque o senhor pensou que eu era só um terráqueo e seria incapaz de entender as implicações da robótica? Ou foi porque tinha acabado de evitar uma visita pessoal e, com a ameaça esquivada, estava delirando de alívio? Em todo caso, o dr. Quemot já me havia dito que a arma secreta de Solaria contra os Mundos Siderais era o robô positrônico.

Quemot, inesperadamente mencionado dessa forma, começou a protestar com violência:

— Eu quis dizer...

—Você estava falando em um sentido sociológico, eu sei — interrompeu Baley. — Mas isso me faz pensar. Consideremos uma espaçonave com um cérebro positrônico incorporado, em comparação com uma nave com tripulação humana. Uma espaçonave tripulada por humanos não poderia usar robôs durante uma guerra. Um robô não poderia destruir humanos em espaçonaves ou em mundos inimigos. Ele não compreenderia a diferença entre humanos amigos e humanos inimigos. É claro que poderiam dizer a um robô que a espaçonave inimiga não tem humanos a bordo. Poderiam dizer-lhe que era um planeta desabitado que estava sendo bombardeado. Isso seria difícil de fazer. O robô poderia ver que sua própria nave tinha humanos. Ele presumiria que o mesmo era verdade quanto às naves e aos mundos inimigos. Seria necessário um verdadeiro especialista em robótica, como o senhor, dr. Leebig, para lidar com os robôs de forma apropriada nesse caso, e há pouquíssimos especialistas desse nível. Mas me parece que uma espaçonave que fosse equipada com seu próprio cérebro positrônico atacaria com tranquilidade qualquer nave que fosse orientada a atacar. Ela naturalmente presumiria que nenhuma das outras naves era tripulada por humanos. Uma nave com cérebro positrônico poderia, sem nenhuma dificuldade, ser impossibilitada de receber das naves inimigas mensagens que pudessem esclarecer as coisas. Com suas armas e defesas sob o controle imediato de um cérebro positrônico, ela seria mais fácil de manejar do que qualquer nave com tripulação humana. Sem a necessidade de haver espaço para tripulantes, suprimentos, água ou purificadores de ar, ela poderia carregar mais escudos, mais armas e ser mais invulnerável do que uma nave comum. Uma nave com um cérebro positrônico poderia derrotar frotas de naves comuns. Estou errado?

A última pergunta foi direcionada ao dr. Leebig, que tinha se levantado da cadeira e estava de pé, com uma postura rígida, quase cataplético de... quê? Raiva? Terror?

Não houve resposta. Nenhuma resposta teria sido ouvida. Começou uma grande agitação e os outros estavam gritando, enlouquecidos. Klorissa estava furiosa e até Gladia estava em pé, gesticulando com seu pequeno punho de forma ameaçadora.

E todos tinham se virado para Leebig.

Baley relaxou e fechou os olhos. Tentou desfazer os nódulos de tensão em seus músculos e aliviar os tendões por alguns instantes.

Tinha funcionado. Por fim, ele tinha acertado no alvo. Quemot tinha feito uma analogia entre os robôs solarianos e os hilotas espartanos. Ele dissera que os robôs não poderiam se revoltar, então os solarianos podiam relaxar.

Mas e se alguns humanos ameaçassem ensinar os robôs como causar danos aos seres humanos; se, em outras palavras, os tornassem capazes de se revoltar?

Não seria esse o pior de todos os crimes? Em um mundo como Solaria, até o último habitante não se voltaria ferozmente contra qualquer um, mesmo que fosse apenas suspeito de tornar um robô capaz de fazer mal a um ser humano, em Solaria, onde a proporção de robôs para humanos era de 20 mil para um?

— Você está preso — gritou Attlebish. — Você está absolutamente proibido de tocar os seus livros ou arquivos até que o governo tenha a oportunidade de examiná-los... — continuou ele, de modo quase incoerente, e mal foi ouvido no pandemônio.

Um robô se aproximou de Baley.

— Uma mensagem, mestre, do mestre Olivaw.

Baley recebeu a mensagem com ar sério, virou-se e gritou:

— Um momento.

Sua voz teve um efeito quase mágico. Todos se viraram para olhar solenemente para ele e em nenhum dos rostos (exceto pelo olhar paralisado de Leebig) havia sinal de qualquer outra coisa que não fosse uma grande atenção ao terráqueo.

— É tolice esperar que o dr. Leebig deixe seus arquivos intocados enquanto espera que alguns oficiais os encontrem. Então, mesmo antes que esta reunião começasse, meu parceiro, Daneel Olivaw, partiu para a propriedade do dr. Leebig. Acabei de receber notícias dele. Ele acaba de desembarcar e estará com o dr. Leebig em um instante a fim de restringir seus movimentos — informou Baley.

— Restringir meus movimentos! — berrou Leebig tomado por um terror quase animal. Ele arregalou os olhos até ficar parecendo que tinha dois buracos na cabeça, que ficavam observando fixamente adiante. — Alguém está vindo para cá? Pessoalmente? Não! Não!

O segundo não foi um grito estridente.

— Não vão machucá-lo — garantiu Baley friamente —, se cooperar.

— Mas não vou vê-lo. Não posso vê-lo.

O roboticista caiu de joelhos sem parecer ter se dado conta do movimento. Juntando as mãos, fez um gesto desesperado de súplica.

— O que você quer? Uma confissão? O robô de Delmarre tinha membros removíveis. Sim. Sim. Sim. Eu providenciei o envenenamento de Gruer. Providenciei a flecha para acertar você. Eu até planejei as naves, como você disse. Não obtive sucesso, mas sim, eu planejei. Só mantenha o homem longe de mim. Não o deixe vir. Mantenha-o afastado!

Ele estava balbuciando de forma incoerente.

Baley aquiesceu. Acertara no alvo outra vez. A ameaça de uma presença pessoal poderia fazer mais para induzir uma confissão do que qualquer tortura física.

Mas depois, devido a algum barulho ou movimento fora do campo de audição ou de visão de qualquer um dos demais, Leebig virou a cabeça e abriu a boca. Ele levantou as mãos, procurando manter alguém a distância.

– Fique longe de mim – implorou ele. –Vá embora. Não chegue perto. Por favor, não chegue perto. Por favor...

Ele se afastou depressa, engatinhando, e então, de repente, colocou a mão no bolso do casaco. Segurava algo quando tirou a mão do bolso e a levou à boca rapidamente. Cambaleou duas vezes e caiu prostrado.

Baley quis gritar: "Seu tolo, não é um humano que está se aproximando, é apenas um dos robôs que você tanto ama".

Daneel Olivaw entrou em disparada no campo de visão e olhou por um instante para a figura contorcida no chão.

Baley prendeu a respiração. Se Daneel percebesse que fora a sua própria pseudo-humanidade que matara Leebig, o efeito no seu cérebro, escravo da Primeira Lei, poderia ser drástico.

Mas Daneel apenas ajoelhou e seus delicados dedos tocaram Leebig aqui e ali. Depois ele levantou a cabeça de Leebig como se esta lhe fosse infinitamente preciosa, aninhando-a e afagando-a.

Sua face belamente esculpida fitou os demais e ele sussurrou:

– Um humano está morto!

* * *

Baley a estava esperando; ela pedira uma última conversa, mas ele arregalou os olhos quando ela apareceu.

– Estou vendo você – disse ele.

— Sim — confirmou Gladia —, como você sabe?
—Você está usando luvas.
— Ah.
Ela olhou para as próprias mãos, confusa. Depois disse delicadamente:
—Você se importa?
— Não, claro que não. Mas por que você decidiu me ver, e não olhar?
— Bem — ela deu um leve sorrisinho —, tenho de me acostumar com isso, não tenho, Elijah? Quero dizer, já que vou para Aurora.
— Está tudo combinado então?
— Parece que o sr. Olivaw tem influência. Está tudo combinado. Nunca mais vou voltar.
— Ótimo. Você vai ser mais feliz, Gladia. Sei que vai.
—Tenho um pouco de medo.
— Eu sei. Significa ver as pessoas o tempo inteiro e você não vai ter todo o conforto de Solaria. Mas vai se acostumar com isso e, além do mais, vai esquecer todo o horror pelo qual passou.
— Não quero esquecer tudo — murmurou Gladia baixinho.
—Você vai esquecer.
Baley olhou para a moça magra que estava diante dele e disse, não sem sentir uma pontada de angústia momentânea:
— E um dia vai se casar também. Casar de verdade, quero dizer.
— De certa forma — ela observou melancolicamente —, isso não me parece muito atrativo... neste exato momento.
—Você vai mudar de ideia.
E eles ficaram ali, olhando um para o outro por um instante, sem dizer palavra.
— Nunca lhe agradeci — disse Gladia.
— Era apenas o meu trabalho — resmungou Baley.
—Você vai voltar para a Terra agora, não vai?
— Sim.
— Nunca mais vou ver você.

— É provável que não. Mas não se sinta mal por isso. Em 40 anos, no máximo, vou estar morto, e você não vai ter mudado nada.

O rosto dela se contorceu.

— Não diga isso.

— É verdade.

Rapidamente ela desconversou, como se se sentisse forçada a mudar de assunto:

— Tudo sobre Jothan Leebig é verdade, sabe?

— Eu sei. Outros roboticistas examinaram seus arquivos e encontraram experimentos voltados para espaçonaves inteligentes e sem tripulação humana. Também encontraram outros robôs com membros removíveis.

Gladia estremeceu.

— Por que você acha que ele fez uma coisa horrível dessas?

— Ele tinha medo das pessoas. Ele se matou para evitar uma presença pessoal e estava pronto para exterminar outros mundos para se certificar de que Solaria e seu tabu quanto à presença pessoal permanecessem inviolados.

— Como ele podia sentir isso — murmurou ela —, quando a presença pessoal pode ser tão...

Fez-se outro momento de silêncio enquanto eles se olhavam, cara a cara, a dez passos de distância.

Então Gladia gritou de repente:

— Oh, Elijah, você vai achar isto um comportamento libertino da minha parte.

— Achar o quê libertino?

— Posso tocá-lo? Nunca mais vou vê-lo, Elijah.

— Se quiser.

Passo a passo, ela se aproximou, com os olhos brilhando, mas parecendo apreensiva também. Ela parou a três passos de distância e então, lentamente, como se estivesse em transe, começou a tirar a luva da mão direita.

Baley esboçou um gesto para contê-la.

— Gladia, não seja boba.
— Não tenho medo — ela declarou.
A mão dela estava descoberta e tremeu conforme Gladia a estendia.
A mão de Baley também tremeu quando pegou a dela. Eles ficaram assim por um instante; a mão dela mostrava algo de tímido enquanto se apoiava na dele. Ele abriu a mão e a dela escapou, indo, em um piscar de olhos e sem aviso, em direção ao rosto dele até que seus dedos pousassem, leves como uma pluma, na face do investigador por um segundo.
— Obrigada, Elijah, adeus — ela se despediu.
Ele sussurrou "adeus, Gladia" e a viu partir.
Nem mesmo a ideia de que uma nave estava esperando para levá-lo de volta para a Terra apagou a sensação de perda que ele sentia naquele momento.

* * *

Era para o olhar do Subsecretário Albert Minnim ser um olhar cerimonioso de boas-vindas.
— Estou feliz em ver você de volta à Terra. É claro que o seu relatório chegou antes e está sendo estudado. Você fez um bom trabalho. Isso vai ficar bem na sua ficha.
— Obrigado — resmungou Baley.
Não havia espaço em sua mente para mais exaltações. Estar de volta à Terra, estar a salvo nas Cavernas, poder ouvir a voz de Jessie (ele já tinha falado com ela) tinham-no deixado estranhamente vazio.
— No entanto — continuou Minnim —, o seu relatório se referia apenas à investigação de assassinato. Havia outra questão na qual estávamos interessados. Você pode fazer um relatório verbal sobre isso para mim?

Baley hesitou e sua mão se moveu automaticamente em direção ao bolso interno onde o conforto cálido do seu cachimbo podia ser encontrado outra vez.

— Pode fumar, Baley — autorizou Minnim.

Baley fez do processo de acender o cachimbo um ritual prolongado.

— Não sou sociólogo — ele argumentou.

— Não é? — Minnim deu um sorriso breve. — Parece-me que discutimos isso uma vez. Um detetive bem-sucedido deve ser um bom sociólogo por experiência, mesmo que nunca tenha ouvido falar sobre a Equação de Hackett. Eu acho, a julgar pelo seu desconforto no momento, que você elaborou algumas noções relativas aos Mundos Siderais, mas não tem certeza de como elas vão soar aos meus ouvidos.

— Se o senhor coloca a questão nesses termos... Quando ordenou que eu fosse a Solaria, o senhor me fez uma pergunta: quais eram os pontos fracos dos Mundos Siderais? Seus pontos fortes eram os robôs, uma população pequena, suas vidas longas, mas quais eram seus pontos fracos?

— E então?

— Acredito que conheço os pontos fracos de Solaria, senhor.

— Você pode responder à minha pergunta? Ótimo. Continue.

— Seus pontos fracos, senhor, são seus robôs, sua população pequena e suas vidas longas.

Minnim fitava Baley sem mudar de expressão. Com os dedos, em movimentos irregulares, fazia desenhos nos papéis em sua mesa.

— Por que diz isso? — perguntou ele.

Baley tinha passado horas organizando seus pensamentos enquanto voltava de Solaria; tinha confrontado seus superiores, em sua imaginação, com argumentos equilibrados e bem fundamentados. Agora ele sentia incerteza.

— Não estou certo de conseguir explicar de forma clara — ele confessou.

– Não importa. Deixe-me ouvir o que tem a dizer. Isto é uma primeira abordagem apenas.

– Os solarianos desistiram de algo que o ser humano tem há um milhão de anos, algo que vale mais do que a energia atômica, as cidades, a agricultura, as ferramentas, o fogo, tudo, porque é algo que tornou possível todo o resto – explicou Baley.

– Não quero adivinhar, Baley. O que é?

– A tribo, senhor. A cooperação entre os indivíduos. Solaria desistiu completamente disso. É um mundo de indivíduos isolados e o único sociólogo do planeta está feliz de que seja assim. A propósito, o sociólogo nunca tinha ouvido falar em sociomatemática porque está inventando a própria ciência. Não há ninguém para ensiná-lo, ninguém para ajudá-lo, ninguém para pensar em algo que ele poderia não perceber. A única ciência que realmente prospera em Solaria é a robótica e há apenas um punhado de homens envolvidos nisso e, quando se trata da análise da interação entre robôs e homens, eles precisaram chamar um terráqueo para ajudar. A arte de Solaria, senhor, é abstrata. Nós temos arte abstrata na Terra como um dos tipos de arte, mas em Solaria ela é a única forma. O contato humano acabou. O futuro esperado é aquele em que haja fertilização *in vitro* e isolamento total desde o nascimento.

– Tudo isso parece horrível – observou Minnim. – Mas é prejudicial?

– Acho que sim. Sem a interação entre humanos, acaba o principal interesse na vida, acaba a maioria dos valores intelectuais, acaba a maior parte da razão de viver. A conexão holográfica não substitui a presença pessoal. Os próprios solarianos têm consciência de que a conexão holográfica é uma noção de longa distância. E, se o isolamento não for suficiente para induzir à estagnação, há a questão da vida longa que eles têm. Na Terra, temos um contínuo influxo de jovens com vontade de mudar porque não tiveram tempo de se tornar inflexíveis quanto aos seus hábitos. Suponho que isso seja ótimo. Uma vida longa o bastante para conseguir uma verdadeira realização e curta o bastante para abrir caminho para os jovens a um ritmo que não é lento demais. Em Solaria, o ritmo é lento *demais*. Minnim ainda estava desenhando padrões com o dedo.

— Interessante! Interessante! — Ele levantou a cabeça, e foi como se uma máscara tivesse caído. Havia alegria em seus olhos. — Investigador, você é um homem perspicaz.

— Obrigado — agradeceu Baley de modo formal.

— Sabe por que o encorajei a descrever seu ponto de vista para mim? — Ele parecia um garotinho, alimentando sua satisfação. Continuou sem esperar uma resposta. — O seu relatório já passou por uma análise preliminar feita por nossos sociólogos e eu estava me perguntando se você tinha ideia de que tinha trazido notícias excelentes para a Terra. Vejo que sim.

— Mas espere — interrompeu Baley. — Há mais coisas.

— Realmente há — concordou Minnim com júbilo. — Solaria não pode corrigir sua estagnação. O planeta passou de um ponto crítico e sua dependência com relação aos robôs foi longe demais. Um único robô não consegue castigar uma única criança, embora o castigo possa fazer bem à criança depois. O robô não consegue ver além da dor imediata. E, coletivamente, os robôs não podem castigar um planeta deixando que suas instituições entrem em colapso quando as instituições se tornaram prejudiciais. Eles não conseguem ver além do caos imediato. Então, o único fim para os Mundos Siderais é a estagnação perpétua e a Terra será libertada de sua dominação. Esses dados novos mudam tudo. Uma revolta que envolve participação física não será necessária. A liberdade virá por si mesma.

— Espere — exclamou Baley de novo e mais alto. — Estamos discutindo apenas Solaria, e não qualquer outro Mundo Sideral.

— É a mesma coisa. O seu sociólogo solariano... Kimot...

— Quemot, senhor.

— Quemot, que seja. Ele afirmou que os outros Mundos Siderais estão caminhando na mesma direção que Solaria, não foi?

— Ele afirmou, mas não sabia nada sobre os outros Mundos Siderais em primeira mão, ele não era um sociólogo. Não de verdade. Pensei que tivesse deixado isso claro.

— Nossos homens vão verificar isso.

— Eles também não terão dados. Não sabemos nada sobre os Mundos Siderais realmente grandes. Aurora, por exemplo, o mundo de Daneel. Não me parece razoável esperar que lá sejam semelhantes a Solaria. De fato, há apenas um mundo na Galáxia que se assemelha a Solaria...

Minnim estava encerrando o assunto, fazendo com a mão limpa um gesto alegre e breve.

— Nossos homens vão verificar. Tenho certeza de que concordarão com Quemot.

O olhar de Baley ficou mais apreensivo. Se os sociólogos da Terra estavam ansiosos o bastante por boas notícias, eles se veriam concordando com Quemot nessa questão. Qualquer coisa poderia ser encontrada nas estimativas se a procura fosse longa e árdua o suficiente e se as informações apropriadas fossem ignoradas ou negligenciadas.

Ele hesitou. Seria melhor falar enquanto ele tinha a atenção de um homem com um alto cargo no governo ou...

Ele hesitou um pouco demais. Minnim estava falando de novo, mexendo com alguns papéis e ficando mais objetivo.

— Agora algumas questões menores, investigador, referentes ao caso Delmarre em si e depois poderá ir. Você teve a intenção de fazer Leebig se suicidar?

— Tive a intenção de forçá-lo a confessar, senhor. Eu não tinha previsto o suicídio motivado pela aproximação de alguém que, ironicamente, era apenas um robô e que não estaria de fato violando o tabu contra a presença pessoal. Mas, francamente, não lamento essa morte. Ele era um homem perigoso. Vai demorar muito tempo até que haja outro homem que combine suas ideias doentias e sua genialidade.

— Concordo com isso — murmurou Minnim secamente — e considero que foi sorte ele ter morrido, mas você não levou em consideração o perigo que corria se os solarianos tivessem parado para perceber que Leebig não poderia ter assassinado Delmarre?

Baley tirou o cachimbo da boca e não disse nada.

— Ora vamos, investigador — disse Minnim. — Você sabia que não tinha sido ele. O assassinato requeria presença pessoal e Leebig morreria antes de se permitir tal coisa. Ele *morreu* antes de permitir tal coisa.

— O senhor está certo — disse Baley. — Contei com a possibilidade de os solarianos estarem horrorizados demais com o mau uso que ele tinha dado aos robôs para parar e pensar nisso.

— Então quem matou Delmarre?

— Se o senhor se refere a quem desferiu de fato o golpe, é a pessoa que todos sabiam que tinha feito isso. Gladia Delmarre, a esposa do sujeito — respondeu Baley lentamente.

— E você a deixou escapar?

— Moralmente, a responsabilidade não era dela. Leebig sabia que Gladia tinha discussões horríveis com o marido, e com frequência. Ele devia saber como ela podia chegar a ficar furiosa em momentos de raiva. Leebig queria a morte do marido em circunstâncias que incriminassem a mulher. Então ele forneceu um robô a Delmarre e, imagino eu, instruiu o robô com toda a habilidade que tinha a dar a Gladia um de seus membros removíveis num instante de grande fúria. Com uma arma na mão no momento crucial, ela agiu sem ter consciência de seus atos, antes que Delmarre ou o robô pudessem impedi-la. Gladia foi um instrumento involuntário de Leebig, tanto quanto o robô — concluiu Baley.

— O braço do robô deve ter ficado cheio de sangue e cabelo emaranhado — supôs Minnim.

— É provável que tenha ficado — considerou Baley. — Mas foi Leebig quem se ocupou do robô do assassinato. Ele poderia, com facilidade, ter instruído qualquer outro robô que pudesse ter notado o fato a se esquecer disso. O dr. Thool poderia ter notado, mas ele examinou apenas o homem morto e a mulher inconsciente. O erro de Leebig foi achar que a culpa recairia de forma tão evidente sobre Gladia que a questão da ausência de algo que pudesse ser considerado a arma na cena do crime não a salvaria. Ele tampouco poderia prever que um terráqueo seria chamado para ajudar na investigação.

– Então, com Leebig morto, você providenciou a saída de Gladia de Solaria. Foi para salvá-la, caso alguns solarianos começassem a pensar sobre o caso?

Baley encolheu os ombros.

– Ela já havia sofrido o suficiente. Tinha sido vítima de todos: do marido, de Leebig, do mundo de Solaria.

– Você não estava distorcendo a lei para satisfazer um capricho pessoal? – perguntou Minnim.

O rosto de Baley, marcado por sulcos, enrijeceu-se.

– Não era um capricho. Eu não estava comprometido com a lei solariana. Os interesses da Terra eram mais importantes e, pelo bem desses interesses, tive de garantir que cuidassem daquele tal de Leebig, aquele que era perigoso. Quanto à sra. Delmarre... – Ele estava encarando Minnim agora, e sentiu que estava dando um passo crucial. Ele *tinha* de dizer isto. – Quanto à sra. Delmarre, eu a tornei a base de um experimento.

– Que experimento?

– Eu queria saber se ela consentiria em enfrentar um mundo onde se permitia e se esperava que houvesse presença pessoal. Eu estava curioso para saber se ela teria coragem de encarar a ruptura de costumes tão profundamente arraigados nela. Eu tinha receio de que ela se recusasse a ir, que insistisse em permanecer em Solaria, que era um purgatório para ela, em vez de resolver abandonar seu deturpado modo de vida solariano. Mas ela escolheu a mudança e eu fiquei feliz por essa escolha, porque me pareceu simbólica. Pareceu abrir as portas da salvação para *nós*.

— Para *nós?* — perguntou Minnim energicamente. — Que diabos você quer dizer?

— Não para o senhor nem para mim em particular — afirmou Baley com seriedade —, mas para todos os seres humanos. O senhor está errado quanto aos outros Mundos Siderais. Eles têm poucos robôs, permitem a presença pessoal e estavam investigando Solaria. R. Daneel Olivaw estava lá comigo, sabe, e levará de volta um relatório próprio. Existe o perigo de que possam se tornar como Solaria um dia, mas é provável que eles reconheçam esse perigo e trabalhem para se manter em um equilíbrio razoável e, dessa forma, continuem sendo os líderes da raça humana.

— Essa é a sua opinião — contrapôs Minnim, irritado.

— E não é só isso. *Existe* um mundo semelhante a Solaria e é a Terra.

— Investigador Baley!

— É isso mesmo, senhor. Somos exatamente como Solaria. Eles se isolaram uns dos outros. Nós nos isolamos da Galáxia. Eles estão no beco sem saída de suas propriedades invioláveis. Nós estamos no beco sem saída das nossas Cidades subterrâneas. Eles são líderes que não têm seguidores, apenas robôs para responder. Nós somos seguidores que não têm líderes, apenas Cidades fechadas para nos proteger.

Baley cerrou os punhos.

Minnim o censurou.

— Investigador, você passou por um suplício. Precisa de descanso e vai tê-lo. Um mês de férias, com pagamento integral, e uma promoção quando voltar.

— Obrigado, mas não é isso o que eu quero. Quero que me ouça. Só há uma direção a seguir para sair do nosso beco e é para fora, para o espaço. Há um milhão de mundos lá fora e os Siderais possuem apenas 50. Eles são poucos e vivem muito. Nós somos muitos e vivemos pouco. Somos mais adequados do que eles para a exploração e a colonização. Temos a pressão populacional para nos impulsionar e uma rápida renovação de gerações para continuar nos abastecendo com indivíduos jovens e ousados. Foram nossos ancestrais que colonizaram os Mundos Siderais, para começar.

— Sim, entendo... mas temo que nosso tempo tenha se esgotado.

Baley podia sentir a ansiedade do outro em se ver livre dele e permaneceu impassivelmente no mesmo lugar.

— Quando a colonização original estabeleceu mundos superiores ao nosso próprio mundo em termos de tecnologia, nós escapamos construindo para nós mesmos úteros debaixo da terra. Os Siderais nos fizeram sentir inferiores e nós nos escondemos deles. Isso não é resposta. Para evitar o ritmo destrutivo de rebelião e repressão, devemos *competir* com eles; segui-los, se necessário; liderá-los, se pudermos. Para fazer isso, devemos nos ensinar a encarar o espaço aberto. Se for tarde demais para nos ensinarmos, então devemos ensinar os nossos filhos. Isso é vital! — ele insistiu.

—Você precisa descansar, investigador.

— Ouça-me, senhor — prosseguiu Baley de modo impetuoso. — Se os Siderais são fortes e nós continuarmos como estamos, então a Terra será destruída em um século. Isso foi calculado, como o senhor mesmo me disse. Se os Siderais são realmente fracos e nós estamos enfraquecendo, então pode ser que escapemos, mas quem disse que os Siderais são fracos? Os solarianos são, mas isso é tudo que sabemos.

— Mas...

— Não terminei ainda. Há uma coisa que *podemos* mudar, sejam os Siderais fracos ou fortes. Podemos mudar nosso jeito de ser. Vamos encarar o espaço aberto e nunca precisaremos de rebeliões. Podemos nos espalhar pelo nosso próprio conjunto de mundos e nos tornar Siderais. Se ficarmos aqui na Terra, confinados, então não será possível impedir uma rebelião inútil e fatal. Será muito pior se as pessoas construírem falsas esperanças com base em uma suposta fraqueza Sideral. Vá em frente, pergunte aos sociólogos. Apresente a eles o meu argumento. E, se eles ainda estiverem em dúvida, encontre uma maneira de me mandar para Aurora. Deixe-me trazer de volta um relatório sobre os *verdadeiros* Siderais, e compreenderá o que a Terra tem de fazer.

Minnim aquiesceu.

— Sim, sim. Tenha um bom dia, investigador Baley.

Baley partiu com uma sensação de exaltação. Ele não esperava uma vitória aberta sobre Minnim. Vitórias sobre padrões de pensamento arraigados não são conquistadas em um dia ou um ano. Mas ele tinha visto o olhar pensativo de incerteza que tinha passado pelo rosto de Minnim e tinha ofuscado, pelo menos por um tempo, a alegria desprovida de senso crítico de antes.

Ele podia prever o futuro. Minnim perguntaria aos sociólogos e um ou dois deles ficariam na dúvida. Eles ficariam pensando. E consultariam Baley.

Em um ano, pensou Baley, um ano, eu estarei a caminho de Aurora. Uma geração, e nós estaremos no espaço mais uma vez.

* * *

Baley pisou na via expressa em direção ao norte da Cidade. Logo veria Jessie. Será que *ela* entenderia? E seu filho Bentley, agora com 17 anos. Quando Ben tivesse um filho de 17 anos, será que ele estaria pisando em algum planeta vazio, construindo uma vida no espaço?

Era um pensamento assustador. Baley ainda temia o espaço aberto. Mas ele não temia mais o medo! Esse medo não era algo de que se devia fugir, mas algo contra o que lutar.

Baley sentia como se um toque de loucura tivesse se apossado dele. Desde o princípio, o espaço aberto exercera uma estranha atração sobre ele, desde aquele momento no veículo terrestre, quando ele enganou Daneel a fim de que abrissem o teto do carro para que ele pudesse se levantar e ficar exposto ao ar livre.

Ele não tinha entendido naquele momento. Daneel achou que ele estava sendo teimoso. O próprio Baley pensou que estava encarando o espaço aberto por uma questão de necessidade profissional, para solucionar um crime. Só na última noite em Solaria, com a cortina se rasgando e revelando a janela, ele percebeu sua necessidade de encarar o espaço aberto por interesse pelo espaço aberto em si, pela atração que exercia e por sua promessa de liberdade.

Devia haver milhões de pessoas na Terra com o mesmo desejo, se alguém chamasse sua atenção para o espaço aberto, se alguém pudesse fazê-las dar o primeiro passo.

Ele olhou ao redor.

A via expressa estava acelerando. Tudo ao redor dele era composto de luz artificial, e grandes fileiras de apartamentos passando depressa, e sinais luminosos, e vitrines, e fábricas, e luzes, e barulho, e multidões, e mais barulho, e pessoas, pessoas, pessoas...

Era tudo o que ele amava, tudo o que odiava e temia deixar, tudo de que pensava ter saudades em Solaria.

E tudo lhe era estranho.

Ele não conseguia se adaptar de volta.

Tinha dito a Minnim que as Cidades eram úteros, e eram mesmo. E qual era a primeira coisa que um homem tinha de fazer para ser um homem? Tinha de nascer. Ele tinha de sair do útero. E uma vez que o útero tivesse sido abandonado, não era possível entrar de novo.

Baley tinha saído da Cidade e não conseguia voltar a entrar. A Cidade não era mais sua; as Cavernas de Aço lhe eram estranhas. Isso *tinha* de acontecer. E aconteceria com outros e a Terra nasceria de novo e se expandiria para fora.

Seu coração batia em um ritmo frenético e o barulho da vida ao seu redor foi sumindo até se tornar um murmúrio ignorado.

Ele se lembrou de seu sonho em Solaria e o entendeu finalmente. Ele levantou a cabeça e pôde ver através de todo o aço, de todo o concreto e de toda a humanidade que havia acima dele. Ele podia ver o sinal luminoso fixo no espaço para atrair os homens para fora. Ele podia vê-lo brilhando. O sol desvelado!

TIPOLOGIA:	Bembo 11x16,4 [texto]
	Gothan 12x16,4 [entretítulos]
PAPEL:	Pólen Soft 80g/m² [miolo]
	Cartão Supremo 250g/m² [capa]
IMPRESSÃO:	Rettec Artes Gráficas [outubro de 2019]
1ª EDIÇÃO:	abril de 2014 [2 reimpressões]